MARTIN BECK SERIES —— 10

TERRORISTERNA

MAJ SJÖWALL & PER WAHLÖÖ

ECUS
Publishing House

恐怖份子

麥伊・荷瓦兒 ╳ 培爾・法勒 —— 著
平郁 —— 譯

木馬文化

目次

編者的話

故事，從一個名字開始

一九六五年，瑞典斯德哥爾摩的各書店內出現一本小說新書。書封上可見一名黑髮女子的影像。她雙眼緊閉，嘴唇微張，封面上大大寫著書名「Roseanna」一字。羅絲安娜，這是她的名字，她是一具河中女屍，剛被人從瑞典的運河汙泥中鏟起，而這部作品即將開啟犯罪推理小說的嶄新世紀。

當時，有不少過去習慣閱讀古典推理小說的年長推理迷在購書後回家一讀，大驚失色，紛紛回到書店抱怨，要求退書，理由是「這情節描述太寫實了」，讓他們飽受驚嚇。畢竟，在這之前，沒有哪部古典推理作品會以如此鉅細靡遺的冷靜文字，描述一具女性裸屍的身體特徵。然而，在此同時，這部作品俐落明快，描寫細膩，時而懸疑緊張、時而又可見詼諧的現代風格，卻在年輕世代的讀者之間廣受歡迎，大為暢銷。

這部以《羅絲安娜》為首，以社會寫實風格描述瑞典斯德哥爾摩的警探馬丁・貝克及其組員辦案過程的系列小說，便是在隨後十年連同另外九本後續之作，席捲北歐各國，熱潮繼之延燒至歐陸，進而前進英美等英語系國家的「馬丁・貝克刑事檔案」。

令人稱奇的是，如此成功的「馬丁・貝克刑事檔案」系列並非出自單一作者之手，而是一對傳奇創作搭檔的共同心血。

愛人同志，傳奇的創作組合

故事要從一九六二年說起。瑞典的新聞記者培爾・法勒，在這一年因緣際會認識了同樣從事新聞撰稿工作的麥伊・荷瓦兒，兩人進而相戀。荷瓦兒出身中產階級家庭，但性格非常獨立且獨特，年輕時常與藝術工作者往來，曾有過幾段短暫的婚姻關係，她在二十七歲認識法勒時，已育有一個女兒。曾在西班牙內戰時期遭法朗哥政權驅逐出境，因而返回瑞典的法勒較荷瓦兒年長九歲，已婚，同樣也有一個女兒，而且他在兩人相識時，已是頗富聲望的政治新聞記者。

兩人最初是在斯德哥爾摩一處新聞記者常聚集的地方因工作而結識，當兩人開始彼此產生感情，便刻意避開其他同業，改到其他地方相會。法勒當時在新聞工作外亦受託創作，每晚都會在兩人飲酒相聚的酒吧附近的旅館內寫作。相處一年後，法勒離開妻子，轉而與荷瓦兒同居。之後陸續有了兩個孩子，但兩人始終沒有進入婚姻關係。

荷瓦兒與法勒在共同創作初期，便打算寫出十本犯罪故事，而且，也只寫十本。這十部作品每本皆為三十章，都是由兩人各寫一章、以接龍方式合力創作而成；只不過，讀者很難從文字判斷各章分別出自誰的手筆。因為法勒與荷瓦兒在創作之初，就刻意不設定偏向哪一方的筆法，而是討論出最適合讀者及作品的行文風格，傾向能雅俗共賞——馬丁．貝克的形象於焉誕生。

疲憊警察，馬丁．貝克形象的誕生

有別於過往古典推理作品中，那些邏輯推演能力一流，幾乎全知全能的「神探」與「英雄」形象，荷瓦兒與法勒筆下這個警察辦案系列小說雖是以馬丁．貝克為名，但當中並沒有突顯誰是主角或英雄。這是一組平凡的警察小組成員，憑藉實地追查線索，有時甚至是靠著機運，才能偵破案件的故事。

這些警察一如所有上班族，各自有其獨特個性和煩惱——寡言、疲憊、婚姻失和、嗜好是組模型船，又有胃潰瘍問題的馬丁．貝克；身形高胖卻身手矯健，為人詼諧，擅長分析，有時又顯魯莽的柯柏（Lennart Kollberg）；愛抽菸斗、準時下班、每天要睡滿八小時、記憶力驚人的米蘭德（Fredrik Melander），以及出身上流階層，卻自願投入警職，個性古怪挑剔，永遠要穿上高級西裝的剛瓦德・拉森（Gunvald Larsson，第三集開始出現），和最不顯眼、任勞任怨至認命，原住民身分的隆恩（Einar Rönn），當然還有其他在故事中穿針引線的甘草人物角色。若是以交響樂團比喻這個辦案團隊，馬丁・貝克絕非站在高台上的指揮家，他更像是第一小提琴手，與其他樂手共同合奏出十首描述人性與黑暗的樂章。

荷瓦兒與法勒塑造的這種具有七情六慾、會為生活瑣事煩惱的凡人警探形象，在當年的推理小說世界實屬創新之舉，現代讀者或許早已習慣目前大眾影視或娛樂文化當中的警察形象，殊不知，這些角色的原型其實正脫胎自荷瓦兒與法勒在六〇年代創造出的這位寡言而平凡的北歐警探。

馬丁・貝克系列故事之所以廣受讀者喜愛，不僅在於這些故事背景就在日常當中，就在斯德哥爾摩實際存在的街路上、公園裡，與讀者生活的時空相疊合，而且讀者隨著角色之間的互動和對話，更是能逐漸清晰建構出這些人物的性格及形貌的具體想像，就像真實生活中認識的朋友。隨著每本劇情獨立、但又巧妙彼此牽繫的故事演進，讀者在這段時間軸中，也將見證到他們的個性變化和聚散離合，甚至，突如其來的死別。

長銷半世紀的犯罪推理經典

從一九六五年到一九七五年，荷瓦兒與法勒兩人在這短暫的十年間，以一年一本的速度，完成了馬丁．貝克刑事檔案全系列——《羅絲安娜》，《蒸發的男人》，《陽台上的男子》，《大笑的警察》，《失蹤的消防車》，《薩伏大飯店》，《壞胚子》，《上鎖的房間》，《弒警犯》，以及最終作《恐怖份子》。

故事背景的六〇、七〇年代還沒有網路，沒有手機，沒有DNA鑑識技術，而且人人都在抽菸，隨時隨地；雖然這些細節設定如今看來略有懷舊時代感，但系列各作探討的問題卻是歷久彌新，沒有隔閡，你甚至會拍案驚嘆：「這些社會案件和問題現今依然存在，當前警察組織面對的各種犯罪和無力感也毫無不同。」

荷瓦兒及法勒在當年同為社會主義者，潛伏在這十個刑事探案故事底下的，是他們對於資本主義社會和龐大的國家機器的批判。他們看到了當時瑞典這個福利國美好表象底下的真實面貌。故事裡一樁樁的刑事案件，其實是他們對社會忽視底層弱勢的控訴，以及對投機政客的勾結貪枉，警界管理層的權力慾和顢頇導致基層員警處境艱困和社會犯罪問題惡化的喝斥。

然而，在荷瓦兒與法勒筆下的馬丁．貝克世界裡，在正義執法與心懷悲憫之間，人世沒有全然的善，也沒有絕對的惡。這些故事裡的行凶者往往也是犧牲者，只是形式不同。他們因為精神狀態、經濟能力、社會制度等種種原因，淪為遭到社會剝削、被大眾漠視的無助邊緣人，而他們的犯案動機有時甚至可能只是對體制和壓迫的無奈反撲。因此，馬丁·貝克和其警隊成員在辦案執法的同時，往往也流露出對於底層人物的悲憐，不論他／她是被害者抑或加害者，而每件刑案也是難以二分的灰色地帶。

短暫而光燦的組合，埋下北歐犯罪小說風靡全球風潮的種籽

一九七五年，法勒因胰臟問題病逝，他在先前已預感自己大限將至，於是將此生對於社會關懷的炙熱理念，盡數灌注在最終作《恐怖份子》當中，得年四十九。從一九六二年初識，第一本《羅絲安娜》在一九六五年出版，到最終作《恐怖份子》在一九七五年推出，這對獨特的創作搭檔在這十三年裡的無間合作，為後世留下了一系列堪稱經典的推理之作。

當年，這股馬丁·貝克熱潮一路從瑞典、芬蘭、挪威等北歐各國開始，繼而延燒至歐陸德國，而後進入美國等英語世界國家，不僅大量改編為電影、影集、廣播劇等形式，書中以社會寫實情節為本的創作風格，更是滋養了《龍紋身的女孩》史迪格·拉森（Stieg Larsson），賀寧·

曼凱爾（Henning Mankell），以及尤．奈思博（Jo Nesbo）等眾多後繼的北歐新一代犯罪小說創作者，為北歐犯罪小說在二十一世紀初橫掃全球、蔚為文化現象的風潮埋下種籽，預先鋪拓出了一條坦途。

同樣的，在亞洲，日本角川出版社從一九七五年起，也以英譯本進行日譯工作，推出馬丁．貝克探案全系列作品，並在二〇一三年陸續再由瑞典原文直譯各作，讓新一代的讀者得以更貼近這部傳奇推理經典的原貌。值得一提的是，常透過小說關注日本社會及時事問題的直木賞及日本推理大賞得主佐佐木讓，於二〇〇四年更是以《笑う警官》一書，向荷瓦兒與法勒筆下創造出來的這位北歐探長致敬，而這部作品也分別在二〇〇九及二〇一三年改編為同名電影及劇集，廣受稱道。

儘管這段合作關係已因法勒辭世而告終，但馬丁．貝克警探堅毅、寡言的形象，早已永遠存活在每個讀者的想像當中，以及藏身在每個後續致敬之作和影劇中的警探角色背後。一九七一年成立的瑞典犯罪作家學院（Svenska Deckarakademin），更是以這個書中角色為名，設立「馬丁．貝克獎」，每年表彰全世界以瑞典文創作，或是有瑞典文譯本的犯罪、推理類型傑出之作。

且讓我們開始走進斯德哥爾摩這座城市，加入馬丁．貝克探長和其組員的刑事檔案世界。

導讀
誰是恐怖份子？——關於《恐怖份子》

一九七五年，荷瓦兒和法勒這對搭檔出版了「馬丁・貝克」系列的第十集，也是最終卷的《恐怖份子》。從系列首作的《羅絲安娜》到尾聲的《恐怖份子》，荷瓦兒與法勒以一年一本的速度，整整寫了十年。很有意思的是，回首來看，這部旨在揭露瑞典當時制度上缺失的作品，卻恰恰好誕生在堪稱瑞典歷史上黃金年代的十年間。

引人艷羨的「瑞典模式」與背後的社會主義思潮

一八八九年成立的社會民主黨，是瑞典「社會民主模式」的主要推手。在二戰中處於中立的瑞典，因工業設施未遭破壞，而在歐洲重建中扮演了重要的角色，經濟也因而欣欣向榮。一九六〇年代初期，長期執政的社民黨與瑞典共產黨聯手，擴張了瑞典公部門的社會福利制度：教育、醫療保險、老人年金與住房津貼等。在荷瓦兒與法勒寫作的年代，瑞典的福利制度可稱傲視全球——儘管在一九七三至七四年和一九七八至七九年間兩度因石油禁運而造成經濟衰退，但整體而言瑞典的生活情況仍優於當時世界上多數地方。許多國家都組團前往觀摩，想要將「瑞典模式」帶回自己家中。然而建立在重視重分配的瑞典模式，並非那麼易學。瑞典成功的背後，蘊藏著他們深厚的社會主義思想。

二戰結束後，冷戰隨即展開。在地理位置上相當接近蘇聯的民主瑞典，被美國視為防堵共產主義的重要盟邦，兩國關係於是越發緊密。然而在冷戰的架構下，在所謂「民主陣營」中，對資本主義的不滿亦時常轉化為對共產社會的欣羨。於是當臺灣仍處在白色恐怖、集體噤聲的年代，海外社會卻紛紛誕生了「嬉皮」（美國）、「五月學運」（法國）、「全共鬪」（日本）等標榜社會主義思想的運動——有意思的是，共產政權爭取民主自由的知名案例「布拉格之春」也發生在此時間段，顯示出兩方陣營內部的壓力或許都到了一個轉折點。

安享和平的瑞典，難以自外於那樣洶湧的思潮。加以本身悠久的社會主義傳統，瑞典民間對於共產主義的同情可說有跡可循。於是，當越戰在一九五五年爆發後，隨著時日的增長，瑞典民眾也就越發地同情起看起來處於弱勢的越共。六〇年代後期，受到民眾施壓的瑞典政府，決定停止被稱為「瑞典K」的古斯塔夫M45衝鋒槍出售給美國——該種槍枝，是美軍在越戰中的主力武器之一。一九六八年，之後成為首相的教育大臣帕爾梅和群眾一同上街，抗議越南戰爭。之後，帕爾梅在其第一任首相任內（一九六九—一九七六），更曾歡迎拒服美國兵役的青年前往瑞典——這便是《恐怖份子》中被控告為銀行搶犯的黎貝卡·林德那無緣的美國男友吉姆·柯斯圭為何會在瑞典與黎貝卡相遇的理由。

誰是恐怖份子？

與系列開頭《羅絲安娜》單單追索死者身分便用去大半篇幅的寫作模式不同，在《恐怖份子》中，荷瓦兒和法勒採用了罕見的三線敘事。這三線分別是防止「恐怖份子」犯罪的安全小組、單親媽媽黎貝卡·林德似真還假的銀行搶案，以及色情影片大亨華特·裴楚斯的謀殺案。這當然是因為歷經了九集的積累，讀者對於小說中的人物已然熟悉，不需花費過多篇幅建立人物；其次，也不乏作者們「一舉結清」關注議題的企圖。

從《陽台上的男子》開始，馬丁·貝克所在的斯德哥爾摩警方，必須應付越來越多的示威抗議——這自然和前述的反戰氣氛脫不了關係。作為凶殺組的長官，馬丁·貝克和他的同僚儘管不需應付這樣的場面，然而夾在警察認同與自我良心之間，對相關措施不免仍有多多少少的牢騷。「那麼行，那你來啊！」不知道是不是出現了如此忿忿不平的讀者，作者們確實在系列的最後，將馬丁・貝克與其團隊擺到那樣一個艱困的位置——他們如何一邊堅守人權信念，另一邊對抗殺人不眨眼的恐怖份子？

馬丁・貝克採用的手法，正如同他的創造者荷瓦兒和法勒一般簡潔而漂亮。作為真誠的共產主義信奉者，荷瓦兒與法勒的目標雖然是揭開「福利國家」燦爛光輝形象背後的污穢不堪，然而另一方面，他們在創作中卻謹守分際，並未藉角色之口大肆宣揚共產制度的秀異。在《弒警犯》中辭職的柯柏，是個「遇到有人談論政治，就像蛤蠣一樣緊緊閉上嘴」的人；主角馬丁・貝克儘管對事物擁有自己的觀點，然而他對此類議題同樣採取審慎的態度。荷瓦兒與法勒選擇藉由情節架構出觀點，而非以角色宣揚觀點的作法，正是其作品為何能由一國經典魚躍而上，成了世界經典的主因之一。

也因此，若一口氣閱讀馬丁・貝克系列探案，當會發現從系列第二作《蒸發的男人》開始，小說便常有高層以為案件屬「國家大事」，實際偵查後卻發現份屬「個人私怨」的狀況出現。這樣的做法，雖份屬偵探小說的常規（若真是「國家大事」，那可得改稱諜報／軍情／政治小說了對吧），然而卻也常被批評為只著眼於個人動機，忽略社會結構的外在推力，是將謀殺責任全歸咎個人，以致「見樹不見林」的遮掩之舉。在這樣的夾縫中，荷瓦兒與法勒巧妙地運用了案情，兜兜轉轉地揭示了個人之所以犯下罪愆的背後成因。從《薩伏大飯店》到《壞胚子》，這樣的結構不斷地出現；到了《上鎖的房間》與《弒警犯》時，更進一步地直指罪惡的生成，其實源自於官僚心態的操弄與缺乏想像力導致的系統性無能。作為收尾，《恐怖份子》精巧地透過三線敘事，集結此前曾提及過近乎所有角色，讓他們以經過仔細鋪陳的性格行動後，《恐怖份子》的故事於是顯得再順理成章不過——萬事皆水到渠成，而悲劇難以避免。

在故事的最後，荷瓦兒與法勒給了我們一個令人愕然卻也理所當然的結尾。小說最後溫馨的填字遊戲，也因而顯得大有深意。在新冷戰即將來臨、各方政權皆以防堵「恐怖份子」為要務的今日，我們該如何拿捏那條纖細卻事關重大的防線？身處黃金年代，卻不吝於揭開陰影的《恐怖份子》本身，或許便是最好的回答——我們能不能像荷瓦兒與法勒那樣勇敢？

• 路那

推理評論家。「疑案辦」副主任、台灣推理作家協會會員、台大台文所博士候選人。小說嗜讀者，評論散見各處。合著有《圖解台灣史》、《現代日本的形成》。

里達虹島
500公尺

斯德哥爾摩區域圖

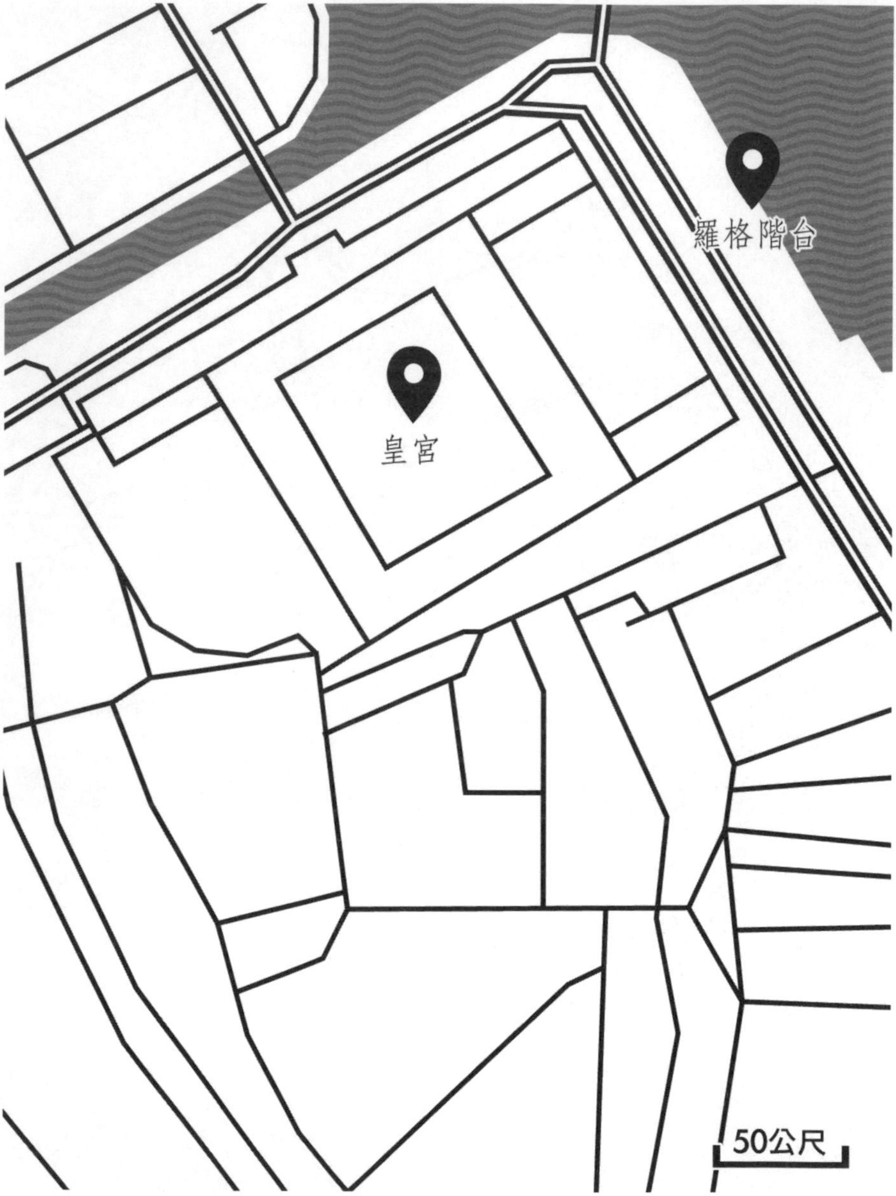
羅格階台
皇宮
50公尺

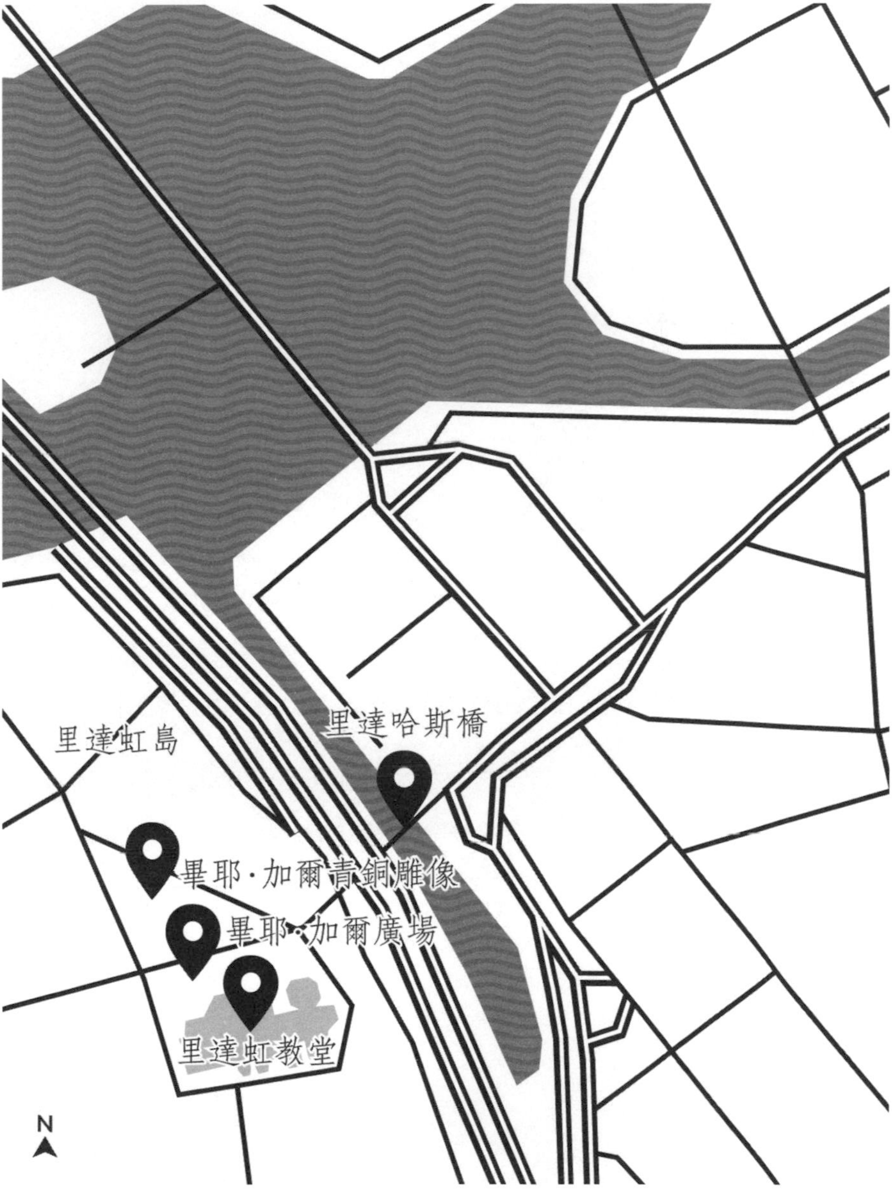
里達虹島
里達哈斯橋
畢耶·加爾青銅雕像
畢耶·加爾廣場
里達虹教堂
N

里達虹島區域圖

1.

警政署長露出微笑。

他那純真少年般的迷人笑容通常只留給傳媒和電視，甚少施捨給圈內的核心成員，例如警政署的督察史提格．莫姆、安全局長艾瑞克．麥勒和凶殺組的組長馬丁．貝克。

這三人當中只有一人報以微笑——史提格．莫姆有一口漂亮的白牙，所以他喜歡笑，藉以炫耀他那口好牙。多年來他在不知不覺中學到了各式各樣的招牌微笑，而他此刻正在施展的這種笑法，只有巴結兼諂媚足以形容。

安全局長壓下一個哈欠，馬丁．貝克則擤了擤鼻子。

現在才早上七點半，正是署長最喜歡召開臨時會議的時間，不過這不表示他習慣在這個時間到辦公室。他通常要到近午時分才會現身，即使露了臉，往往就連他最親近的同事也不得其門而入。「我的辦公室是我的城堡」，這句話簡直就像刻在他的門上，而那辦公室的確也是一座牢不可破的堡壘，由一個打扮得一絲不苟的祕書護衛著，一條名符其實的「龍」。

這天早上，他展示的是他春風拂面、和藹可親的一面。他甚至準備了一保溫瓶的熱咖啡和瓷杯，而不是一般用的塑膠馬克杯。

史提格・莫姆起身，替大家倒咖啡。

馬丁・貝克知道，他一定會先壓壓西裝褲的摺線，接著輕撫修剪得宜的波浪頭髮，而後才會屈身坐下。

史提格・莫姆是他的頂頭上司，但馬丁・貝克對他可是毫無敬意。莫姆自鳴得意地賣弄瀟灑，對長官明遮暗露的拍馬逢迎，已經成了他個人的註冊商標，馬丁・貝克對這一點早就不以為意，現在更以愚蠢視之。真正讓他氣惱、也常造成工作阻礙的，是莫姆的冥頑不靈和缺乏自省，這種欠缺就跟他對警察實務的一無所知一樣，帶有全面的毀滅性。莫姆能夠升到這等職位，是拜他的企圖心和政治風向正確之賜，外加某種程度的行政能力。

安全局長在咖啡裡放了四顆方糖，拿湯匙攪了攪，咕嚕咕嚕喝下肚。

莫姆的咖啡沒放糖，他喝得小心翼翼，就像在顧慮他的精瘦身材。

馬丁・貝克覺得不舒服，這麼早，他還不想喝咖啡。

警政署長又加糖又加奶精，端起杯子時還屈起小指。他一飲而盡，接著把杯子往旁邊一推，將一直放在漆亮會議桌角的綠色卷宗拉了過來。

「來吧，」他再次露出微笑，「先喝咖啡，接著就開始一天的工作。」

馬丁．貝克苦著臉看著自己那杯動也沒動的咖啡，心裡好想喝杯冰牛奶。

「馬丁，你還好吧？」署長的聲音裡透著假惺惺的同情。「你的氣色不好，該不會又打算生病了吧？你知道我們可不能沒有你。」

馬丁並沒有打算生病，他是已經病了。他和他二十二歲的女兒及她的男友一起喝酒喝到凌晨三點半，知道自己現在看起來很糟糕。不過他可不準備和上司討論他這自找的病痛，再說，他認為「又」這個字用得實在不公平。他在三月初的確因為感冒發高燒請了三天假，但今天已是五月七號了。

「沒有，我沒事。有點感冒，如此而已。」

「你的氣色實在很差，」史提格．莫姆的聲音連一絲假惺惺的同情都沒有，只有譴責，「真的很差。」

他的目光望向馬丁．貝克，如針刺一般。馬丁．貝克覺得自己火氣直往上冒，開口說道：

「謝謝你關心，不過我沒事。我想，我們今天在這裡可不是要討論我的氣色或健康情況吧。」

「沒錯，」署長說，「我們談正事吧。」

他打開綠色卷宗。從頂多三、四頁的內容看來，今天這場會議可望不會拖得太久。

文件最上頭是一封打字的信，龍飛鳳舞的簽名底下蓋著一個斗大的綠色橡皮章戳記，馬丁・貝克從座位看不清楚信頭印著什麼。

「各位應該記得，我們討論過，在國賓來訪期間的敏感狀況下，我們在安全措施方面的經驗不太足夠——可想而知，這些場合會有火爆激烈的示威遊行，也可能會發生計劃完善或鬆散的暗殺行動。」署長說道，自動落入了他在公開場合露面時會有的一貫浮誇風格。

史提格・莫姆喃喃應和，馬丁・貝克沒吭聲，可是艾瑞克・麥勒提出異議。

「說起來，我們也不是那麼沒經驗，是吧？赫魯雪夫來訪，平安而歸，只是不知是誰在皇宮台階前擺了一頭塗上紅漆的豬而已。柯錫金之行也是，無論是行程計劃還是安全防衛無不井井有條。還有環保會議，雖然這個例子也許稍有不同。」

「沒錯，當然，但我們這回面對的問題比較棘手。我是指預定十一月底來訪的一位美國參議員。請容我這麼比方，這檔子事有可能變成一個燙手山芋。我們從來沒接待過美國來的重量級人物，這回可碰到了。日期已定，我也接到了若干指示。我們必須及早準備，而且要做到滴水不漏。我們得有萬全準備才行。」

署長不再微笑。

「我們這回要有心理準備，面對的挑戰可能會比丟雞蛋來得激烈。」他又補上一句，口氣甚是嚴厲，「艾瑞克，這點你該牢牢記住。」

「我們可以採取預防措施。」麥勒說。

署長聳聳肩。

「沒錯，是可以預防到某種程度，但我們不能把所有可能惹麻煩的人都除掉，或是把人給關起來，這點你跟我一樣清楚。我已經接獲命令，你不久也會接到。」

而我已經接獲命令，馬丁．貝克苦著臉想。他還在努力辨識綠色卷宗裡那封信的信頭。他認為有個字看得出是「警察」或「警務」。他雙眼痠痛，舌頭又乾又粗，像砂紙一般。他不情不願地啜了一小口苦澀的咖啡。

「不過這些都是次要。我今天要討論的是這封信。」署長以食指輕輕點著卷宗裡攤開的那張紙，「這和我們眼前的問題息息相關。」

他把信遞給莫姆，而且等到全桌的人都傳遍了，這才繼續說下去。

「各位都看到了，這是一份邀請函。這個國家即將有國賓到訪，我們要求派個觀察員去觀摩，這是他們的回覆。由於到訪的總統在地主國不太受歡迎，他們當然會採取最嚴密的措施來保護他。就像許多拉丁美洲國家一樣，這個國家平日就得應付許多刺殺行動，行刺對象包括本國和外國政治人物。因此，他們的經驗豐富，我想他們的警力和安全措施在這方面可說是最具水準的。只要好好研究他們的方法和程序，我相信我們一定能學到不少。」

馬丁・貝克把信瀏覽一遍，信是以英文寫的，遣辭用字非常正式而客氣。某國元首將於六月五日到訪，距今不到一個月，歡迎瑞典警方代表於兩週前抵達，以便研究幾個前置作業最重要的部分。簽名筆跡很優雅，但完全無法辨識，不過透過印刷字體便一目了然。那是個西班牙名字，很長，流露著幾分尊貴和獨特感。

署長將那封信放回綠色卷宗內，說道：

「問題是，我們要派誰去？」

莫姆若有所思地抬眼望向天花板，不過一聲都沒吭。

馬丁・貝克真怕自己被提名。若是早個五年，在他那段不幸的婚姻結束之前，他對這種能讓他離家一陣子的任務是會欣然接受的。可是現在他最不願意的就是出國，所以他趕忙說道：

「這個差事和國安事務比較相關，對嗎？」

「我不能去。」麥勒說，「第一，局裡我走不開，A部門有些重新編制的問題得花時間釐清。第二，我們已是這方面的專家，派個對安全事務不熟悉的人去比較實際，比如說，刑事局或一般警政單位的人。不管派誰去，回來後把他所學到的教給我們就可以，這樣對大家都好。」

署長點點頭。

「沒錯，艾瑞克，你說的有道理。就像你說的，我們目前少不了你，還有你，馬丁。」

馬丁·貝克暗自鬆了一口氣。

「更何況，我也不會說西班牙語。」安全局長說。

「他媽的，誰會啊？」說這話的莫姆臉上依然帶著笑容。他知道署長的卡斯提語（西班牙的標準國語）也不通。

「我知道有個人會。」馬丁·貝克說。

莫姆揚起眉毛。

「誰？刑事局的人嗎？」

「對。剛瓦德·拉森。」

莫姆的眉毛又挑高了一公分，接著露出不可思議的微笑，說道：

「可是我們不能派他去。各位說是不是？」

「為什麼不能？」馬丁·貝克說，「我認為派他去很合適。」

他注意到自己的聲音帶有幾分怒氣。他通常不會挺身替剛瓦德·拉森說話，可是莫姆的口氣惹毛了他，而且他跟莫姆做對慣了，幾乎是反射性地還擊。

「他什麼都做不好，根本不能代表警方。」莫姆說。

「他真的會說西班牙語？」署長的語氣透著懷疑，「他在哪裡學的？」

「他當船員的時候去過許多西語系國家，」馬丁・貝克說，「我們現在談的城市是個大海港，他一定去過。他也會說英語、法語、德語，而且都很流利，還會一點俄語。你去看他的檔案就知道。」

「不管怎麼說，反正他這個人一無是處。」莫姆堅持不讓。

署長似乎陷入思考。

「我會去看他的資歷。事實上，我自己也想過找他。對，他的行為是有點粗俗，而且實在不聽話。不過，無可否認，即使他向來不服從命令、也不遵守規定，但他確實是我們最好的幹員之一。」他轉向安全局長，「艾瑞克，你怎麼看？你認為他合適嗎？」

「呃，我不太喜歡他，不過大體來說我不反對。」

莫姆看來怏怏不樂。

「我認為派他去根本就不合適，」莫姆說，「他會丟瑞典警察的臉。他的行為舉止就像個粗人，說話根本不像是在船上管過事的，反倒像是碼頭工。」

「說不定他說西班牙語的時候就不會了。」馬丁・貝克說，「總之，雖然他說話有點口無遮攔，但至少他會看時機。」

嚴格說來，這番話並不真確。馬丁．貝克最近聽說，剛瓦德．拉森曾當著莫姆的面稱他是「不可一世的混蛋」。幸好，莫姆不知道這個稱號是封給他的。

署長對莫姆的反對似乎不太在意。

「這個主意或許不壞，」他若有所思地說，「我想，他的粗野不文在這件事上不是太大的問題。只要他願意，他也可以表現得中規中矩。他的背景比大多數人都適合。他出身有文化氣質的富裕人家，受過最好的教育和教養，深知在什麼情況下表現算得宜。這種教養會自然流露，就算他努力遮掩也遮不住。」

「隨你怎麼說。」莫姆咕噥道。

馬丁．貝克覺得史提格．莫姆很想出這趟任務，可是連被徵詢一下都沒有，因此十分氣惱。他自己則是認為讓剛瓦德．拉森消失一陣子也不錯，因為拉森不受同事歡迎、興風作浪的本事超乎尋常。

署長對這個念頭還未十分堅定，馬丁．貝克於是猛敲邊鼓：

「我想我們應該派剛瓦德．拉森去，這樁差事所需的資格他樣樣具備。」

「我注意到他很重視自己的儀表，」署長說，「他的衣著顯示出良好的品味以及對品質的堅持，這一點勢必會給人好印象。」

「的確。這雖是細微末節，但相當重要。」馬丁·貝克說。

他知道自己的衣著很難稱為有品味。他的長褲沒燙又鬆垮，馬球衫的領口因為洗過太多次，又寬又垮，粗呢夾克不但破舊，甚至還缺了一顆釦子。

「制暴組的人手充裕，拉森缺席幾個禮拜，組裡應該也還應付得來。」署長說，「還是各位有別的建議？」

大家都搖頭。連莫姆似乎也領悟到和剛瓦德·拉森保持一段時間的安全距離其實饒有益處。艾瑞克·麥勒又打了個哈欠，顯然很高興會議即將結束。

署長站起身，闔上卷宗。

「那好，我們都同意了。我會親自把這決定告訴拉森。」

•

剛瓦德·拉森得知消息後並沒有多興奮，也不覺得出這趟任務有多麼受寵若驚。他鎮靜自若，明顯想保持自尊，不過他並不是渾然不知某些同事在他出差時將如釋重負，只遺憾他不能永遠離職。他知道他在警界的朋友屈指可數。就他所知，他的朋友只有一個。他也知道自己在眾人眼裡是個桀驁不遜的麻煩人物，工作常是懸於一線，飯碗隨時可能不保。

這件事沒有為他帶來絲毫苦惱。換做是其他同等階級或薪資的警察，對於遭停職、甚或開除這種如影隨形的威脅，多少會感到焦慮，但剛瓦德·拉森從來沒有為這個問題失眠過。他未婚，無兒無女，孤家寡人，而且早就和家人斷絕往來——他打心底看不起他們那種勢利眼的上流階級生活。在他擔任警員的那些年，他常考慮要不要重操舊業。如今他已年近半百，自知大概永遠無法回去海上了。

隨著啟程日期越來越近，剛瓦德·拉森發現他對這趟任務其實是歡欣接受的。這趟任務雖被視為事關重大，不過也想不出有何特別困難之處。拜它之賜，他的工作至少有兩個星期可以換換口味。他開始期盼這次出行，心情就像期待假期一般。

臨行前夕，剛瓦德·拉森全身只穿內褲地站在臥室，凝視著在衣櫥門長鏡中的自己。他很喜歡這款內褲的樣式，黃色的麋鹿花樣襯著藍底，這樣的內褲他還有五條。他又買了半打同款式的內褲，只是顏色換成綠底配上紅色麋鹿，全部已經包好，放在床上那只攤開的豚皮大衣箱裡。

剛瓦德·拉森身高六呎，是個大手大腳、孔武有力的肌肉男。他剛洗完澡，依例踏上浴室中的磅秤，指針指著兩百二十四磅。過去四年、也可能是五年吧，他已經增加了二十磅，他不悅地看著內褲鬆緊帶上的那圈肥肉。

他縮起小腹，心想應該多去幾趟警局附設的體育館，要不就是等游泳池完工後開始去游泳。不過，除了腰際那一環救生圈，他對自己的外表頗為滿意。

他四十九歲了，可是頭髮又濃又密，髮際線沒有後退到讓額頭顯得太高，他的額頭照樣很低，上面橫跨著兩道粗紋。他的頭髮剪得很短，一頭金髮就算長了白髮也看不出來。現在那頭濕髮才剛梳好，光滑、柔亮，服順地貼在他的大頭顱上，不過等到吹乾之後，就會七橫八豎、毛躁不馴。他的兩道眉毛又粗又濃，跟頭髮一樣是金黃色的。他的鼻子大而有型，配上寬鼻孔。淺淡的瓷藍色眼珠放在那張嚴峻的臉上顯得很小，而且兩眼長得近了些，有時當他眼神放空，會讓人誤以為他智商很低。可是他一生氣——這對他來說是家常便飯——雙眼之間就會出現一道憤怒的皺摺，這時，那雙藍眼睛不但會讓最頑強的罪犯不寒而慄，往往也直搗部屬的心底。

唯一沒有吃過剛瓦德・拉森排頭的人是埃拿・隆恩，他是剛瓦德在斯德哥爾摩制暴組的同事，也是他唯一的朋友。隆恩是北方人，沉靜寡言，永遠流著鼻水的紅鼻頭在臉上異常突出，所以別人注意不到他其他的五官。他內心對於家鄉——位於拉普蘭的阿耶普洛，懷有一股永不熄滅的思念。

剛瓦德・拉森和隆恩在同一個部門工作，兩人幾乎每天見面，可是閒暇時也常是焦不離孟、孟不離焦。只要可能，他們會一起請假到阿耶普洛，把大半時間消磨在釣魚上。兩人的個性南轅北轍，所以他們的同事都無法理解兩人的友誼，更有不少人納悶，淡泊恬靜、惜字如金的隆恩究竟是怎麼讓暴烈成性的剛瓦德．拉森成了一隻溫馴乖順的小綿羊。

現在，剛瓦德．拉森開始檢視他滿滿衣櫃中的那排西裝。他很清楚那個國家的氣候，他還記得多年前某個春天，他曾在那裡待過好幾個星期，天氣熱得令人喘不過氣。如果他得忍受那樣的高溫，就得輕裝以赴，而他只有兩套算是涼爽的西裝。保險起見，他一一試穿，卻沮喪地發現第一套根本穿不上，而第二套的長褲拉鍊得用力、外加深呼吸才拉得上來。大腿部分也緊。外套至少不費力氣就能扣上，不過肩膀繃得緊緊，如果他不想讓行動受限，縫線就會爆開。

他把那套毫無用武之地的西裝掛回衣櫃，將另一套橫放在衣箱蓋上。這一套非湊合著用不可。那是他四年前訂做的，牛軋糖色的埃及棉料，配上白色細條紋的花樣。

三條卡其長褲、一件山東綢外套，再加上那套過緊的西裝，打包作業算是完成了。他將一本喜愛的小說放進箱蓋內袋，接著闔上蓋子，扣緊寬束帶的銅環，上鎖後提到客廳。

他太寶貝自己的愛車，不願把車停在機場停車場，所以埃拿．隆恩隔天早上會開車來接他，載他到斯德哥爾摩的阿蘭達機場。一如多數的瑞典機場，阿蘭達也是個陰鬱、有如放錯地方的建築，正好讓懷抱期望而來的旅客對瑞典的觀感更為扭曲。

剛瓦德・拉森把那條有黃有藍的麋鹿內褲丟進浴室的髒衣籃，套上睡衣就上床了。旅行的興奮沒讓他受罪，他幾乎頭一沾枕就立刻睡著。

2.

那位安檢專家的身高連剛瓦德・拉森上臂的一半都不到，不過他一身淺藍西裝配上燙得筆挺的醒目長褲，整個人顯得非常俐落優雅。為了搭配那套西裝，他穿了一件粉紅襯衫，擦得發亮的修長黑皮鞋，和紫羅蘭色的領帶。他的髮色幾近墨黑，膚色淺褐，一雙橄欖綠的眼眸。唯一突兀的是他左腋窩下的手槍槍套。這位安檢專家名叫法蘭希斯柯・巴拉孟岱・卡薩凡提斯・拉利納迦，出身自一個至為尊貴的家族。

法蘭希斯柯・巴拉孟岱・卡薩凡提斯・拉利納迦把安全配置圖攤在欄杆上，不過剛瓦德・拉森反而是在看自己的西裝。這套西裝花了警部裁縫師七天才做好，效果卓然，因為這裡是裁縫工藝水準依然甚高的國家。裁縫師和他唯一的歧見，是肩膀槍套的位置；裁縫認為縫在那裡是理所當然，但剛瓦德・拉森一向不用肩部槍套。他的槍都卡在腰帶的一個夾帶上。當然了，如今他身在異國，所以沒帶武器，不過他在斯德哥爾摩會穿得到這套西裝。短暫的爭執過後，勝利的當然是他。不然還能怎樣？他深深滿意地看著自己剪裁合度的褲管，發出一聲滿足的嘆息，這才舉目四顧，環視周遭。

他們站在旅館八樓，這是精挑細選的位置。車隊會從陽台底下經過，停在省府大廈的一條街外。剛瓦德・拉森禮貌地看著安全圖，不過興致不大，因為他對整個計劃已經了然於心。他知道那天早上港口均已全面封鎖，民用機場也關閉，因為總統專機已降落在這裡。

旅館正前方就是港口和一片碧藍的海。幾艘大型客輪和貨船正停靠在外港邊上。唯一在移動的是內港裡的一艘戰艦、一艘護航艦和幾條警用船艇。港口過來是一條公共步道，路邊種著成排的棕櫚樹和金合歡。對街排著一列計程車，再過去則是一列彩色馬車，這些全都經過徹底檢查。除了在步道兩側排成路障的軍警憲兵，該區每個人都已通過那種大機場都會裝設的金屬探測器的偵測。

憲兵的制服是綠色的，軍警則是一身藍灰；憲兵穿靴子，軍警則是高筒皮鞋。剛瓦德・拉森想嘆氣，不過按捺住了。他在早上預演時已經跟著替身沿著這條大街走過。當時一切都已就位，除了外賓總統本人。

車隊的組成如下：首先是受過特殊訓練的祕密警察摩托車隊十五人，接著是同樣人數、來自正規警力的摩托車警，後頭跟著兩部汽車，車內坐著安全人員。然後是總統座車，一輛配有藍色防彈玻璃的黑色凱迪拉克。（排練預演時，剛瓦德・拉森是以總統替身的身分坐在後座，這無疑是項殊榮。）接著依照美國模式，後頭是一輛坐滿安全人員的敞篷車，之後是更多的摩托車警，緊隨最後的則是廣播電台的轉播車和其他核准隨行的媒體採訪車。除此之外，從機場出來的沿路上，處處都部署了非軍方的安全人員。

沿途的街燈全都飾有那個外賓總統的照片。這條路線頗長，真的很長，剛瓦德．拉森已開始對那顆脖子粗短、一團胖臉，還戴著黑色琺瑯鋼邊眼鏡的頭顱感到厭煩。

這是地面保護，空中則由三層陸軍直昇機組主導，每一組都有三架直昇機。除此之外，還有一群戰鬥機組忽前忽後橫掃而過，護衛上空領域。

整個行動周詳得近乎完美，要說會發生令人不快的意外，應該是杞人憂天。

午後這個時間的熱氣，含蓄點說，就是很有壓迫感。剛瓦德．拉森在流汗，不過還不至於汗如雨下。他已想不出哪裡可能出錯。事前準備詳盡周全不說，光是計劃部署就進行了好幾個月。他們還特別指派了一個小組針對計劃來挑錯，也做了多處修正。何況這個國家的暗殺活動不知凡幾，卻沒有半個成功過，所以瑞典警政署長說他們在這方面擁有世上數一數二的專家，這話大致是說對了。

午後二點四十五分，法蘭希斯柯．巴拉孟岱．卡薩凡提斯．拉利納迦瞄了腕錶一眼，說：

「我推算，還有二十一分鐘。」

根本就沒必要派個會說西班牙語的代表過來。這位安檢專家一口純正英語，用字遣辭就跟貝爾格維亞區*那些最高尚的俱樂部會員一樣。

剛瓦德．拉森也看看自己的錶，點了點頭。目前的時間，說得精確些，是一九七四年六月五日星期三下午兩點四十六分二十五秒。

海港的入口外，那艘護航艦正掉過頭去，等著發出迎賓的鳴笛聲，其實它唯一的任務就是這個。寬大步道的上空，八架戰鬥機在蔚藍的天際蜿蜒劃出幾條不整齊的白線。

剛瓦德．拉森環顧四周。步道過去是一座巨大的紅磚鬥牛場，配著紅白相間的灰泥圓形拱廊。望向另一個方向，一座高的大噴泉才剛啟動，射出五顏六色的水柱；地主國今年整年嚴重乾旱，噴泉——這不是唯一的一座——要特殊的盛大場合才能啟動。

現在，他們聽到直昇機的嗡嗚，還有摩托車隊的警笛聲。剛瓦德．拉森看看時間。車隊似乎提早出動了。他的藍眼珠掃過港口，注意到所有的警察船艇都已展開作業。海港的建築和他跑船時看到的大同小異，只是船隻完全不一樣了。超級油輪、貨櫃船、覺得車比乘客更重要的大型渡輪，在他眼裡盡是陌生的景象，和當年他在海上生涯時看到的大不相同。

剛瓦德．拉森不是唯一注意到程序比預定時間提早開始的人。卡薩凡提斯．拉利納迦迅速而冷靜地對著無線電通話，他對這位金髮客人微笑，目光卻越過光彩閃耀的噴泉不斷張望，因為頭一批受過特殊訓練的祕密警察摩托車隊已經出現在綠色制服的憲兵隊伍中間。

剛瓦德·拉森移開目光。就在他們近旁，一個抽著雪茄的安全人員沿著街道中央來回踱步，一面留意部署在鄰近建築屋頂上的神射手。那排憲兵背後還是那列車身漆有藍色條紋的計程車，前頭則是黃黑相間的敞篷馬車。車上的馬夫也是一身黃黑，繞在馬兒額頭上的綵帶也插著黃黑羽飾。

再往後看，是棕櫚和金合歡行道樹，外加幾排好奇的群眾。其中有幾個人舉著當局唯一許可的牌子，也就是那個脖子粗短、一團胖臉、戴著黑色琺瑯鋼邊眼鏡的來賓相片。這位總統並不是個很受歡迎的訪客。

摩托車隊行進的速度很快。第一輛安全人員的座車已來到露台下。安檢專家對剛瓦德·拉森露出微笑，放心地點點頭，開始收拾文件。

就在這時，地面突然裂開，幾乎就在防彈的凱迪拉克正下方。

兩個男人被那波壓力推得往後仰倒，不過剛瓦德·拉森就算沒有別的本事，強壯有力可是不在話下。他雙手緊緊抓住欄杆，一面抬頭往前看。

---

* 貝爾格維亞區（Belgravia），倫敦海德公園附近的高級住宅區。

路面像火山一般開了個大洞，幾道冒著濃煙的火柱直往上竄，大概有一百五十呎那麼高。火柱頂端什麼東西都有，最明顯的是防彈凱迪拉克的後半截，一部頭下尾上、車身漆有藍條紋的黑色計程車，半匹額頭綵帶上插著黃黑羽毛的馬，一條穿著黑色靴子、還掛著一片綠色制服布料的腿，以及指間還夾著一截長雪茄的一隻手臂。

一大團已燃和未燃的東西雨點般朝他當頭落下，剛瓦德・拉森低頭閃躲。他才想到自己的新西裝，胸口就被東西猛然擊中，力量大得把他直往後推，推得他撞上露台的大理石壁磚。

爆炸的巨響終於消逝。在人聲被救護車的笛聲和救火車的鳴叫聲淹沒之前，哭喊、呼救、哀泣聲不絕於耳，還有一個人歇斯底里地指天罵地。

剛瓦德・拉森站起身子，發現自己受傷不重，這才左右張望，看是什麼東西把他擊倒在地。那東西就在他腳下。是有著粗短頸項的一團胖臉；怪的是，上頭依然戴著那副黑色琺瑯鋼邊眼鏡。

安檢專家也顫巍巍地站起來，顯然沒有受傷，只是一部分的優雅已經消失。他帶著不可思議的眼神盯著那顆腦袋，在胸前劃了個十字。

剛瓦德・拉森低頭看著身上的西裝。全毀了。

「媽的。」他說。

他接著去看腳邊那顆腦袋。

「說不定我該把這帶回家，」他自言自語，「當個紀念品。」

法蘭希斯柯．巴拉孟岱．卡薩凡提斯．拉利納迦望著他的客人，眼神透著不解。

「慘不忍睹。」他說。

「是的，一點都沒錯。」剛瓦德．拉森說。

法蘭希斯柯．巴拉孟岱．卡薩凡提斯．拉利納迦看來非常不開心，剛瓦德．拉森因此覺得自己有義務補上兩句：

「不過其實沒人能怪你。再怎麼說，他那顆腦袋原本就醜得離譜。」

3.

正當剛瓦德．拉森在視野美好的旅館露台上遭遇到那詭異的經歷之際，十八歲的女孩黎貝卡．林德正在斯德哥爾摩的法庭上受審，罪名是持械搶劫銀行。

負責本案的檢察官是「推土機」奧森，多年來他儼然已成為偵辦持械搶案的司法專家。然而持械搶劫的風潮正在全國各地有如瘟疫般蔓延開來，結果，奧森成了幾乎沒有時間回家的可憐蟲。舉個例子，他太太在他枕頭上放了一張簡短的字條後就離開了，但他整整過了三個星期才發現。不過，這件事影響不大，他以一貫的迅速在三天內又為自己找了個太太。他的新任妻子是他的祕書，對他仰慕得五體投地、毫無保留；當然，從那天起，他的西裝也不再那麼皺了。

這一天他無聲無息地來到法庭，此時離開庭還有兩分鐘。他是個肥胖、但腳步輕盈的矮個兒胖子，五官頗有喜感，動作靈活生動。他永遠穿著明亮的粉紅色襯衫，配上俗氣到家的領帶，剛瓦德．拉森曾經在他的特別小組裡做事，差點沒被他的領帶品味給逼瘋。

推土機朝空空蕩蕩、暖氣不足的法庭外室望了望，發現那裡坐著五個人，除了他傳喚的證人之外，當中還有一個人出現在此，令他大感訝異。那人正是警政署凶殺組的組長。

「你怎麼會來？」他問馬丁・貝克。

「我被傳喚來當證人。」

「被誰傳喚？」

「辯方。」

「辯方？什麼意思？」

「是布萊欽，辯護律師，」馬丁・貝克說，「他顯然接了這個案子。」

「『輾壓機』啊。」推土機的語氣裡明顯帶著肝火。「我今天已經開了三個會、抓了兩個人，這下可好，恐怕這一下午我都得坐著聽那台輾壓機大放厥辭。你對這起案子有什麼了解？」

「不多，但布萊欽的話讓我覺得我應該過來。目前我沒有特別的情報。」

「你們凶殺組的人根本不知道何謂工作。」推土機說，「我有三十九件案子待處理，暫時壓著的也一樣多。你應該跟著我工作一陣子，之後就會明白。」

推土機的官司幾乎每案必勝，當然也有極少數的例外。不過這句話，說得客氣些，對這位司法大將來說並不中聽。

「不過，你會有個開心的下午，」奧森說，「輾壓機絕對會讓你有好戲可看。」

兩人的對話因為宣布開庭而中斷。除了一個重要人物之外，相關人等紛紛魚貫進入法庭，瑞典首都司法大樓裡一個相當陰沉的空間。這間法庭的窗戶大而堂皇——這個原因雖然不能當成藉口，不過，或許可以解釋為什麼窗戶看來很久沒清潔過了。

平台上的法官、助理法官，和長椅上的七名陪審團員，望著法庭，神情莊嚴。

被告由一個小邊門被帶進法庭，是個金髮及肩的女孩，嘴唇緊繃，棕色眼眸十分冷漠。她穿著淺綠色繡花長洋裝，衣料輕薄，腳下是黑色木底包頭拖鞋。

大家紛紛就座。

法官轉向坐在左側被告席上的女孩，問道：

「本案被告是黎貝卡．林德。你是黎貝卡．林德嗎？」

「是。」

「能不能請你大聲點？」

「好。」

「你的生日是一九五六年一月三日？」

「是。」

「我必須請被告說話大聲一點。」他的語氣彷彿這句話是必要的儀式，但確實也是，因為這間法庭的音響設備很差。

「被告律師希德伯・布萊欽似乎有事耽誤了，」他接著又說，「在等他的同時，我們可先召集證人。檢方有兩名證人：銀行出納柯絲汀・弗蘭森和助理警員肯尼斯・瓦思特莫。辯方傳喚的證人如下：警政署凶殺組組長馬丁・貝克，助理警員克勒・克里斯森；銀行主管朗福德・邦迪生；以及家政教師希娣瑪莉・魏倫。辯護律師還找了一家企業負責人華特・裴楚斯出庭作證，不過他說他無法出席，還聲明他與本案毫無關係。」

陪審團裡有個人在竊笑。

「現在，證人可以離席了。」

在這種場合向來穿警察制服長褲、黑皮鞋外加刺眼運動夾克的兩名警員隨同馬丁・貝克、銀行主管、家政老師、銀行出納一起湧出法庭，進入休息室。法庭上只有被告、警衛和一名旁聽民眾留下。

推土機埋首看著文件，兩分鐘後，抬起頭好奇地打量那個旁聽者。他推測那個女人約莫三十五歲。她坐在長椅上，面前攤著一本速記簿，身高比一般人略矮，留著不是太長的平直金髮。她穿著褪色的牛仔褲、說不出顏色的襯衫和繫帶涼鞋，被曬成古銅色的雙足寬寬大大的，腳趾平直，透過襯衫可明顯看出她胸部平坦，乳頭卻很大。最引人注目的是她那張稜角分明、有著挺直鼻梁和銳利藍眼的小臉。她的眼神銳利如針，正一一射向在場的人，在被告和推土機身上尤其停駐良久。她看奧森的目光實在刺人，這位檢察官不得不起身拿起一杯水，移座到她的背後。但她立刻回首，和他四目相對。

她不是在性事上會吸引他的那種女人，如果他還算有選擇可言的話，但他非常好奇她在床上會是什麼模樣。從背影望去，他看得出來她的肌骨緊實細密，毫無贅肉。

如果他去問正站在休息室一角的馬丁．貝克，或許可以探聽到一些端倪。例如，他會知道她三十九歲了，不是三十五；她有深厚的社會學背景，目前從事社會服務工作。事實上，馬丁．貝克對她所知甚多，不過他願意說出口的少之又少，因為那些多半具有私密性。要是有人問起，他可能只會說，她的名字是黎雅．尼爾森。

預定開庭的時間過了二十二分鐘後，法庭大門猛然被人推開，輾壓機出現了。他一手捻著一支點燃的雪茄，一手揣著文件。他專心研究著文件，非得法官故意清了三次喉嚨，他才漫不經心地將雪茄遞給庭務員，讓他拿去外面。

「布萊欽先生現在到了，」法官話裡帶刺，「本案即將開庭審理。請問還有沒有人反對？」

推土機搖搖頭，說：

「沒有，當然沒有。就我所知沒有。」

布萊欽起身走到法庭中央。他比法庭內所有人年紀都大，除了德高望重之外，他的大肚腩也令人印象深刻。他的衣著品味之差和不合時宜也是出了名的，他吃東西掉在背心上的屑渣，足以讓一隻不挑食的貓飽餐一頓。長長的靜默後，他意味深長地望了推土機一眼，終於說道：

「這個女孩根本不該被送上法庭。除了這件事，我沒有其他反對意見。我的發言純粹是以技術層面來看。」

「現在，請檢方陳述起訴要旨。」法官說。

推土機從座位上一躍而起，低頭開始繞著桌子踱步。他的文件攤在桌上。

「本人謹陳述如下：黎貝卡・林德於今年五月二十二日星期三持械搶劫ＰＫ銀行的仲夏夜廣場分行，事後又因為拒捕而犯下襲警罪。」

「被告可有話說？」

「被告主張無罪，」布萊欽說，「因此，本人的職責就是否定這一切的……胡言亂語。」

他轉身面對推土機，以哀傷的口吻說道：「迫害清白的人是什麼滋味？黎貝卡就跟長在地上的胡蘿蔔一樣，清清白白。」

眾人似乎都在揣想這幅新奇的景象。法官終於開口說了：

「這點該由本庭來決定，不是嗎？」

「很不幸，是的。」輾壓機答道。

「你這話是什麼意思？」法官的口氣甚是嚴峻。「現在，請奧森先生說明案情。」

推土機望向旁聽的那個女人，她也老實不客氣地回敬，目光咄咄逼人。他只得將移開視線，先是對布萊欽瞄了一眼，接著越過法官、助理法官和陪審團，盯住被告。黎貝卡．林德的目光則像是飄在空中，遠離這些瘋狂的官僚語言和是非之爭。

推土機雙手背在身後，開始來回走動。

「黎貝卡，」他的語氣很和善，「很不幸的，你的遭遇就是時下許多年輕人的遭遇。我們齊聚在此，是為了要幫助你……我想我直呼你的名字沒關係吧？」

女孩似乎沒聽到這個問題，如果這也算是問題的話。

「就技術上而言，這是個一目了然的案子，幾乎不需討論的空間。一如審訊時所顯見的——」

彷彿沉浸在一己思緒中的布萊欽，這時突然從西裝內袋掏出一支粗大的雪茄，指著推土機的胸膛喊：

「我反對！審訊的時候我不在，也沒有任何律師在場。卡蜜拉．朗德這女孩根本沒有被告知她的法律權益吧？」

「是黎貝卡・林德。」助理法官說。

「對啦，對啦，」輾壓機不耐地說，「因此，拘捕她是違法的。」

「完全不違法。」推土機說，「有人問過黎貝卡了，是她自己說無所謂的。說實在也真的無所謂。我馬上就會讓各位看到，這件案子就像水晶一樣清清楚楚。」

「審訊本身就已違法，」輾壓機說得斬釘截鐵，「請把我的反對意見記明筆錄。」

「來，黎貝卡，」推土機的臉上帶著迷人笑容，這是他的重要資產，「且讓我們明明白白、實實在在地把來龍去脈釐清一番，讓大家知道五月二十二日這天你發生了什麼事，以及事件發生的原因。你搶了一家銀行，這當然是因為你走投無路又欠思慮，後來又毆打一名警察。」

「我反對檢方的遣辭用字，」輾壓機說，「我要向庭上提出抗議，檢方對我本人和這女孩的態度都很惡劣。」

推土機頭一回顯出不耐，不過他很快就打起精神，恢復自若的神態，接著又是手勢又是微笑地，直把案情從頭說到尾——儘管布萊欽打斷他不下四十二次，而且是以令人完全摸不著頭腦的抗議為之。

簡單說來，案情是這樣的：五月二十二日午後不到兩點，黎貝卡・林德踏進ＰＫ銀行的仲夏夜廣場分行，走向一名櫃台行員。她將揹在身上的一個大肩袋放上櫃台，接著就開口要錢。行員注意到她帶著一把大型刀刃，於是邊將一捆捆總計多達五千克朗的鈔票往袋子裡塞，邊踏下按鈕，啟動警鈴。黎貝卡．林德還沒來得及帶著戰利品離開銀行，第一輛巡邏警車就趕到了。兩名荷槍員警進入銀行，奪下搶匪的武器，這時候一陣混亂，鈔票散落一地。警方逮捕了搶匪，嫌犯奮力抵抗，使得警員的制服受損。兩名警員後來將她載到國王島街警察局。這名搶匪，經查明為十八歲的黎貝卡．林德，先是被帶進刑事警察局的執勤辦公室，接著被轉送到和銀行搶案相關的特殊部門。她立刻被以疑似持械搶劫和襲警罪名遭到起訴，隔天正式提訊，在斯德哥爾摩的巡迴法庭上接受了一場短得出奇的訊問。

推土機承認，這次拘提確實沒有遵守某些司法程序，但他也同時指出，這就技術層面來說無關緊要。黎貝卡．林德對自己的辯護不但毫不關心，而且當下就承認，她去銀行就是去要錢的。每個人都開始瞄向時鐘，可是推土機不同意休庭，反而立刻傳喚他的第一個證人銀行出納柯絲汀．弗蘭森上場。她的證詞很短，證實了奧森方才說的每一句話。

推土機問：

「你是什麼時候察覺她是來搶劫的？」

「她把肩袋往櫃台上一放、開口要錢的時候，我就知道了。然後我看到那把刀，看起來好危險，是一種刺刀。」

「你為什麼會把錢交給她？」

「我們受過指示，在這種情況下千萬不要抵抗，搶匪怎麼說，我們就怎麼做。」這是實情。萬一員工受了傷，銀行必須支付保險費和高昂的賠償費，銀行可不願意冒這個險。

突然一陣雷鳴，莊嚴的法庭整個為之震動。其實那是希德伯・布萊欽在打飽嗝。這種景象並不少見，而這也是他綽號的眾多來由之一。

「辯方可有問題？」

輾壓機搖搖頭。他正忙著在一張紙上寫字。

推土機傳喚下一個證人。

肯尼斯・瓦思特莫站上證人席，他費了好大工夫才把誓詞唸完。他的證詞從照本宣科開始：專職助理警員，一九四二年於阿維卡出生；最初在蘇納區擔任巡邏警察，後來調到斯德哥爾摩。

推土機甚為不智地說道：「用你自己的話說一遍。」

「說什麼？」

「當然是事情的經過。」

「好的。」瓦思特莫說，「她就站在那裡，那個女兇手。噢，當然，她原本無意要殺人。

嗯，克勒就跟平常一樣，什麼都不做，所以我就奮不顧身朝她撲去，像豹子一樣。」

想起那幅景象真是令人不忍卒睹。瓦思特莫是個沒有身材可言的大塊頭，粗頸肥臂，滿臉橫肉。

「她才正想拔出刀來，我就抓住她的右手，接著我告訴她她被捕了，於是我就逮捕了她。我得用抱的才能把她拖到車上，她在後座強烈抵抗，結果就變成襲警，因為我的一只肩章幾乎整個被她扯掉了，我太太幫我縫回去的時候好生氣，因為她本來是要看電視的，還有我制服的一個鈕釦也幾乎掉了，而她沒有藍線，我是指我太太安娜．葛瑞塔。我們出了銀行後，克勒開車帶我們到局裡去。後來就沒什麼了，只差她罵我是豬，不過這對警察來說其實不算污辱。被罵是豬不至於對警察構成不敬或藐視——我的意思是，不管對承辦本案的警官個人，也就是我，或是對全體警方，對不對？罵我豬的人就是她，坐在那邊那個。」他指向黎貝卡．林德。

就在這位警員施展他的敘述能力之際，推土機一直看著那個旁聽的女人。剛才她忙著做筆記，現在則是手肘放在大腿上，雙手托著下巴，專注的眼神不斷在布萊欽和黎貝卡之間來回。她現出苦惱的神情，或者說是深深的不安。她彎下腰，一面咬著一手的指甲，一面伸出另一手去搔腳踝。她的目光現在停在布萊欽身上，半開半闔的藍眼眸裡半是無可奈何，半是微弱的希望。

希德伯．布萊欽似乎是人在魂不在，完全看不出到底有沒有聽進半個字的證詞。

「沒有問題。」他說。

推土機很滿意。一如他開頭所說，這案子一目了然。唯一的缺憾是費時太久。法官提議休庭一小時，他忙不迭地點頭同意，踩著輕快的小碎步衝向門口。

馬丁・貝克和黎雅・尼爾森利用休息時間去了雅瑪蘭蒂飯店。他們吃完三明治和啤酒後，又喝了咖啡和白蘭地。馬丁・貝克先前已經悶了好幾個鐘頭。他到局裡纏了隆恩和史托葛林一陣，不過似乎收穫不多。他向來不喜歡史托葛林，他和隆恩的關係也很複雜。簡單的事實就是，他在國王島街警局已經沒有朋友了；不管是這裡還是警政署，總有一堆人敬佩他，一堆人討厭他，而第三堆——也是人數最多的——明白說就是嫉妒他。在瓦斯貝加也是，自從萊納・柯柏離開後，他就沒有朋友了。班尼・史卡基請調過來這裡，在馬丁・貝克的推薦下獲准了。他們倆的關係不錯，不過距離真正交心還有一大步。馬丁・貝克有時就光坐著望著空氣發呆，希望柯柏能夠回來；說句百分之百的老實話——現在他要這麼坦白並不難——他想念柯柏的程度就像是哀悼自己的小孩或逝去的親人一般。

他在隆恩的房間坐著聊了一會兒，但隆恩不但顯得漫不經心，也有一大堆事要做。

「不知道剛瓦德狀況怎麼樣了，」隆恩說，「我真想跟他交換。鬥牛、棕櫚樹、晚餐還能報公帳，天哪天哪！」

隆恩還真是有本事讓馬丁．貝克感到良心不安。這人比任何人更需要鼓勵，當初為什麼不讓他出這趟差？

你沒辦法跟隆恩說實話，說他之所以被排除在候選名單外，純粹是因為他們認為不能派個老是在流鼻涕的北方佬出去；還有，他的外表是出了名的不稱頭；還有，就算說得再委婉，他那一口英語也只能算勉強合格。

可是，隆恩是個好探員。他一開始什麼優勢也沒有，但他現在無疑是局裡最重要的資產之一。

一如往常，馬丁．貝克想找些鼓勵的話說，可是終究沒找到，沒多久他就離開了。現在他跟黎雅坐在一起，坦白說，心境完全不同。唯一的問題是她看起來很憂傷。

「老天，這場審判真令人洩氣！還有那些做決定的人！那個檢察官簡直是個小丑。還有，他看著我的那副德性，好像以前從沒見過女人似的。」

「推土機見過無數女人。再說，他不是你喜歡的那一型。」

「還有那個辯護律師，連自己當事人的名字都不知道！那女孩根本毫無希望。」

「事情還沒結束。推土機幾乎每場官司都能贏，但偶爾也會馬前失蹄，而且都是栽在布萊欽手裡。你還記得司瓦德那案子嗎？」

「我記不記得？」黎雅發出粗獷的笑聲，「那不就是你第一次到我那裡的原因。上鎖的房間，諸如此類的。快兩年了。我怎麼可能忘記？」

她看來很快樂，什麼都比不上她的快樂更能讓馬丁·貝克開心。從那時到現在，他們共度了許多美好時光，聊天、嫉妒、拌嘴、信任、陪伴，而且不乏美妙的性愛。雖然他已年過半百，自認什麼都經歷過了，但依然對她打開心房。他希望她對這段感情也有同樣的感受，但這一點他比較沒把握。她在兩人當中不但身體較為強健，思想也很開放，而且應該比他聰明，總之腦筋動得比他快。她缺點不少，別的不說，動不動就煩躁、氣惱便是其一，可是他愛她的所有缺點。這話聽來也許愚蠢，或是過於浪漫，不過他找不出更好的話來形容。

他凝視著她，領悟到自己已經不再對她懷有嫉妒的情緒。她脫去涼鞋，赤腳在椅子底下互相摩挲，衣服底下的乳頭凸著，襯衫鈕釦隨意扣上，時不時就彎下腰去搔搔自己的腳踝。她屬於她自己，而不屬於他，這大概就是她最大的優點。

她的臉上顯現出煩惱的神色，焦慮和厭惡鑲在與眾不同的五官上。

「我對法律懂得不多，」她這麼說，但這話並不真確，「可是這起案子顯然是輸了。你作證時能不能說點什麼來扭轉大局？」

「很難，我連他要我做什麼都不知道。」

「其他的辯方證人好像都沒用處。銀行主管、家政教師、一個警察。這些人當時在場嗎？」

「嗯，克里斯森在。開巡邏車的就是他。」

「他是不是跟另一個警察一樣笨？」

「是。」

「那我想這件案子不可能在結辯時轉敗為勝了，我是指辯護律師的結辯，對吧？」

馬丁．貝克微微一笑，他早該知道她會陷得這麼深。

「對，看來是不可能。不過你確定辯方應該勝訴，黎貝卡是清白的？」

「調查過程亂得像一團垃圾。案子應該交回給警方才對——什麼都沒好好調查。光是為了這一點，我就恨死警察了。他們連一半都沒調查完就轉交給地檢署。還有那個檢察官，昂首闊步走來走去的模樣，活像一隻站在垃圾堆上的火雞；那些有權做出判決的人就只會呆坐在那裡，因為他們是政治上的廢物，其他方面一無是處。」

她說的在很多方面都沒錯。那些陪審團團員都是從政黨大缸的底層挖出來的，他們若非檢察官的朋友，要不就是被根本瞧不起他們的強勢法官牽著鼻子走。

「我知道這話聽來奇怪，」馬丁．貝克說，「不過，我想你小看了布萊欽。」

走回法庭的短短幾步路上，黎雅突然握住他的手。她很少這麼做，會這樣必然表示她很擔心或情緒緊繃。她的手就跟全身上下一樣，強壯又可靠。

推土機和他們同時步入休息室，此時離重新開庭只剩一分鐘。

「伐沙路的銀行搶案都解決了，」他上氣不接下氣地說，「可是我們又有兩起新案子，其中一起……」他的目光落在瓦思特莫身上，前面那句還沒說完，就插話說「你可以回家了，」他這麼告訴瓦思特莫。「要不就回去上班。就當幫我一個忙。」

這是推土機把人攆走的方式。

「什麼？」瓦思特莫說。

「你可以回去上班了，」推土機說，「大家都必須堅守崗位。」

「我的證詞可把那個小太妹給整慘了，對吧？」瓦思特莫說。

「沒錯，你講得太好了。」推土機說。

瓦思特莫走了，繼續和其他的幫派份子奮戰去了。

重新開庭後，本案繼續審理。

布萊欽傳喚他的第一個證人上場，銀行主管朗福德・邦迪生。行禮如儀後，布萊欽突然用他那根沒點燃的雪茄指向證人，一副審判官的語氣：

「你可曾見過黎貝卡・林德？」

「見過。」

「什麼時候？」

「大概一個月前。那位小姐來到我們銀行的總行。她穿著跟現在一樣的衣服，不過當時她抱著嬰兒，放在她胸前一個類似馬甲的東西裡。」

「而你接見了她？」

「是的，我當時正好有空，而且我對時下的年輕人很感興趣。」

「尤其是女的？」

「是的，這一點我不諱言。」

「邦迪生先生，你幾歲？」

「五十九。」

「黎貝卡．林德來做什麼？」

「她來借錢。很顯然，她連對最簡單的財務事務也毫無概念。有人告訴她銀行可以借錢，所以她就跑進最近的一家大銀行，要見銀行經理。」

「那你怎麼回答她？」

「我說銀行是商業機構，要是沒有利息和抵押品，是不會借錢的。她回答我說她有一隻山羊和三隻貓。」

「她為什麼要借錢？」

「她要去美國。要去美國哪裡她不知道，也不知道到了美國之後要做什麼。不過她說她有地址。」

「她還說了什麼？」

「她問有沒有哪家銀行不那麼商業化，是歸人民所有，一般人要是需要用錢就可以去拿的？我回答她——其實是開玩笑的成分居多——說是信用銀行，也就是現在的ＰＫ銀行，表面上是國家擁有，所以照理便是由人民擁有。她對這個答覆好像很滿意。」

輾壓機走近證人，拿雪茄往他胸上一戳，問道：「你還說了什麼？」

邦迪生先生沒有回答。最後，法官說道：

「邦迪生先生，你剛才發過誓。但要是某些問題會洩漏你的犯罪行為，你可以不必作答。」

「是，」邦迪生顯然不太情願，「年輕女孩對我有興趣，我對她們也是。我向她提議，說我能為她解決短期的困難。」

他望望四周，只看到黎雅・尼爾森那兩道能殺人的目光，以及推土機深埋在文件中的發亮禿頂。

「黎貝卡・林德怎麼說？」

「我不記得了。反正什麼事都沒發生。」

輾壓機回到桌邊。他在文件堆中摸索，說道：

「黎貝卡在警方偵訊時說：『我討厭齷齪的老男人』和『我認為你很噁心』。」輾壓機又高聲重複了一次「齷齪的老男人」，接著雪茄一揮，表示就他的部分而言，訊問已經結束。

「我不明白這件事和本案有什麼關係。」推土機說話時連頭都沒抬。

證人步下證人席，一副受傷的神情。

接著是馬丁・貝克上場，照樣行禮如儀，但推土機現在顯然專心許多，饒有興趣地聽著辯方發問。

例行程序完畢後，輾壓機開口說道，「我昨天得知有個叫做菲利普・費思佛・毛立宗的男子被高等法院駁回上訴。貝克組長，你大概還記得，毛立宗是一年半前因為一樁持械搶劫銀行的謀殺案而被定罪。該案檢察官就是我們這位恐怕學術不精的朋友奧森先生，當時他的頭銜是皇家檢察官，而我本人承擔的則是吃力不討好、在專業上又擔負道德責任的辯護工作，也就是為那位我們習稱的『罪犯』毛立宗做辯護。現在，我只有一個問題：貝克組長，你認為毛立宗在那樁銀行搶案和因它而起的命案中是否有罪？還有，從你警察的觀點來看，你對這位檢察官奧森先生的調查過程是否滿意？」

「不滿意。」馬丁・貝克說。

推土機的臉頰飛上一抹紅暈，那不但和他的襯衫相互輝映，也讓他那條繪著金色美人魚和草裙舞舞孃的畸形領帶更為突顯，不過他還是露出開心的笑容說道：

「本人也有個問題要問。貝克組長，你是否參與了該銀行謀殺案的調查？」

「沒有。」馬丁・貝克說。

推土機兩手在眼前大力一拍，接著點點頭，表示他很滿意。

馬丁・貝克步下證人席，走到黎雅身邊坐下。他揉著她的金髮，卻換來白眼。

「我還以為會有多精采。」她說。

「我可沒這麼想過。」馬丁・貝克說。

這幕看在推土機眼裡，他簡直快被好奇心給逼瘋了。輾壓機卻似乎渾然不覺。他步履蹣跚地走到推土機身後的窗邊，在窗玻璃上寫下「白痴」兩字。

而後他開口說：「我要傳喚下一個證人，助理警員克勒・克里斯森。」

克里斯森被帶進法庭。優柔寡斷的他最近才領悟得出一個結論：警界是個自成一格的階級體系，上位者總是隨心所欲，這並非為了剝削誰，純粹只是為了讓部屬的日子有如煉獄。

經過冗長的等候，輾壓機終於轉過身，開始在庭內來回踱步。推土機也是，可是步調截然不同，因此，這兩人看來就像是兩個怪異的衛兵在執勤。終於，輾壓機大大嘆了一口氣，開始他的訊問。

「根據我的資料，你當警察已經十五年了。」

「對。」

「你的上司認為你懶惰、沒頭腦，不過為人誠實，大體說來，就跟斯德哥爾摩警局其他同仁一樣，都很適職適任——也可說都不適任。」

「抗議！抗議！」推土機大叫，「辯護律師在污辱證人。」

「是嗎？」輾壓機說，「如果我說我們這位檢察官就像齊柏林飛船，是我國、甚至全世界最有趣、最口若懸河的氣囊，這話就沒有任何侮辱意味，對吧？我其實不是說檢察官真是那樣，但就這位證人而言，我只是指出他是個經驗豐富的警員，就跟保衛本市的其他警員一樣能幹、一樣有頭腦。我不過是想介紹一下他卓越的資歷和良好的判斷能力。」

黎雅．尼爾森放聲大笑，馬丁．貝克的右手覆上她的左手，她笑得更大聲了。法官提醒旁觀民眾要保持肅靜，接著神情惱怒地轉頭望向兩位律師。推土機望著黎雅，專心得幾乎沒聽到詰問的開頭。

輾壓機卻毫無反應。他問：

「你是第一個進入銀行的人？」

「不是。」

「你抓住了那個叫做黎貝卡・奧森的女孩？」

「不是。」

「我是指黎貝卡・林德。」觀眾一陣竊笑後，輾壓機說，「那你做了什麼？」

「我抓住另一個。」

「搶劫現場有兩個女孩？」

「對。」

「為什麼你要抓住她？」

克里斯森想了想。

「這樣她才不會掉下去。」

「這另一個女孩幾歲？」

「大概四個月大。」

「所以是瓦思特莫抓住了黎貝卡・林德？」

「是的。」

「你是否認為，他在抓她時使用了暴力，或是過於用力？」

「我不懂辯方律師葫蘆裡在賣什麼藥。」推土機戲謔地說。

「我的意思是，瓦思特莫——也就是我們今天稍早看到的那位……」輾壓機在文件堆中摸索了好一陣子，「找到了，瓦思特莫體重超過兩百磅。別的不說，他是個空手道高手，也是摔角好手。他的上司認為他是個非常專注且熱心的人。不過，提供這項證詞的諾曼．韓森探員也說，瓦思特莫對職責往往過度熱心，所以許多被捕者都抱怨說瓦思特莫對他們施加暴力。他的證詞還說，肯尼斯．瓦思特莫曾經受過好幾次申誡，而且他的表達能力還有許多改進空間。」輾壓機放下文件，「現在請證人回答問題：瓦思特莫是否有使用暴力？」

「有，」克里斯森說，「你可以這麼說。」

經驗告訴他，職責所在不能說謊，至少不能說太多或太常說，更何況，他也不喜歡瓦思特莫。

「所以你就護著那個小孩？」

「對，我不得不照顧那孩子。她把她裹在一個類似馬甲的東西裡抱著，瓦思特莫把刀子從她身上奪走時，她差點失手把小孩摔下來。」

「黎貝卡可有任何抵抗？」

「沒有。我接過小孩的時候，她只說：『小心，別讓她摔下來！』」

「事情經過似乎夠清楚了，」輾壓機說，「我回頭會再來談瓦思特莫是否有使用暴力的可能性。現在，我要問另一件事——」

「好。」克里斯森說。

「既然負責保護銀行錢財的專業部門無人到達犯罪現場——」輾壓機說到這裡突然頓住，意味深長地望了檢察官一眼。

「我們工作得沒日沒夜，」推土機說，「而且這種案子多得要命，本案不過是件微不足道的小案子。」

「這就表示一開始的訊問是由在場的警察所主導。」輾壓機說，「跟銀行職員對話的是誰？」

「是我。」克里斯森說。

「她怎麼說？」

「她說那個女孩抱著馬甲裡的小孩走到櫃台，把肩袋往大理石櫃台一放。那個職員一眼就看到刀子，於是開始往袋子裡塞錢。」

「黎貝卡有掏出刀來嗎？」

「沒有。她的刀插在腰帶上，她背後的腰帶。」

「那個女職員怎麼看得見刀子？」

「我不知道。對了，她是在後來黎貝卡轉過身時看到的，接著她就大叫：『刀，刀，她有刀！』」

「那是一把刺刀還是匕首嗎？」

「不是，好像是一把菜刀。就像你在家裡用的那種。」

「黎貝卡對行員怎麼說？」

「她什麼都沒說。反正當時她什麼都沒說。後來他們才說她一面大笑一面說：『我不知道借錢這麼容易。』又說她說了：『我想我該留個收據之類的吧。』」

「那些錢似乎散落一地，怎麼會這樣？」輾壓機問。

「噢，我們在等待支援時，瓦思特莫抓住那個女孩不放，行員就開始數鈔票，看錢有沒有短少。瓦思特莫於是大叫：『住手，這是違法的。』」

「然後？」

「他接著又叫：『克勒，不要讓任何人碰那筆贓款。』我當時抱著小孩，所以只抓得到袋子的一頭，結果不小心就把袋子摔到地上了。裡頭多半是小鈔，所以飛得到處都是。呃，後來又來了一部巡邏警車，我們把小孩交給他們，接著就把犯人帶往國王島街的警局。我開車，瓦思特莫跟那個女孩坐在後座。」

「後座是不是出了什麼問題？」

「對，有一點問題。一開始她大哭，想知道我們把她的孩子怎麼了。後來她越哭越大聲，瓦思特莫就想把她上銬。」

「你有沒有說什麼？」

「有。我說我認為她不必上銬。瓦思特莫的塊頭有她兩倍大，而且她完全沒有抵抗。」

「你在車上還說了什麼？」

有好幾分鐘，克里斯森就這麼靜靜坐著，輾壓機也靜靜等待。

克里斯森盯著自己的褲管，心虛地四下望了望，這才說出口：

「我說：『肯尼斯，你不要打她。』」

其他的就好辦了。輾壓機起身走到克里斯森身邊。

「肯尼斯·瓦思特莫通常都會毆打被他逮捕的人？」

「他有打過。」

「你有沒有看到瓦思特莫的肩章和那顆差點掉下來的鈕釦？」

「有，他有提過。他說他太太都不好好整理他的東西。」

「這是什麼時候的事？」

「搶案發生前一天。」

「現在該檢方質詢。」輾壓機輕聲說。

推土機注視著克里斯森的眼睛，久久沒有移開。到底有多少案子是毀在一些笨警察的手上？而其中又有多少被挽回了？

「本人沒有問題。」推土機小聲說道，接著彷彿附帶一提似地說，「檢方撤銷被告的襲警罪名。」

接下來布萊欽要求庭訊暫停，他利用這段時間點燃第一支雪茄，蹣跚走向遙遠的洗手間。片刻之後他回來了，站著跟黎雅．尼爾森說話。

「你交往的女人都是些什麼人啊？」推土機問馬丁．貝克。「她先是在庭訊進行之間嘲笑我，現在又站在那裡跟輾壓機聊天。大家都知道輾壓機的口臭足以把五十碼外的長臂猿給燻倒。」

「都是些好女人，」馬丁．貝克回答，「或者說，這位是個好女人。」

「噢，所以你又結婚了？我也是，這樣子生活多點樂趣。」

黎雅走向他們倆。

「黎雅，」馬丁・貝克說，「這位是資深檢察官奧森先生。」

「我想也是。」

「大家都叫他『推土機』。」馬丁・貝克說完，轉向奧森，「我想你這件案子不太順利。」

「沒錯，已經垮了一半，」推土機說，「但另外一半會固守到底。要不要來賭一瓶威士忌？」

這時重新開庭的宣告傳來，推土機匆匆走進法庭。

辯護律師傳喚下一名證人上來，是家政教師希娣瑪莉・魏倫，一位年約五十、一身曬成古銅色的女人。

輾壓機一直在翻找文件，最後終於找到他要的資料。他說：

「黎貝卡在校的表現不太好。她因為成績太差升不上中學，十六歲就休學了。但她在所有科目都一樣糟嗎？」

「她在我教的科目上表現就很好，」證人說，「她是我教過最好的學生之一。黎貝卡很有自己的想法，尤其在蔬菜和天然食品方面。她知道我們目前的飲食很有問題，超市販售的食品多少都受到毒害。黎貝卡很早就意識到健康生活的重要，她都自己種菜，若是看到野生植物也會採集。這就是她腰間為何都插著一把園藝刀。我跟黎貝卡聊過很多。」

「聊有機蘿蔔？」輾壓機打了個哈欠。

「還有很多事情。不過，我想說的是，黎貝卡是個健全的孩子。她受的智識教育或許有限，但那是她理性選擇的結果。她不想讓一大堆無關緊要的東西造成大腦的負擔。她唯一感興趣的是拯救自然環境，以免自然被破壞殆盡。她對政治毫無興趣，只覺得這個社會非常難理解，領導者不是罪犯就是瘋子。」

「沒有問題了。」輾壓機說。

他顯得意興闌珊，彷彿除了回家之外什麼都沒興趣。

「我對那把刀有興趣。」

推土機邊說邊從座位上跳起來。他走到法官桌前，拿起那把刀。

「這是一把普通的園藝用刀，」希娣瑪莉．魏倫說，「就是她一向在用的那種。誰都看得出來，刀柄都磨舊了，刀刃也用過很多次。」

「話說回來，這也可說是危險的武器。」推土機說。

「我完全不同意。我連用那把刀子去殺一隻麻雀都不會。黎貝卡跟我一樣反對暴力。她不明白暴力怎麼會發生，她連給別人一記耳光的念頭都未曾有過。」

「話說回來，我還是認為這是一種危險的武器。」推土機揮舞著刀。

不過他自己似乎也不是全然相信自己所言。雖然他對證人微笑著，卻也不得不用盡所有的寬容，才能以他那遠近馳名的幽默感承受住她接著說的那句話。

「那就表示你這個人不是內心惡毒，就是笨得可以。」證人說，「你抽菸嗎？喝酒嗎？」

「我沒問題了。」推土機說。

「訊問結束。」法官說，「在被告的人格評估報告和結辯之前，有人有任何問題嗎？」

布萊欽步履維艱地走向法官桌前，一面咂著嘴唇。

「所謂的被告人格評估報告不外是照本宣科罷了，其目的只是讓寫報告的人賺個五十克朗或是些許報酬。因此，我想——也希望其他有責任感的人支持我——問黎貝卡本人幾個問題。」

他第一次轉身面向被告。

「瑞典國王叫什麼名字？」

連推土機都面露驚訝。

「我不知道，」黎貝卡・林德說，「我一定要知道嗎？」

「不必，」輾壓機說，「你不必知道。你知道我國首相的名字嗎？」

「不知道。首相是什麼人？」

「他是政府的行政首長，也是我國政治人物的龍頭。」

「那他就是壞人。」黎貝卡．林德說。「我知道瑞典在斯堪尼省的巴撒巴可設立了一個原子能發電廠，距離哥本哈根市中心不過二十五公里。他們說環境遭到破壞都是政府的錯。」

「黎貝卡，」推土機的口氣和善，「你連首相的名字都不知道，怎麼會知道原子能發電廠這種事？」

「我的朋友都會談這種事情，不過他們對政治沒興趣。」

輾壓機給大家時間會過意來，接著才開口說道：

「在你去見那位銀行主管之前——很不幸，我忘了他的名字，說不定永遠也記不得——你可曾去過銀行？」

「沒有，從來沒去過。」

「為什麼？」

「幹嘛去？銀行是有錢人去的，我跟我朋友從來不去那種地方。」

「可是你終究還是去了。為什麼？」輾壓機問。

「因為我需要用錢。有個朋友告訴我可以找銀行借錢。所以當那個奇怪的銀行經理說這裡有銀行是人民擁有的，那時我就想，我大概能從那裡拿到一點錢。」

「所以當你去ＰＫ銀行時，你真的認為你可以從他們手裡借到錢？」

「對，可是我很驚訝借錢怎麼會這麼容易？我根本還沒來得及說我需要多少。」

推土機現在已看出辯方的策略，連忙插手阻擋。

「黎貝卡，」他的笑容掛在臉上，「有些事情我怎麼想也想不通。當今大眾傳播這麼普遍，一個人怎麼可能會不知道最簡單的社會現狀？」

「你的社會又不是我的。」黎貝卡・林德回答。

「你錯了，黎貝卡，」推土機說，「我們都住在這個國家，它的好壞你我都有責任。不過我想知道的是，一個人怎麼可能不聽廣播，也不看電視報導，而且完全不知道報上寫些什麼。」

「我沒有收音機，也沒有電視，而且我看報只看星座運勢。」

「但你受了九年學校教育，不是嗎？」

「學校只教給我們一堆無用的垃圾，我根本沒聽進去。」

「可是，錢，錢是每個人都有興趣的。」推土機說。

「我沒興趣。」

「那你哪來的錢過日子？」

「福利救濟金，可是在此之前我需要的很少。」

法官接著唸出被告的人格評估報告，內容並不像布萊欽料所想的那麼無趣。

黎貝卡．林德生於一九五六年一月三日，在一個較低層的中產階級家庭長大。父親是一家建築小公司的營業處經理，家居環境良好，但黎貝卡很早就開始反抗父母，這股反骨精神在十六歲時到達高峰。她對上學毫無興趣，初中讀完就休學。她的老師都認為她的知識貧乏得驚人，雖然智能不差，但她的心態卻很怪異，與現實嚴重脫節。她一直找不到工作，也沒有興趣工作。十六歲時因為在家中的日子越來越難過，她就搬了出去。她父親被調查員找去問話時還說這樣對大家都好，因為她還有其他比較沒讓他們失望的兄弟姊妹。

她最初住在一間鄉下小屋，這是她向一個朋友以一筆類似永久性的貸款租來的，後來她又在斯德哥爾摩南邊租到一間不供應熱水的小套房。一九七三年年初，她遇到一個叫做吉姆．柯斯圭的美國逃兵，隨即搬去和他同居。黎貝卡不久便懷了孕，在自己的意願下，一九七四年一月生下女兒卡蜜拉。柯斯圭想工作，但完全找不到，因為他蓄長髮，又是個外國人。他在瑞典這幾年唯一做過的工作，是某年夏天在來往芬蘭的渡輪上當了兩個星期的洗碗工。而且，他很渴望回美國。他有工作經驗，認為自己一旦回到故鄉，若要替自己和家人安排出路應該不成問題。

二月初時，柯斯圭主動和美國大使館聯絡，說他自願歸國，條件是政府要給他若干保證。他們因為急著要他回國，便答應只會給他形式上的懲罰。

柯斯圭在二月十二日飛回美國。由於男友的父母曾答應出錢接濟她，黎貝卡本想三月就可以跟去，可是好幾個月過去了，柯斯圭卻音訊全無。她去社會福利局詢問，得到的答覆是：柯斯圭是外國人，他們無計可施。黎貝卡於是決定靠一己之力飛去美國，看看究竟是怎麼回事。為了籌措旅費，她轉而求助銀行，結果就是大家現在看到的情況。

人格評估報告基本上有利於被告。它指出黎貝卡是個很好的母親，既未墮落沉淪，也不曾顯露任何犯罪傾向。她具有堅不可摧的誠實本性，只是對這個世界存有不切實際的心態，輕易就會受騙。關於柯斯圭也有一段簡短的評估報告。報告上指出，他是個有目標的年輕人，沒打算規避責任，還相信能在美國為自己和家人找到未來。

推土機站起身，準備結辯。

黎雅兩眼半睜半閉，打量著他。除了那一身無可救藥的衣著打扮，這個人渾身散發出強烈無比的自信，對自己的作為也極為熱切。他已經看穿輾壓機的辯護策略，不過他可沒打算讓自己的行動受此影響。他反而以言簡意賅的言辭，固守先前的論點。他挺著胸膛——其實挺出的多半是肚子——低頭望著他那雙沒有上油的棕色皮鞋，以珠圓玉潤般的聲音說道：

「我只打算重複幾項已經證實的事實做為結辯。黎貝卡・林德帶著一把刀和一個打算裝戰利品的寬大肩袋走進ＰＫ銀行。以我對這類較為單純的銀行搶案——事實上，去年就發生了數百起——的豐富經驗，我相信黎貝卡的行為就是遵照這種模式，而由於欠缺經驗，她立刻就遭到制裁。我個人對被告甚感同情，這麼年輕就禁不起誘惑，讓自己犯下如此重罪。話說回來，基於對法律的尊重，我有義務為如此犯行求處無期徒刑。先前大家在法庭上看到的證據是不容辯駁的，再多辯解也抵賴不了。」

推土機摸摸領帶，做出結語：

「本人將本案交由法庭定讞。」

「辯護律師準備好結辯了嗎？」

輾壓機顯然完全還沒準備好。他在徹底亂成一團的文件裡摸索一通，對著沒點燃的雪茄盯了好半晌，將它放進口袋，接著環視整個法庭，以怪異的眼神逐一看著現場眾人，好像從未見過那些人似的。之後，他才起身，腳步蹣跚地在法官面前走來走去。

他終於開口了：

「一如我先前指出的，這位被置於被告席——也許我該說是被告椅——上的女孩是無辜的，因此發言為她辯護大體來說並無必要。不過，我還是有幾句話要說。」

眾人緊張地暗忖，不知道輾壓機所謂的「幾句話」是什麼意思。

輾壓機解開外套鈕釦，如釋重負地打了個飽嗝，肚子往外一挺，說道：

「正如檢方指出，這個國家發生了許多銀行搶案。大家對這些搶案的爭相報導，再加上警方往往令人瞠目結舌的防堵措施，不但造就了這位檢察官的高知名度，也造成了普遍的歇斯底里。」

輾壓機頓了頓，雙眼盯著地上，像是在凝神思索。他接著又說：

「黎貝卡．林德未曾從這個社會得到多少協助或快樂。學校、父母、整個上一輩的人都不曾對她提供過支持或鼓勵。說實在，她不願置身於當前的法律制度之下，並不能怪她。和時下許多年輕人不同的是，她試過找工作，但得到的答覆總是沒有工作可以給她。我很想說明為什麼這一代的年輕人會找不到工作，但我想我還是克制一下比較好。

「無論如何，後來她發現自己陷於困境，於是轉向銀行求助。她對銀行的運作毫無概念，因此得到錯誤的結論，認為ＰＫ銀行比較不那麼資本主義，或者說它是人民所擁有的。

「銀行職員一看到黎貝卡，當下就認定這女孩是來搶劫的，一方面是因為該行員不懂這種人來銀行做什麼，一方面則是因為受到最近無數指示的刺激，這陣子這類指示有如排山倒海。她立刻按下警鈴，開始將錢塞進這女孩置於櫃台的袋子。結果呢？唉，這位檢察官手下遠近馳名的偵查員沒有半個出現，因為他們沒時間去管這種無用的小案子，反倒來了兩個開巡邏車的警察。其中一個，根據他個人的說辭，像隻豹子似地撲向這女孩，另一個則是不小心把錢灑了一地。除了這個貢獻外，他還詢問了銀行職員。我們從問話當中知道黎貝卡根本沒有威脅銀行人員，也沒向她要錢。整起事件只能稱之為誤會。那女孩的行徑堪稱天真，可是，一如各位所知，天真並不是罪。」

輾壓機緩慢、艱難地走回座位，審視文件後，背對著法官和陪審團說道：

「本人請求庭上將黎貝卡．林德當庭開釋，並撤銷她被起訴的罪名。我沒有其他請求，因為只要稍有頭腦必然看得出她是清白的，不可能有第二種判決結果。」

法庭的決議來得很快，不到半小時就宣判了結果。

庭上宣布黎貝卡．林德重獲自由，立刻開釋，但那兩項罪名並沒有撤銷，這表示檢方仍可上訴。五名陪審員投票贊成釋放被告，兩名反對，法官則建議以有罪定案。

馬丁．貝克和黎雅走出法庭，奧森趕上他們倆，口中說道：

「你看吧！要是你剛才動作快一點，你就贏了一瓶威士忌。」

「你打算上訴嗎？」

「不。你以為我沒其他事好做，可以為這種雞毛蒜皮的小案子花一整天在高等法院跟輾壓機唇槍舌劍？」

他匆匆離去。

輾壓機走向他們，似乎更見舉步維艱。

「謝謝你出庭，願意這樣做的人不多。」他說。

「我想我懂得你的想法。」馬丁・貝克說。

「這就是問題所在。」布萊欽說，「很多人懂得我的想法，但跑來支持的人可就少之又少了。」

輾壓機剪下雪茄菸頭，若有所思地看著黎雅。

「我在休息時間和這位小姐還是女士——呃，我忘了貴姓——有過一段很有趣、也很有收穫的對話。」

「她姓尼爾森，」馬丁・貝克說，「黎雅・尼爾森。」

「謝謝提醒，」輾壓機的語氣裡透著幾許熱情。「有時候我會想，要不是因為記人姓名這種事，我大概不會輸掉那麼多案子。總之，尼爾森女士應該走法律這一行。她在十分鐘內就對案情做出分析，還得到那位檢察官好幾個月才能得到的結論——如果他有那個腦筋想通的話。」

「嗯，」馬丁・貝克說，「如果推土機想上訴，他在高等法院不太可能會輸。」

「噢，」輾壓機說，「你必須思考對手的心理。推土機如果一開始就輸了，他就絕對不會上訴。」

「為什麼？」黎雅問。

「因為這有損他的形象。他忙得焦頭爛額，哪有時間做其他事。再說，要是所有檢察官都像推土機一樣戰無不克，瑞典有半數人口恐怕都會被關進牢裡。」

黎雅扮了個鬼臉。

「再次謝謝你。」輾壓機說完，蹣跚走開。

馬丁・貝克帶著深思的神情望著他遠去，這才轉身對黎雅說。

「你想去哪裡？」

「回家。」

「你家還是我家？」

「你家，我開始覺得已經離開很久了。」

說得精確點，好久是指四天前。

4.

馬丁．貝克住在舊城的科曼街上，距離斯德哥爾摩市中心非常近。那座建築維護得很好，甚至有電梯，可說是人人心目中的理想公寓——當然，這不包括那一小撮在鹽湖村或迪爾思摩等高級住宅區坐擁別墅、大花園、游泳池的勢利之輩。他能找到這地方算是運氣好，而且最難能可貴的是，他不是靠賄賂、貪污這類旁門左道住進來的，換句話說，不是透過警察常用的特權管道。拜這股運氣之賜，他鼓足勇氣掙脫了捆綁他十八年的不快樂婚姻。

隨後，他的運氣就用完了。他被一個在屋頂上的瘋狂男子開槍擊中胸口。過了一年出院後，他曾經遭受冷落，對工作也厭煩之至，而且想到要在四壁掛著知名畫作、鋪有地毯的辦公室、旋轉椅上幹到退休，他就不寒而慄。

但這樣的機率已是微乎其微。警察高層似乎認為，就算他腦子沒壞掉，要和他共事也非常困難。因此，馬丁．貝克變成了國家凶殺組的頭頭，而且除非這個歷史悠久、但效率奇佳的組織被廢除，不然他就會做到終老退休。

諷刺的是，凶殺組之所以招致非議，竟是因為它的效率耀眼。有人說風涼話，說它破案率奇高是因為人員素質太高、案件太少。

除此之外，高層也有人看馬丁·貝克不順眼，甚至透過各種不當管道散播耳語，說是馬丁·貝克說服了瑞典警界的頂尖好手萊納·柯柏放棄警職，跑去陸軍博物館當個兼職的左輪槍分類員，可憐的柯柏太太因此不得不擔下養家餬口的重擔。

馬丁·貝克很少真正動氣，但是當他聽到這個傳言，差點沒跑到那傢伙面前一拳打爛他的下巴。事實上，柯柏辭職，人人都是受惠者。柯柏除了得以擺脫厭惡的工作外，也有了更多時間與家人相處，他的妻兒也都樂於多見到他。另一個受益者是班尼·史卡基，他接下柯柏的職務，有望得到更多功勳，朝畢生職志更進一步：升遷為警界首長。警政署若干成員的受惠程度也不遑多讓。他們雖然不得不承認柯柏是個好警察，卻也掩飾不了一個事實：他是個「麻煩人物」，很會「製造紛亂」。這麼分析下來，想念柯柏的其實只有一個人，那就是馬丁·貝克。

兩年前出院後，他有一些情緒困擾，他感到前所未有的孤單與落寞。那件他用來當成職業治療的案子極為特殊，活像是從偵探小說直接搬下來的場景。一個上鎖的房間，撲朔迷離的偵訊過程，無法令人滿意的破案結果。他常感覺坐在那個上鎖的房間裡的人就是他自己，而不是一具已無生命的屍體。

他找到了兇手，雖然推土機在審判中以銀行搶案和相關命案將他起訴定讞，但那人其實是完全清白的，一如布萊欽今早所言。之後他發現推土機有點棘手，因為整件事情斧鑿斑斑，都是奧森刻意的操弄，不過他們的交情其實不壞。馬丁．貝克並不討厭推土機，他甚至喜歡跟他說話，雖然他也樂於在這位檢察官的案件中當個程咬金，一如他今早所為。

然而好運再度降臨——它化身為黎雅．尼爾森而來。他見到她才不到十分鐘，就發現自己備受吸引，而她也毫不隱瞞對他的好感。對他來說，與她邂逅的最大意義或許是、至少一開始是，他終於遇到一個能立刻領會他心思的人，而且此人的意念、想望、尚未出口的問題全都清楚寫在臉上，沒有誤解，也不必有錯綜複雜的聯想。

他們就這麼開始了。兩人經常見面，不過只在她的寓所。她在圖立路擁有一棟公寓，自住之外也租給房客，去年開始生意每下愈況，就快像是人民公社。

過了好幾個星期，她才開始去他在科曼街的住所。當晚她下廚煮晚餐，因為美食是她的興趣。那天晚上她也顯露其他興趣，發現兩人頗有雷同。

那一晚甚是美妙。對馬丁．貝克來說，恐怕是有生以來最成功的一次。

隔天早上他們共進早餐，馬丁．貝克邊準備碗盤邊看著她穿衣。他看過她裸體不下數次，但他強烈感受到，他要看膩恐怕得等多年後。黎雅．尼爾森的體態勻稱，頗為強健，說她壯實也不為過，但她的軀體更有一種非比尋常的敏捷與和諧，一如她異於常人的五官，深邃濃烈，非常有個人特色。他最喜歡她身上的五樣東西，可說是風馬牛不相及的五樣：不妥協的藍眼眸、圓而平的胸部、淺棕色的大乳頭、恥骨處一團漂亮的恥毛、一雙腳。

黎雅發出粗獷的笑聲。

「繼續看吧，有時候被人這樣看還真爽。」她拉上長褲。

沒多久，吐司抹橘子醬配茶，兩人就這麼吃著早餐。她看似有心事，馬丁・貝克知道為什麼。他自己也很苦惱。

幾分鐘後她離去。告別時她說：

「謝謝你，這麼棒的一夜。」

「謝謝你自己吧。」

「我會打給你，」黎雅說，「不過你要是覺得度日如年，那就打給我。」她又現出若有所思的煩惱神色，接著雙腳往紅色木屐裡一套，突然冒出一句：「再見了。再謝一次。」

馬丁・貝克那天沒事。他在她離開後沖了個澡，換上睡袍躺在床上。他依然覺得困惑。他起身下床，望著鏡中的自己。誰都無法否認，他看起來真不像四十九歲，可是也得承認，他確實四十九了。在馬丁・貝克自己看來，他的外表多年來都不見明顯的改變，頎長的身材，淡黃的皮膺，寬大的下顎。頭髮既無變白的跡象，髮際線也沒有後退。

這些全是幻覺嗎？還是因為他希望自己保持這樣？

他又躺回床上，雙手交握枕在腦後。

他剛度過此生中最美妙的時刻。話說回來，他也製造了一道看似無解的難題。和黎雅魚水交歡的滋味妙不可言。但真實的她是什麼模樣？他不確定自己願不願意把那句話說出口，或許他應該說出來。不是有個人說過，住在圖立路那棟房子裡的是什麼？半是女人，半是暴徒。

蠢話，可是很貼切。

昨夜的纏綿滋味如何？

就肉體而言，是他此生中最美好的。但他在這方面的經驗其實不多。

她是個什麼樣的人？他必須先回答這個，才能進到核心問題。

她認為兩人在一起很有趣。有時她會大笑，有時他又以為她在哭。

目前一切都好，可是他的思緒突然一轉。

沒有用的，阻力太多了。

我比她大上十三歲，我們都離過婚。

兩個人都有小孩，就算我的孩子已經長大，洛夫十九歲，英格麗就快二十三了，她的孩子卻都還小。

等我六十歲準備退休，她才四十七。

行不通的。

・

馬丁・貝克沒有打給她。一天天過去，那一夜過後的一個星期，他的電話在早上七點半尖聲響起。

「嗨。」黎雅說。

「嗨。謝謝你上星期的那一天。」

「彼此彼此。你很忙嗎？」

「一點也不忙。」

「老天，當警察的一定超忙。」黎雅說，「對了，你什麼時候得去上班？」

「我的公寓這裡平靜無事，不過到了市區情況就會截然不同。」

「謝了，我知道街上是什麼模樣。」她頓了頓，乾咳一聲，這才說道：「現在說話方便嗎？」

「我想可以。」

「那好。只要你說個時間，我都可以出來。最好在你家。」

「我們也許可以出去吃點東西。」馬丁・貝克說。

「對，」她的語氣頗為躊躇，「也許吧。這年頭穿木屐出去吃東西可以嗎？」

「當然可以。」

「那我七點鐘到。」

對他們兩個來說，這段對話雖然簡短，卻舉足輕重。他們的思緒總是跑在同樣的軌道上，照理說這回也是。或許兩人在這樁非常重要的事情上會有類似的看法。

黎雅七點鐘準時到達。她踢掉紅木屐，踮起腳去吻他。

「你怎麼都不打給我？」她問。

馬丁・貝克沒有回答。

「因為你思考之後，覺得不會有好結果？」她說。

「大致如此。」

「大致如此？」

「確實如此。」他說。

「所以我們不能同居、不能結婚、不能生小孩或是做其他蠢事。否則事情會變得太複雜，一段美好的戀情很可能變得萬劫不復、支離破碎、千瘡百孔。」

「沒錯，你說得也許沒錯，不管我多麼不想承認。」

她清澈、奇異、淡藍色的眼眸直直望進馬丁・貝克的眼底。

「你不想承認嗎？」

「對，可是我得承認。」

她一時間似乎無法自持。她走到窗口，把窗簾往旁邊一撩，含糊說了什麼，但他完全聽不清楚。幾秒鐘後她說話了，依然沒有轉過頭來：

「我剛說我愛你。我現在很愛你，而且可能會愛你很久。」

馬丁・貝覺得手足無措。他走過去，張開雙臂攬住她。她隨即從他的懷抱裡揚起臉蛋，口中說道：

「我的意思是，我表明了我的立場，而且會繼續表明，直到我們兩人都願意把話說清楚。我這樣說有沒有道理？」

「有。」馬丁・貝克說。「那我們要不要出去吃點東西？」

他們很少出外吃飯，這回他們去了一家很貴的餐館，領班帶著嫌惡的眼神看著黎雅的木屐。事後他們走路回家，又躺在同樣的床上，雖然兩人事前都沒有這樣的盤算。

就這樣，快兩年了，黎雅．尼爾森來過科曼街無數次。她當然在這裡多少留下了標記，尤其是廚房，它現在已經徹底改頭換面。她還在床頭貼了一張毛澤東的海報。馬丁．貝克對政治從不表達意見，這回也是一個字都沒說。倒是黎雅說了：

「如果有誰要替你寫一篇家居專訪，也許你得把那海報拿下來，如果你沒種把它留在那裡的話。」

馬丁．貝克沒答腔，可是一想到那張海報可能會觸怒某些人，他當下就決定讓它留在那裡。

一九七四年六月五日，他們一進馬丁．貝克的屋子，黎雅就立刻脫掉涼鞋。

「該死的鞋帶，好磨腳，不過一、兩個禮拜就會適應了。」她把涼鞋往旁邊一扔，「輕鬆多了。」她說，「你今天表現得很棒。有幾個警察會答應作證回答這些問題？」

馬丁．貝克還是不出聲。

「一個也不會，」黎雅說，「而且你的證詞扭轉了整個局勢。我當下就看出來了。」她仔細端詳自己的腳，「漂亮的涼鞋，但實在磨死人。脫掉的感覺真好。」

「如果你喜歡，也可以把其他的脫掉。」馬丁．貝克說。

他認識這女人夠久，知道事情會如何發展。她會立刻褪下全身衣物，要不就是開始談完全不相干的事。

黎雅瞥了他一眼。她的眼眸有時看來好晶亮，他想。她張口欲言，只是話沒說出口，反而骨碌褪去身上的襯衫、牛仔褲，在馬丁・貝克還沒來得及解開外套鈕釦之前，她已經將衣物攤在地板上，裸著身子躺上床。

「老天，你脫衣服可真慢。」她帶著嗤笑說。

她的心情突然變了，好心情也顯露在她的姿勢上：她面朝上仰躺，雙腿直伸大張，這是她認為最有樂趣的姿勢，不過這不代表她向來或常常認為這是最好的姿勢。

他們同時到達高潮，這一天的勢之所趨。

黎雅從衣櫃摸出一件淡紫色的針織毛衣，這顯然是她最喜歡的衣服，沒有它就失了她的完整，所以她很難將它留在圖立路。但還沒穿上毛衣，她就開始談起食物。

「來份熱騰騰的三明治如何？三個？還是五個？我買了各種好料，火腿、肝醬、還有會是你這輩子吃過最棒的特級乳酪。」

「我相信。」馬丁・貝克說。他站在窗邊，聽著明顯的警車鳴嚎，雖然他住的地方非常僻靜。

「五分鐘就好了。」黎雅說。

每回他們睡在一起，都是同樣的情形。她在完事後會立刻變得極度飢餓。有時她簡直迫不及待，還裸著身子就衝進廚房煮東煮西。她對熱食的偏好毫不妥協。

馬丁．貝克就沒有這種問題，而且正好相反。確實，他才剛和妻子離婚，胃痛似乎就不藥而癒。他很難斷定自己的胃痛是因為妻子怪異的烹飪，還是心理作祟所引起的身心症，不過在熱量方面他依然很容易滿足——尤其是值勤或黎雅不在身邊時，幾個起司三明治外加一、兩杯牛奶就可以打發。

不過，黎雅熱騰騰的開口三明治實在令人難以抗拒。馬丁．貝克吃了三個，又喝了兩瓶啤酒。黎雅則是狼吞虎嚥了七個，灌下半瓶紅酒，十五分鐘後又餓得開始搜刮冰箱，找更多東西吃。

「你要不要留下來過夜？」馬丁．貝克問。

「噢，好啊，」她說，「今天像是那樣的日子。」

「什麼樣的日子？」

「當然是適合我們兩個的日子。」

「噢，那樣的日子。」

「比如說，我們可以慶祝瑞典國慶，還有國王命名節。等我們醒來，我們必須想點有創意的事情做。」

「噢，我想那可以安排。」

黎雅蜷曲在扶手椅上。多數人會覺得她那種奇怪的姿勢和那件怪里怪氣的毛衣很滑稽，然而馬丁・貝克不這麼想。過了一會她看似睡著了，可是這時她又開口說話了：

「你剛才強暴我的時候我正有話想說，現在我想起來了。」

「是嗎？你想說什麼？」

「那個女孩，黎貝卡・林德，她會怎麼樣？」

「不會怎麼樣。他們會放了她。」

「有時候你說話可真蠢。我知道他們已經放了她，問題是，她的心理會不會怎樣，她能照顧自己嗎？」

「噢，我想可以吧。她不像時下同齡年輕人那般麻木又被動。至於那場審判——」

「是呀，那場審判。她從那場審判中學到什麼？大概只學到，你什麼都沒做，卻可能被逮捕、甚至被送去坐牢。」黎雅蹙起眉頭。「我替那女孩擔心。在一個你完全不了解的社會，制度又和你格格不入，你很難只靠自己過日子。」

「據我了解，那個美國男孩還不壞，而且是真心想照顧她。」

「說不定他根本照顧不了她。」黎雅邊說邊搖頭。

馬丁．貝克默默望著她，半晌才說：

「我很想反駁你，但其實我看到那女孩的時候也挺擔心的。可是很不幸，我們幫不了多少。當然，我們可以私下幫助她，用錢接濟她，但我認為她不會接受這種幫助，再者我根本也沒有錢可以給她。」

黎雅搔後頸搔了好一陣。

「你說的對。我想她不是那種會接受他人施捨的人，連去社會福利局都不願意。她也許會去找份工作，可是永遠找不到。」她打了個哈欠，「我沒力氣再想下去了。不過有件事很清楚。黎貝卡．林德在這塊土地上絕對不會成名。」

這句話她說錯了。沒多久她就睡著了。

馬丁．貝克走進廚房，開始清洗碗盤，整理東西。黎雅醒過來時他還在廚房，他聽到她打開電視。她自己家不買電視，應該是考慮到小孩的關係，不過她偶爾也喜歡看看他的電視。他聽到她的叫聲，於是放下手邊的事，走進臥室。

「新聞快報。」她說。

他錯過了開頭，但是主題依然清楚入耳，新聞主播的聲音聽來莊嚴而肅穆。

「……暗殺發生在抵達皇宮之前。正當車隊通過之際，威力強大的炸藥從街道底下引爆，來訪的總統和防彈車中的其他乘客當場喪生，炸得血肉模糊，面目全非。座車被拋到附近一座大樓頂。在這場爆炸中有許多人喪命，其中好幾名是安全人員，還有當地老百姓。該市警察首長宣布，目前確定已有十六人喪生，不過最後的數字很可能會高出許多。他同時強調，這次國賓到訪的保安措施相當嚴密，堪稱該國史上之最。暗殺事件發生後，法國一家廣播電台立即報導，指出一個名為ＵＬＡＧ的國際恐怖組織已承認此次突擊行動是他們所為。」

主播拿起電話，仔細聽了數秒後說：

「我們現在要播放一段由衛星轉播的影片，影片來源是一家美國電視公司，該公司全程轉播了這次國賓訪問，沒想到卻是以悲劇收場。」

影像的畫質很差，但畫面仍然令人反胃，根本就不應該播放。

畫面一開始是總統座機抵達，這位貴賓正對著接機的人群揮手，一臉蠢相。接著他毫不帶勁地檢視了儀隊，與主人寒暄問候時，臉上的笑容也僵硬如水泥。接下來是一些車隊的畫面。安全措施似乎非常嚴密，沒有出錯之虞。

接著是這段影片的高潮。這家電視公司似乎是出於策略考量或是幸運，他們在那個地點安排了一名攝影師。如果他的位置再近個五十碼，恐怕如今已不在人世。反過來說，如果再遠個五十碼，也恐怕什麼畫面都拍不到。一切全發生在電光石火之間；一開始是沖天的巨大濃煙，汽車、動物、人體全都被拋到半空，四分五裂的血肉之軀被一團有如原子彈爆炸後的蕈狀濃煙吞沒。接著攝影師左右搖鏡，開始拍攝周遭景物，那是個漂亮的場景，噴泉正噴著水柱，還有一條棕櫚樹成行的林蔭大道。接著一團可怕的黑影迸到眼前，它可能是一輛汽車的殘碎，再加上不久前也許還活生生的一個人。

播報影片的記者從頭到尾喋喋不休，以似乎只有美國記者才有的熱切、興奮語氣評論不停，彷彿他剛目睹了世界末日，因而歡欣鼓舞。

「噢，老天，」黎雅把臉埋進抱枕，「我們身處的是個什麼樣的可怕世界。」

對馬丁．貝克來說，這件事情更令他難受。

瑞典的新聞播報員再度出現，他說：

「我們剛接獲消息，暗殺現場有一名瑞典警方派去的特別觀察員，斯德哥爾摩制暴組的剛瓦德．拉森探員。」

螢幕上出現剛瓦德．拉森的靜止畫面，看來像是智能不足，而且他的名字一如往常又拼錯了。

「遺憾的是，我們對拉森探員目前的下落毫無所悉。接下來將撥出正常時段的新聞。」

「他媽的，」馬丁・貝克說，「真是他媽的加三級。」

「怎麼回事？」黎雅問道。

「剛瓦德，只要有狗屎的地方他一定會踩到。」

「我還以為你不喜歡他。」

「我喜歡他，雖然我不常掛在嘴上。」

「你心裡想什麼就應該說出來。」黎雅說，「來，我們睡覺去。」

二十分鐘後，他已經面頰貼著她的肩膀，沉沉進入夢鄉。

她的肩頭很快就麻木了，接著是整隻手臂。但她沒有移動，只是清醒地躺在黑暗中，愛戀著他。

5.

從斯德哥爾摩中央車站開出的最後一班通勤夜車在羅特布魯停下，只有一名乘客在本站下車。那人一身深藍色牛仔裝，腳穿黑色球鞋，快步走過月台和台階，可是一等到車站明亮的燈光被拋在身後，他的腳步就緩了下來。他繼續不疾不徐地走著，穿過這個郊區地帶較為老舊的別墅區，經過籬笆、矮牆和圍著各家花園的美觀樹籬。夜涼如水，可是非常安靜，空氣中充滿花香。這是天色最暗的子夜時分，不過因為離夏至只有兩個禮拜，墨藍的六月天空低低籠罩在他的頭頂。

道路兩旁的房屋漆黑、沉靜，唯一聲響是那人的橡膠球鞋踩在人行道上的腳步聲。

他在火車上一路魂不守舍、緊張不安，但他現在已經冷靜下來，放鬆心情，任由思緒馳騁。他的腦海閃過艾爾默．迪托尼爾斯*的一首詩，抑揚頓挫正好配合他的腳步：

* 艾爾默．迪托尼爾斯（Elmer Diktonius, 1896-1961），芬蘭詩人，多以芬蘭語及瑞典語創作。

沿著道路小心行走，
但千萬別去數算你的步子，
因為恐懼會讓你卻步。

他偶爾也嘗試作詩，不在乎成果如何，不過他喜歡讀詩，也能默背不少喜愛的詩人之作。

他邊走邊緊握著那根一呎長、塞在牛仔外套右手袖子裡的厚實鐵棒。

穿過宏波達瓦，他慢慢趨近連壁屋的住宅區，步伐更加小心翼翼，模樣也更有戒心。截至目前，他沒遇見半個人，眼看目標在望，他希望自己的運氣不要在達到目的之前用完。他覺得在這一區比較容易曝光，因為花園都蓋在屋宅後面，房前只有窄長的花圃，而人行道的花床、灌木、樹籬都太過低矮，無法提供掩護。

道路兩旁的房屋只有顏色不同，一邊全部漆成黃色，另一邊則一概為紅色，至於外觀則是完全相同，都是兩層樓的木屋，複斜式的屋頂。房屋之間都有個車庫或工具間，擠在中間既像是連結，又像是分隔。

那人的目標是這排住屋最遠的那一棟；建物就到此為止，再過去便是田野和草原了。他迅速鑽進街角一棟房屋的車庫，目光不斷對著馬路和各家陽台掃描。他沒看到任何人。

那個車庫沒有設門，也沒有車子停放，只有一輛女用腳踏車靠在入口玄關的牆壁上，正對著一個大垃圾桶。再往前看，牆壁盡頭處立著兩個很大的板條箱。他原本很擔心有人會把箱子移走。這是他事前就決定好的，因為很難再找到這麼理想的藏身處。

兩個大木箱和牆壁之間的空間很窄，不過已足夠他側身擠進去。他屈身躲在那兩個以結實松木製成、大小和棺材相仿的木箱後頭，等到確定自己完全藏好，這才從袖中拿出鐵棒。他俯臥在濕冷的水泥地上，面孔埋在左手屈起的臂彎中，右手緊握的鐵棒仍帶有身體的餘溫。現在他只須等待，因為外頭的夏夜天空已經慢慢透出光亮。

•

他被鳥兒的啁啾聲吵醒。他屈膝跪起，看看手錶。快四點半了。太陽剛剛升起，他還得等上四個鐘頭。

將近六點，屋內開始有聲響傳來。那些聲音微弱，斷斷續續，木箱後的男人真想把耳朵湊上牆壁聽個仔細，但他不敢，害怕被路人看到。從兩個木箱的細縫中，他看得到一小段馬路和對面的房子。一輛車開過去，接著他又聽到附近有引擎啟動，未久又是一輛車開過。

六點半，他聽到牆壁那面有腳步聲，像是有人穿著厚底木屐。那樣的踢踏聲不斷消失又響起，如此數回後，他聽到一個低沉的女聲清楚說道：「再見，我走了。你今天晚上會打給我嗎？」

他沒聽清楚回答，只聽到前門開了又關上。他動也不動，一隻眼緊緊貼著木箱細縫。穿著木屐的女人走進車庫。他看不到她，只聽到她喀嚓一聲打開腳踏車鎖，接著是腳步踩在石徑走向馬路的沙沙作響聲。他唯一瞥見的是她騎單車經過時的身影：白色長褲，黑色長髮。

他瞄向對街的房子，視線只看得到一扇窗戶，百葉窗是放下的。他的左臂緊緊夾住外套內的鐵棒，從木箱後頭走出三步，一隻耳朵貼上牆壁細聽，眼睛依然盯著屋外的馬路。一開始他什麼也沒聽見，不久就聽到有腳步聲消失在樓梯處。

路上空無一人。遠處傳來狗吠和柴油引擎的轟鳴，但附近卻相當安靜。他戴上一直捲在外套口袋裡的手套，沿著車庫牆壁迅速前行至屋角，一隻手往前陽台的門把一壓。

果然如他所料，門沒鎖上。

他讓門保持敞開，聽到樓上傳來腳步聲，便立刻往依然空蕩的馬路上瞄一眼，隨即溜進門內。

瓷磚陽台比鋪著拼花地板的走道要低一截，他站在陽台上往右看，視線穿過走道，望進偌大的客廳。他早已摸熟了這房子的格局。右手邊有三道門，中間那扇洞開的是廚房，浴室在走道左側的最後一間，接著是通往二樓的階梯。再過去是客廳的一部分，不過他看不到，只知道它面向房子後面的花園。

他的左邊掛著一排外出服，衣服下頭的瓷磚地板上排放著橡膠長靴、幾雙涼鞋和皮鞋。正前方，也就是陽台門的正對面，又是另一道門。他打開那扇門，潛進去後無聲無息地將它關上。

他發現自己置身在一個儲藏室兼設施間的地方。這裡有供應中央暖氣的鍋爐，洗衣機、烘衣機及抽水馬達沿著暖氣設備後的一面牆壁接續而立，另一面牆壁則靠著兩個大櫥櫃和一張工作長椅。他往櫥櫃裡瞥了一眼，一座櫃子裡掛著一襲滑雪裝、一件羊皮外套和幾件很少穿到或是夏天用不上的衣物。另一個櫃子裡是幾捲壁紙和一大桶白色油漆。

樓上的聲響停了。男人右手握著鐵棒，將門打開一條縫，傾耳細聽。

樓梯突然傳來下樓的腳步聲，他急忙關上門，但依然留在原地，一耳貼在門上。現在腳步聲沒那麼清楚了，或許是因為外頭那人不是打赤腳就是穿著襪子。

廚房一陣咯噹作響，像是一個盤子掉落在地。

一陣靜默。

接著是腳步走近的聲音。這個人把鐵棒握得更緊了，可是他旋即鬆開，因為他聽到浴室的門打開，接著是馬桶沖水的喧嘩。他再度將門打開一條縫，朝外窺望。除了嘩啦的水流聲，他還聽到一種怪異的聲音，像是有人邊唱歌邊刷牙。接著是漱口、清喉嚨和吐水聲。歌聲又起，這回比較清楚，也比較用力。雖然走音連連，他還是聽得出那首歌的曲調——起碼二十五年沒聽過了。這首歌應該是《馬賽姑娘》，他心想。

「一個漆黑的夜晚，地中海的月光下，我靜靜躺在巷弄裡，那個舊港灣的邊上……」

浴室傳來聲音，有人轉開了蓮蓬頭。

他走出房門，躡手躡腳地潛進半開的浴室門前。沖水的喧嘩並沒有淹沒歌聲，時不時還夾雜著擤鼻涕、噴鼻息、喘氣的聲音。

男人一手握著鐵棒，朝浴室裡張望。他看到一個光溜溜的背脊，肩胛骨之間和照理應該是腰的地方掛著兩團肥肉。他看到那人扁平的屁股在兩條大腿上顫動著，還看到他膝蓋窩突出的筋脈和長滿瘤子的小腿肚。他看著那人肥厚的脖子，和幾根稀疏頭髮中閃著淡紅光亮的腦袋。他看著，一面步步逼近就站在那裡淋浴的男人，心中充滿嫌惡和憎恨。他高高舉起凶器，帶著滿腔的仇恨力量，一記打碎了那男人的腦袋。

胖男人的雙腳在濕滑的瓷磚上往後滑，臉朝下傾，倒落，頭顱重重撞上浴缸邊緣，整個身軀先是在蓮蓬頭下撞出一聲巨響，而後才整個停息。

兇手彎身關上水龍頭，看著鮮血和腦漿夾雜著水流一同灌入被死者大腳趾擋住一半的排水口。他一陣噁心，抓起一條毛巾擦拭凶器，接著將毛巾往屍體頭部一丟，鐵棒往外套濕透的袖口一插，接著便將浴室門關上，走進客廳，打開通往花園的玻璃門。花園草坪連接著一片廣闊的田野，圍繞整個住宅區。

他踏上空曠的田野，走了好長一段路才走到另一頭的樹林邊。一條被人走出來的小徑以對角線橫在田野間，他沿著小徑前行。再遠一點就是耕地了，嫩綠的新苗剛萌芽。他沒回頭，不過藉著左眼的眼角餘光，他感受得到一排排的房屋，家家都有尖尖的斜角屋頂和閃亮的窗戶。每一扇窗戶都像一隻眼睛，冷冷地盯著他。

前頭的小石坡長著茂密的樹叢，眼看樹林就在前方，他踏出小徑，鑽進樹林。他奮力在長著尖刺的黑刺李樹叢中摸索前進。這時，鐵棒滑出他的袖口，掉進糾結蔓生的矮樹當中，隨著他的人影消逝不見。

•

馬丁・貝克獨自坐在家中，邊聽著黎雅的唱片，邊翻閱《經度》雜誌。黎雅和他的音樂品味不太一樣，但他們倆都喜歡歌手娜妮・波瑞絲，常常放她的唱片來聽。

現在是晚上七點四十五分，他本想早早上床睡覺。黎雅去參加小孩學校的親師聯誼會了，再說早上兩人已經以滿意的方式慶祝過瑞典的國慶日。

《我想到你》這首歌才唱到一半，電話鈴就響了。他知道不可能是黎雅，所以慢條斯理地去接。原來是默斯塔區的巴森探長。很多人都叫他是「默斯塔的巴斯塔」，但馬丁・貝克認為這個綽號很幼稚，一向都稱他為默斯塔的巴森。

「我先打給了執勤官，」巴森說，「他認為現在打給你無妨。我們這裡的羅特布魯出了命案，顯然是謀殺。有人用了很大的力氣一棒子打碎死者的後腦勺。」

「何時發現死者？什麼地點？」

「出事地點是坦尼斯瓦街上的一棟共壁屋。屋主是個女人，顯然是那人的情婦，她五點鐘左右回到家時，發現他陳屍浴缸。據她說，她早上六點半離開時他還活著。」

「你在那裡待多久了？」

「她是五點三十五分打來報警的，」巴森說，「我們到達現場已幾乎整整兩個小時。」他頓了頓，接著又說，「這件案子我們自己也能處理，不過我想還是盡早跟你說一聲必較好。目前這個階段很難決定偵查會搞到多複雜。凶器還沒找到。」

「所以你希望我們插手？」馬丁・貝克問。

「我知道你目前手邊沒有案子，不然我絕對不會來打擾你。不過我需要你的建議，而且聽說你喜歡趁案子還新鮮的時候辦案。」

巴森的語氣帶著些許不確定。他佩服所有的名人，馬丁・貝克算是其中之一。不過，最重要的是，他佩服他的專業技巧。

「沒錯，」馬丁・貝克說，「你做的很對。我很高興你這麼快就打來通知我。」

這是實情。鄉下地區的警察常會過了太久才打給警政署凶殺組，或許是因為他們高估了自己的能力和技巧，錯判調查範圍，也或許是想給斯德哥爾摩的專家一記悶棍，自己獨享破案的榮耀。一旦他們終於承認自己能力不足，待馬丁・貝克和屬下趕到現場時，面對的往往是所有線索已遭破壞，報告無一合格，證人早已忘記當時情景，而嫌犯早就跑到大溪地落腳定居，要不然就是已壽終正寢。

「你什麼時候能過來？」巴森顯然鬆了一口氣。

「我立刻動身。我要先打電話給柯……史卡基，看他能不能開車帶我過去。」

遇到這種情況，馬丁・貝克的直接反應仍是打給柯柏。他想，或許自己潛意識裡還沒接受兩人已經不再共事的事實。在柯柏辭職後的頭幾個月，他在緊急時刻還真撥過好幾回電話給他。

班尼・史卡基在家，而且一如往常，聲音裡透著熱切和興奮。他和妻子莫妮卡帶著一歲大的女兒住在斯德哥爾摩南區。他答應七分鐘之內趕到科曼街，馬丁・貝克屆時會在樓下等他。整整七分鐘後，史卡基開著他的Saab到了。

在開往羅特布魯的路上，他說：

「剛瓦德的事你聽說了吧？你知道他的肚子被那個總統的腦袋打到嗎？」

馬丁・貝克聽說了。「這樣逃過一劫，他也算夠走運的。」

班尼・史卡基默默開了一段路，這才開口：

「我在想剛瓦德的衣服。他一向把衣服照顧得無微不至，但最後總是會毀掉。當時他一定全身是血。」

「一定是，」馬丁・貝克說，「可是他能死裡逃生，所以還是略勝一籌。」

「確實是啊！」史凱基放聲大笑。

班尼・史卡基三十五歲，過去這六年來常常跟著馬丁・貝克做事。他對萊納・柯柏和馬丁・貝克的辦案手法用心觀察、仔細研究，自認已經學會犯罪方面的所有基本知識。他也注意到柯柏和馬丁・貝克之間有種特別的默契，兩人輕易就能看出對方的心思。他知道自己和馬丁・貝克絕對不可能培養出這種默契，也知道在馬丁．貝克眼中，他只是柯柏的一個劣質替代品。這樣的認知常常讓他在和馬丁．貝克相處時缺乏自信。

至於馬丁．貝克則很能體會史卡基的感受，因此不但極力鼓勵，同時也處處對他的努力表示欣賞。相識這些年來，他看著他長大成熟，知道史卡基工作勤奮，不但警職生涯平步青雲，也成了一個真正的好警察。他利用餘暇定期鍛鍊體魄，練習瞄準射擊，不斷進修法律、社會學、心理學，對警界的動靜也隨時保持耳聰目明，無論是專業技術或是組織變遷方面。

史卡基也是個好駕駛，他對斯德哥爾摩和那些新興郊區的熟稔程度，比計程車司機有過之而無不及。他輕易就找到羅特布魯的案發地址，在坦尼斯瓦街一排停好的車輛末尾停下。

現場有幾個媒體記者已經到達，不過正被幾名便衣刑警擋下，那些警察站在他們的車旁，不斷跟他們說話。有幾個攝影記者立刻認出馬丁．貝克，跑上前來猛按快門。通往凶宅的車道和車庫已被封鎖，執勤員警行了個舉手禮，讓馬丁．貝克和史卡基過去。

屋內，各路人馬忙得沸沸揚揚。犯罪實驗室的人正辛勤工作，一個男人蹲在走道上，在電話機旁一個低矮的桌燈上採集指紋，燈泡光影映照出另一個房間裡一位攝影師的身影。

巴森探長走向馬丁．貝克和史卡基。

「你們的動作真快。要不要先看看浴室？」他說。

浴室裡的男人看來不怎麼好看，馬丁·貝克和史卡基做完必要的檢視後就出來，一秒鐘也不想多待。

「法醫剛離開，」巴森說，「他說那男人死了至少八小時，最多不超過十五小時。那一記立刻讓他斃命，醫生認為凶器不是鐵棍就是鐵撬，要不就是類似的東西。」

「他是誰？」馬丁·貝克的頭朝浴室一點。

巴森嘆了口氣。

「很不幸，是晚報最愛生吃活剝、連骨頭也不剩的那號人物。華特·裴楚斯，電影導演。」

「老天。」馬丁·貝克說。

「又名沃特·裴楚斯·彼得森，電影導演，他的文件裡是這麼寫。他的衣服、皮夾、公事包都在臥室裡。」

幾個站在一旁等著收屍的人不耐煩了，馬丁·貝克、巴森和史卡基於是步入客廳，讓出走道來。

「住在這裡的女人在哪裡？」馬丁·貝克問，「還有，她又是什麼人？可別告訴我是個電影明星。」

「謝天謝地，她不是，」巴森說，「她在樓上。我們的弟兄正在跟她談話。她的名字是茱德．朗丁。四十二歲，在美容院工作。」

「她看起來如何？」史卡基問，「有沒有很震驚？」

「這個嘛，」巴森說，「說受到驚嚇似乎比較貼切。我想她現在應該平靜下來了。今晚她不能睡在這裡，不過她說我們這裡忙完之後，她在市區有個朋友能讓她借住。」

「你們有問過鄰居嗎？」馬丁．貝克說。

「我們只跟左右兩戶的鄰居談過，還有對面那一戶。沒有人聽到或是看到任何不尋常的事情。不過我們明天會沿著這條路挨家挨戶問問，說不定還得把羅特布魯這一區所有人全都問遍。這種地方大家彼此都認識——小孩上同一所學校，大人去同樣的商店買東西，沒車的人都搭同樣的巴士和火車。」

「但這個叫華特．裴楚斯的也住在這裡？」班尼．史卡基問。

「沒有。他一週會過來幾趟，陪這個叫朗丁的女士過夜。他自己和太太、三個小孩住在迪爾思摩。」巴森答道。

「通知他的家人了沒？」馬丁．貝克問。

「通知了，」巴森說，「我們運氣好——他的公事包裡有一張私人醫生的收據。我們打過去，那人似乎是他們的家庭醫生，跟全家人都熟。他自告奮勇說要轉告，同時也幫忙照料。」

「那好，」馬丁・貝克說，「我們明天也得去問問他們。現在有點晚，所以把這裡的事做完就好。」

巴森看看腕錶。

「九點半，」他說，「還不算太晚。不過你說的也是，最好讓他的家人安靜一下。」

巴森的個子高瘦，雪白的頭髮和滿臉雀斑讓他的臉色看起來總像是被太陽曬成淺褐色。他有著窄長的鷹勾鼻和薄唇，加上輕手輕腳、優雅而謹慎的舉止，予人一種貴族感。

「我想跟茉德・朗丁談談，」馬丁・貝克說，「你剛說樓上有個人在陪她。我現在上去方便嗎？」

「當然可以，」巴森說，「沒問題。你是老闆，所以請自便。」

他們聽到屋外傳來一陣鼓譟。巴森走進廚房，往窗外張望。

「該死的記者，跟禿鷹沒兩樣。我最好出去跟他們說幾句話。」

巴森朝前門走去，姿態莊嚴，神色肅然。

「你可以四處看看。」馬丁・貝克對史卡基說。

史卡基點點頭，走到書櫃開始研究起書目。

馬丁・貝克步上樓梯，來到一間鋪滿白色地毯、格局方正的大房間。裡頭有八張淺色的真皮扶手椅，繞著一張巨大的圓形玻璃桌。一套非常複雜、顯然也非常昂貴的音響倚牆而立，漆成白色的音箱坐落在四個角落裡。天花板有稜有角，從那扇大窗望出去是屋後寧靜的鄉村景色，空曠的田野那端是綠蔭不斷變換著深淺的樹林。

房間只有一道門，是關著的。馬丁・貝克聽到裡頭傳來嚅嚅耳語。他敲敲門，走進房間。房裡有兩個女人坐在罩著類似毛皮材質床單的雙人床上。她們陷入沉默，抬頭看著站在門口的馬丁・貝克。

其中一個女人身材壯碩，比另一個高大許多。她的五官鮮明，黑色眼珠，亮閃閃的中分直髮披在背後。另一個女人則是苗條、凹凸有致，靈活的棕色眼眸，一頭超短的黑髮。

「馬丁，嗨！我不知道你在這裡。」她說。

馬丁・貝克也很意外，遲疑片刻才回答。

「嗨，烏莎，我也不知道你在這裡。巴森只說他有個人在樓上。」

「噢，」烏莎・托瑞爾說，「他把他底下的人都稱做他的弟兄，就算女的也一樣。」

她轉過身去，面向另外那個女人。

「茉德，這位是貝克探長，他是警政署凶殺組的組長。」

那女人對馬丁・貝克點點頭，他也點頭回禮。在這裡遇到烏莎大出他的意外，此刻他還沒有完全恢復過來。五年前，他差一點就愛上她。

他和烏莎是八年前認識的。當時她的未婚夫歐格・史丹斯壯是馬丁・貝克的年輕同事，後來中槍殉職，和另外八個人一同在一台巴士上喪命。烏莎為此哀傷許久，最後決定加入警界。她目前在默斯塔擔任巴森的助手。

五年前在馬爾摩的一個夏夜，馬丁・貝克和烏莎曾經同眠共枕。那一夜甚是美好，但兩人前後也就只有那麼一次。他很慶幸是這樣。烏莎是個好女孩，每當他們因公見面，總是像朋友一般保持著良好的情誼，可是在黎雅之後，其他女人再也無法撩起他的性慾。烏莎依然未婚，顯然全心投入工作，而且已經成為一名優秀的女警。

「你下去找巴森，好嗎？」馬丁・貝克說，「他在樓下應該很需要你。」

烏莎點點頭，開心地走了。

馬丁・貝克深知烏莎的聰明，尤其懂得如何跟辦案對象培養交情，所以他想，自己和茉德・朗丁的談話應該簡短就好。

「發生這種事，我想你一定很難過、也很疲倦。我不會打擾太久，不過我希望知道你和裴楚斯先生的關係。你們認識多久了？」

茉德・朗丁把頭髮塞在耳後，雙眼定定地望著他。

「三年了。我們在一場派對中認識，之後他約我出去吃過幾次飯。那時是春天，到了夏天，他開始拍片，就給了我一個化妝師的工作。之後我們就一直有來往。」

「可是你現在沒有替他工作吧？」馬丁．貝克問，「你為他工作多久了？」

「就只有那部電影而已。後來他過了好一陣子才開始製作新片，所以我就在一家美容院找到工作，還不錯。」

「你們合作的是什麼樣的電影？」

「那是在海外才看得到的電影，沒有在瑞典上映過。」

「片名是什麼？」

「《午夜陽光之愛》。」

「你和裴楚斯多久見面一次？」

「大概一星期一次，有時一星期兩次。通常他會過來，不過我們有時候也會出去吃飯、跳舞。」

「他太太知道你們的事嗎？」

「知道。不過她無所謂，只要他不離婚就好。」

「他有打算跟她離婚嗎？」

「剛開始那時有時候會。不過，我想他認為保持現狀也不錯。」

「你的想法如何？你滿意這個現狀嗎？」

「如果他向我求婚，我可能不會拒絕，但大體來說，我認為保持這樣也不錯。他人很好，也很慷慨。」

「你會不會心裡有點譜，知道是誰殺了他？」

茉德・朗丁搖搖頭。

「我完全想不出來，這根本是喪心病狂。我無法相信會發生這種事。」

她靜默了一會。他仔細端詳她。她似乎鎮定得出奇。

「他還在樓下嗎？」她終於開口問道。

「不，已經不在樓下了。」

「這麼說，我可以留在這裡過夜了？」

「不行，我們還沒調查完。」

她黯然地看著他，接著聳聳肩。

「沒關係，我可以到城裡過夜。」

「今天早上你離開的時候，他看來如何？」馬丁・貝克問。

「跟平常一樣，沒什麼特別的。我通常都比他早離開，他不喜歡早上趕來趕去的。我們有時會一起進城。他進城一向都搭計程車，而我通常都是騎單車到車站搭火車。」

「他為什麼要搭計程車？他自己不是有車嗎？」

「他不喜歡開車。他是有一部賓利，不過多半是別人載他。」

「別人？什麼人？」

「他太太，或是他公司的人。那個替他整理花園的人有時候也會開。」

「他的公司有幾個員工？」

「只有三個。一個人管帳，一個祕書，還有一個負責契約和銷售之類的工作。他在拍片時會多雇幾個人，看需求而定。」

「他都製作什麼性質的電影？」

「噢，我也不知道該怎麼形容。坦白說，都是色情片，不過很有藝術感。他曾經拍過一部很有企圖心的電影，演員一流，各方面都很嚴謹，是根據一本著名小說改編的，我記得在某個影展裡還得過獎。不過那部片子沒替他賺到多少錢。」

「而現在他靠那些影片賺了很多錢？」

「沒錯，很多很多錢。他買了這棟房子給我。你該去他位在迪爾思摩那一區的住家看看。那是一棟真正的別墅，有個好大的花園，游泳池什麼的應有盡有。」

馬丁・貝克慢慢了解了華特・裴楚斯是個什麼樣的人，只是對於他身邊的這個女人，他沒有把握。

「你愛他嗎？」他問。

茉德・朗丁望他一眼，似乎覺得這問題很好笑。

「坦白說，我不愛他。不過他對我很好，很寵我，不在一起的時候也不會干涉我的事。」

她默默坐了一會，接著又說：

「他長得並不好看，也不是個好情人。他的性功能有問題，如果你懂我的意思。我嫁過一個真正的男人，婚姻維持八年。他在五年前死於車禍。」

「所以，除了裴楚斯之外，你還有別的男人。」

「對，有時候，如果遇到我喜歡的。」

「而他從來不會嫉妒？」

「不會，不過他會要我告訴他我跟別人做愛的細節，而且要鉅細靡遺。他喜歡那一套。為了讓他高興，我總是編出一大堆。」

馬丁貝克看著茉德・朗丁，她坐得筆直，平靜地迎視他的目光。

「可不可以說，你跟他在一起其實只是為了他的錢？」他說。

「沒錯，你可以這麼說。不過我可沒把自己視為娼妓，就算你這麼認為。我對錢的需求很大。我喜歡一些錢才買得到的好東西。一個四十歲的女人，也沒什麼顯赫的學歷，除非靠男人，否則很難有錢。如果我算是娼妓，那麼大部分已婚女人都是。」

馬丁．貝克站起身。

「謝謝你願意跟我談話，而且這麼誠實。」

「你不需要為這個謝我，我一向誠實。我可以去找我的朋友了嗎？我很累了。」

「當然。不過你得告訴巴森探長要怎麼聯絡你，好嗎？」

茉德．朗丁站起來，拎起一個一直放在床頭的白色真皮小提包。馬丁．貝克目送她離開房間。她背脊挺得筆直，看來一派冷靜而理智。她修長、充滿活力的身軀均勻而結實，比起那個又肥又矮的電影導演，勢必高出整整一個頭。

他想到她剛才所說，錢可以買到很多好東西。華特．裴楚斯確實用他的錢買到了一個漂亮的好女人。

6.

明確的醫檢報告出爐，將華特・裴楚斯的死亡時間鎖定在早晨六點到九點之間。茉德・朗丁說，她六點半離家那時他還活得好好的，這點無可懷疑。不管是烏莎・托瑞爾還是馬丁・貝克，都認為她和這起命案沒有任何關聯。

前門沒鎖，所以有人潛入屋內，把正在洗澡的裴楚斯嚇了一跳並非難事，可是兇手是如何到達現場卻又沒被人看見，這點就比較費解。這人最有可能是開車過來，要不就是搭火車，但奇怪的是，鄰近竟然沒有半個人注意到。在這一個大家都互相認識、或是至少知道隔鄰和彼此車型的地區，照理說在六點半至九點之間被人看見的機率最大。那是所有人最活躍的時段——男人出門上班，小孩走路上學，留在家中的家庭主婦開始清掃或整理花園。

然而，警方雖然挨家挨戶敲門詢問了好幾天，幾乎問遍了羅特布魯區的居民，就是沒有人注意到任何人或是和命案有關的蛛絲馬跡。巴森和他的「弟兄」——主要就是指烏莎・托瑞爾，推測兇手就住在附近，但也沒查到認識裴楚斯或是有動機殺害他的人。

馬丁・貝克和班尼・史卡基則把時間投注在釐清華特・裴楚斯的私人生活、職業活動和財務狀況上。最後這一項尤其困難，他們幾乎全是在黑暗中摸索。華特・裴楚斯似乎涉及大筆逃稅。他的影片一概賣到海外，想必在瑞士銀行裡的存款頗為豐厚。他在作帳和報稅上無移動了手腳，要不就是雇用了高明的法律顧問。馬丁・貝克對於這類逃稅勾當一無所知，正好樂得讓這方面的專家去釐清真貌。

裴楚斯影業公司的辦公室在尼伯羅格街上。這間辦公室過去是間公寓，改裝後裝潢得漂漂亮亮，有六個房間，一個廚房。三名員工都有自己的辦公室，現代化的辦公家具配上貼著瓷磚的火爐、橡木牆壁和灰石天花板，感覺出奇地不協調。華特・裴楚斯自己占據了一個又大、又漂亮的邊間房間，裡頭有一張藍花楹木做的巨型辦公桌，還有高高的窗戶。除此之外，還有一個可容納十人的放映室，另外一間似乎是檔案室和儲藏室。馬丁・貝克和史卡基在放映室裡花了好幾個早上的時間，試圖為華特・裴楚斯的影藝事業做一番評估。他們把一部片子從頭看到尾，加上另外七部的精要版，結果一部比一部令人咂舌。史卡基一開始還因為不好意思而侷促難安，但沒多久就開始打哈欠。那些影片的拍攝技巧相當拙劣，茉德・朗丁說片子「很有藝術感」不只是誇張，根本是睜眼說瞎話。馬丁・貝克心想，她在這方面並不誠實，除非她毫無判斷能力。

那些演員——如果能用這個字彙形容那一群出現在銀幕上、卻顯然是業餘的圈外人的話——

大部分是赤身露體。就算有人穿著衣服，目的也是為了盡快將之脫掉。

所有的影片中，有三個十來歲的少女不斷出現——有時是個別出現，有時則是一起出現在同一部裡。其中一個似乎相當尷尬，當她蠕動舌頭、拋弄著眼神、身軀顯然遵照攝影機後頭某人的指示、像條鰻魚扭來扭去之際，還時不時會惶惶不安地瞥看鏡頭。年輕的男主角們除了一個是黑髮之外，其他清一色是金髮俊男，體格健美。道具少之又少，大部分的動作都是在同一張老沙發上拍攝，只是沙發套偶爾會換。

似乎只有一部還算有情節可言，也就是茉德．朗丁提及的那部《午夜陽光之愛》。片子應該是在斯德哥爾摩的外島上拍的，主角一開始就現身，是個年約十五歲的女孩，划著獨木舟來到一座小島，打算以瑞典傳統方式慶祝仲夏。她帶著一只野餐籃，裡頭有一瓶生命之水、幾只玻璃杯、碗盤、銀器、一條白色麻質桌巾、一棵萵苣和一條麵包。

將野餐籃和釣竿帶上岸後，女孩立刻褪下衣物，嘴巴微啟，眼睛低垂下望，以奇怪而緩慢的動作開始搔首弄姿。接著她在水邊坐下，雙腿張開，開始用那根釣竿的把手自慰。在一甩頭又發出幾聲呻吟後，她以靈活的身手拋出魚線，立刻釣起一條巨大的死鮭魚。有了這樣的收穫，她開心地在石頭間跳來跳去，時而張腿，時而扭臀，還凸挺著胸脯。好一陣子後，她用在岸邊攤放成堆的漂流木快速生起了好大的篝火，再將那條鮭魚插進火上的烤肉叉。接著她攤開桌巾，將生命之水倒進看似香檳杯的東西裡。正當她喝著酒時，海面上出現了一個全身赤裸的金髮青年。她邀他共餐，杯觥交錯之下——兩人共飲同一個酒杯——他們將鮭魚吃下肚，那玩意這會兒已經是烤好、而且還切成薄片了。雖然太陽依然高掛在天空，但此時夜晚已經降臨，這對年輕男女於是繞著篝火，開始跳起一種有如儀式的舞蹈。接著兩人手牽手走向小島碧綠的草原，正好發現一堆乾草，隨後的十五分鐘裡，兩人以二十種不同的姿勢不斷交媾。最後一幕是兩個年輕人慢慢走進鋪滿陽光、金光燦爛的海面。

本片結束。

裴楚斯影業公司的行銷經理建議他們多看幾部同一類型的影片，例如《瑞典愛與慾》、《瑞典夏娃的三夜春宵》，但馬丁・貝克和史卡基已經看夠了，因此婉拒。據那位經理說，《午夜陽光之愛》是該公司最熱門的大片，版權已經賣到八個國家，一開始就現身的女孩目前就在其中一國拓展演藝事業，至於是哪一國，馬丁・貝克已經記不得了，大概是義大利吧。經理還告訴他們，裴楚斯先生已經安排另一個女孩和一家德國公司合作，所以那些女孩落袋的酬勞很可能遠超過一千克朗的一般行情。

馬丁・貝克決定把史卡基留在裴楚斯影業公司繼續摸摸弄弄，自己則離開去拜訪喪家。他在週五已經打過電話到迪爾思摩的裴楚斯家，可是只和家庭醫生說到話。醫生簡潔、十足權威地告訴他，裴楚斯太太的現狀並不適合見客，更別說是警察。醫生說得開門見山：如果他不讓那位可憐的遺孀起碼過個安靜的週末，那他就是殘忍無情。

現在週末已過，這天是七月十日，當馬丁·貝克走出影業公司來到尼伯羅格街上，陽光正燦爛。夏天才剛開始，假期已經到來，人行道上擠滿人群，個個帶著程度不一的亢奮。他走到街底，朝厄斯特廣場行進，到了第七管區的新警局，他走進去，上樓借打了一通電話。

裴楚斯家中的一個女人接了電話。她要他稍待，結果老半天才回來，說裴楚斯太太已準備好要見他，條件是他不能停留太久。

他保證不會久留，接著就叫了一輛計程車。

•

裴楚斯位於迪爾思摩的豪宅被一個公園般的大花園圍在中間，通往屋內的車道上種著成排高聳的白楊。高大厚重的鐵門開著，計程車司機問要不要開進去，馬丁·貝克說停在鐵門外就好。他付了車錢，下車。

馬丁·貝克走在車道上，同時端詳著別墅和周遭的環境。沿路的樹籬又高又密，無不經過仔細修剪，頗具美感。進入樹籬後，車道一分為二，一條繼續向右延伸，通往一個大車庫。偌大的花園看來維護得極好，草坪上有數條狹窄的石徑在矮樹叢和花壇之間蜿蜒，從白楊樹的高度和果樹的年齡看來，整棟建築的格局應該是多年前的設計。

在這樣的環境當中，照理說你會看到一棟古屋坐落其中，就像這種富人區尋常可見的老宅邸，然而馬丁・貝克沿著新挖的石徑而行，迎面所見卻是一棟現代化的兩層樓建築，平直的屋頂，巨大的窗戶。

他還沒來得及按上電鈴，一個穿著黑衣、裹著白色圍裙的中年女人就為他開了門。她一語不發地在前帶路，兩人通過一個大廳，經過一個寬大樓梯，又穿過兩個房間，她終於在一個拱門形狀的寬大入口前停下腳步。拱門開向一個滿是陽光的房間，最遠的一道牆整面都是玻璃。

經過拋光處理的松木地板設計成低陷樣式，馬丁・貝克沒看到那一級台階，所以等於是跌進房間去的。華特・裴楚斯的遺孀正等著他，倚在那面玻璃牆邊角的一張陽台躺椅上。外頭的露台排著好幾張同樣的躺椅，就像遊輪上的日光甲板。

「去！」她揮手遣走那個一身黑衣的女人，就像揮走一隻蒼蠅。

女人轉身離開，但裴楚斯太太又變了心意，說道：

「先別走，等等。」她望著馬丁・貝克，「組長，你想喝點什麼嗎？咖啡、茶、啤酒？還是來一杯？我自己要一杯雪利。」

「謝謝，啤酒就很好。」馬丁・貝克說。

「一杯啤酒，一大杯雪利。」她以命令的口吻吩咐，「還有，彼得森太太，請拿些荷蘭乳酪餅來。」

馬丁・貝克心裡暗自稱奇，華特・裴楚斯・彼得森的遺孀和她的女侍姓氏竟然相同，還是這種幸好人數稀少的管家職業時下都是這個稱呼？這兩個女人的年紀一定不相上下。

他在事前已經調出裴楚斯太太的背景資料，知道她的娘家姓氏也是彼得森，教名是克莉絲提娜・艾蜜拉，雖然她這些年都自稱為克莉絲；今年五十七歲，嫁給裴楚斯已有二十八年。她年輕時做過辦公室工作，婚前最後一個工作是在裴楚斯經營的一家電影公司當祕書。至於華特・裴楚斯這位電影導演，當時算是個新崛起的人物，多年來一直以瓦特・彼得森為人所知。他做過改裝二手車的勾當，一個獲利豐厚、但稱不上光明正大的行業，後來政府對這個行業的管控趨於嚴格，嚴刑峻法下，他只好另謀出路。

馬丁・貝克站在房間中央看著躺椅上的這個女人。她染過頭髮，妝容底下透著日曬痕跡，剪裁合度的黑色麻質長褲上罩著同色的山東綢緞襯衫。她非常瘦，時髦的波浪髮型下的臉龐顯得痛苦而疲憊。

他走近她，一面說著安慰和必須打擾的道歉話，這套台詞他不知已用過多少回了，她則優雅地伸出一隻滿是皺紋的小手。

他其實有點手足無措——角落裡的躺椅是唯一的椅子。不過，她終於站起身，走向房間中央的兩張皮質大沙發，沙發一左一右，中間是一張大理石面的長桌。她坐進一張沙發的一角，馬丁・貝克隨即在她對面坐下。

那道玻璃牆配有拉門，牆外有個鋪著瓷磚的露台，底下是個游泳池。游泳池過去，大片草坪斜鋪而下，連接著離房子五十碼外的一排高大樺樹。濃密平整的草坪上沒有一棵樹，也沒有花床。透過如煙如霧的樺樹叢，他可以瞥見瓦他湖那一抹藍色的水面。

「風景真美，不是嗎？」克莉絲・裴楚斯順著馬丁・貝克的視線望去說道。

「可惜湖邊那塊地不是我們的，要不然我會把樺樹砍掉，好把湖景看得清楚些。」

「樺樹也很漂亮。」馬丁・貝克說。

彼得森太太走進來，將托盤放在桌上，遞給馬丁・貝克一杯啤酒，又將一大杯雪利酒和一盤乳酪餅放在裴楚斯太太面前。她拿起托盤離開房間，從頭到尾一聲不吭。

裴楚斯太太拿起酒杯，啜飲前先對馬丁・貝克點點頭。接著她放下酒杯，說道：

「我們一直很喜歡這裡。六年前買下這塊地的時候，房子簡直老舊得可怕，後來我們把它剷平了，蓋起現在這棟。這是華特一個建築師朋友為我們設計的。」

馬丁．貝克相信，住在原本的老宅一定比現在愉快些。他到目前只見到這棟房子的空洞和冷漠，而過度現代、勢必所費不貲的裝潢設計，似乎也是炫耀多過舒適和溫暖。

「這麼大的窗戶，冬天不會很冷嗎？」馬丁．貝克閒話家常般地問道。

「噢，不會。我們的天花板有循環暖氣，地板下也有暖氣管。連露台都有。再說我們冬天也不常住在這裡，會去比較溫暖的地方，像是希臘、葡萄牙的阿爾加夫或非洲。」

馬丁．貝克隱約感覺眼前這個女人還沒領悟到，她的生活已經變了。或許這個變化也不是那麼大。她失去了丈夫，但他的錢還在；說不定她還巴不得他早死。畢竟什麼都能用錢買到，即使是謀殺。

「你和你先生的感情如何？」

她訝異地望著他，彷彿以為他是專程來談房子、景色和國外旅遊，結果卻竟然不是。

「非常好，我們結婚二十八年了，還有三個孩子。光是這樣就足以維繫婚姻。」

「但這並不代表婚姻幸福，對嗎？」馬丁．貝克說。

「這麼多年下來，人會彼此習慣，會懂得適應，對彼此的缺點會睜一隻眼閉一隻眼，難道你相信這世上還有真正幸福的婚姻？我們的婚姻至少沒有摩擦，而且我們兩個從來沒想過要離婚。」

「你對你先生的事知道得多不多？」

「一無所知。我對我先生的電影公司一點興趣也沒有，而且我從不插手他生意上的事。」

「你對你先生製作的影片有什麼想法？」

「那些片子我從來沒看過。當然，我知道那是什麼片子，但是我沒有偏見，也不想表示意見。華特工作很努力，他盡量給我和孩子過好日子。我們的大兒子二十六歲了，是個海軍軍官，回斯德哥爾摩的時候都會住在這裡，不過他通常都在海上或是卡爾斯克魯納海港。皮爾二十二歲，很有藝術天分，他也想從事電影工作，不過時機不好，現在到處旅行，累積經驗和人脈。他在樓上有房間，不出國的時候就住在家裡。我上回打電報給他是發到西班牙，不過還沒聽到回音，所以我甚至不知道他曉不曉得他爸爸已經死了。」

她從桌上的一只銀盒裡取出一根菸，又從桌上拿了一個也是銀製、但大得醜怪的打火機點火。

「最小的是娣娣。她才十九歲，不過已經是個很有名的攝影模特兒。她一部分時間住家裡，有時也會到她自己在舊城的小窩裡住。她現在不在家，要不然你可以見見她，她非常漂亮。」

「我相信她一定很漂亮。」馬丁・貝克禮貌地回說，心想，如果她真的漂亮，那一定不像她老爸。

「就算對你先生的事業沒興趣，你一定也見過他生意上的朋友吧。」

克莉絲．裴楚斯揚起手指，摸了摸頭髮答道：

「沒錯，我見過。這裡常常舉辦晚宴，招待各式各樣的影業人士。別處的派對、招待會也是不計其數。華特是非去不可，不過我最近幾乎都不跟了。」

「為什麼？」

裴楚斯太太望向窗外。

「我不想去。」她說，「老是有一大堆我不認識的人，還有好多跟我毫無交集的年輕人。華特也認為我也不是非去不可。我有自己的朋友，我寧可跟他們相處。」

換句話說，華特．裴楚斯並不希望他五十七歲的妻子陪著他出現在他能遇到眾多荳蔻年華少女的派對上。他六十二歲，又肥又醜外加性無能，電影製片人的光環也慢慢消褪，可是在某些圈子裡，他依然靠著那部得獎的製作混得頗開，那部普遍被認為是深具雄心的藝術之作。影藝圈的吸引力太大，無數年輕女孩為了投身當中，已經準備做出任何犧牲，即便自甘墮落也在所不惜。

「裴楚斯太太，我想你應該想過可能是什麼人殺了你先生吧？」馬丁．貝克說。

「我只想到這一定是哪個喪心病狂的人下的毒手。這種人到現在還逍遙法外，太可怕了。」

「有沒有人和他很親近，而且有動機對——」

她憤然打斷他，這是她頭一回動了肝火。

「除了不折不扣的神經病，沒有人會做出這種事，我們的朋友當中沒有這種瘋子。不管別人怎麼看我丈夫，不可能有人這麼恨他。」

「我無意批評你先生或是你們的朋友，」馬丁・貝克說，「我只是在想，他會不會被什麼人威脅，或是有什麼人認為被他欺負過——」

她再度打斷他。

「華特待人不壞，他很仁慈，對所有員工都很盡心照顧。他工作的環境非常險惡，你往往得做出一些絕情的事才不至於被拖下水，他有時會這麼說。可是如果你認為他待人惡劣到那種地步，那就太可笑了。」

她將杯中的雪利酒一飲而盡，又點起另一根菸。馬丁・貝克等她冷靜下來。

他的視線透過玻璃牆，望向屋外。一個穿著藍色工作服的男人正穿過草坪。

「有人來了。」馬丁・貝克說。

裴楚斯太太瞄了那男人一眼。

「那是海斯卓，我們的園丁。」她說。

一身藍色工作服的男人在游泳池邊右轉，消失在他們的視線外。

「除了彼得森太太和海斯卓，還有其他人為你們工作嗎？」

「沒有。彼得森太太負責家務，我們請人每星期過來幫忙打掃，一週兩次。當然，辦晚宴的時候會多雇幾個人。海斯卓不只是我們的園丁，他也替附近好幾戶人家照顧花園。他不住這裡，他住在隔壁土地上的一間小屋裡。」

「你們的車也由他照顧嗎？」

她點點頭。

「華特討厭開車，所以海斯卓只好兼任司機。有時候我會跟華特同時進城，不過我寧願開自己的車去，而華特喜歡坐那部賓利。」

「你先生可曾自己開過車？」

她的手指摸著酒杯，眼神望向門口。接著她起身說：

「我得叫彼得森太太過來。這房子唯一的缺點，就是沒有連到廚房的喚鈴。」

她走出房間，他聽到她叫喚彼得森太太，要她把雪利酒整瓶端來。接著她走回房間，坐回沙發上。

馬丁．貝克耐心等著，直到彼得森太太將酒瓶放在桌上，離開房間，下一個問題才問出口。

他啜飲了一小口已經變溫、變淡的啤酒，開口問：

「裴楚斯太太，你可知道你先生和別的女人有染？」

她立刻回答，兩眼直視著他。

「我當然知道他被殺害時跟他在一起的那個女人。她當他的情婦已經一、兩年了。我想他沒有別的女人，一兩次露水姻緣或許有，但他畢竟不年輕了。我告訴過你，我沒有任何偏見，所以我讓華特隨他高興過日子。」

「你見過茱德・朗丁嗎？」

「沒有，而且我也不想見。華特對低賤的女人特別感興趣，我想朗丁女士應該也是那種人。」

「你自己可曾和別的男人有染？」馬丁・貝克問。

她看著他，半晌後才說：

「我不認為這和命案有什麼關聯。」

「是有關聯，否則我不會問。」

「要是你認為我有個情人出於嫉妒而殺了華特，那麼我可以告訴你，你錯了。事實上，多年來我是有個情人，可是他不但和我丈夫是好朋友，而且華特也接受我們的戀情，只要彼此不張揚就好。我不會告訴你那人的名字。」

「你不一定要告訴我。」馬丁．貝克說。

克莉絲．裴楚斯用手背撫撫額頭，閉上眼睛。那動作看來頗像在演戲。他注意到了她戴著假睫毛。

「現在，我必須請你讓我獨自靜一靜，我真的不喜歡跟素昧平生的人討論華特和我的私生活。」

「對不起，但我的職責是找出殺害你丈夫的兇手，不管那人是誰。為了知悉他的被害動機，我不得不問那些冒昧的問題。」

「你在電話上答應我不會久留。」她說得直接了當。

「那就不打擾了，」馬丁．貝克說，「不過我很可能會再過來，要不就是派我的同事來。要是那樣，我會先以電話通知。」

「好啦好啦。」裴楚斯太太不耐地說。

他站起身，她再度優雅地伸出手來。

他穿過拱門，這回沒被那個低了一截的台階絆倒。他聽到酒瓶的咕嚕聲，是她又替自己倒了一杯雪利酒。

彼得森太太一定在樓上。他聽得到她的腳步聲，還有吸塵器的低鳴。四處不見園丁的蹤影，車庫門是關著的。他走出鐵門，看到鐵門欄杆上裝著攝影孔，應該是連到屋內某個感應器。這就解釋了彼得森太太怎麼會沒等他按鈴就讓他進了門。

他經過隔鄰的小屋，透過鐵門柵欄看到了園丁海斯卓。他停下腳步，想進去跟他說說話，可是先前一直彎著腰在草坪上幹活的那個男人突然挺直身子，快步走開了。咻地一聲，一個灑水器開始拋出優美的水柱，罩向濃密的草地。

馬丁・貝克繼續朝著火車站的方向行進。他想到黎雅，想到兩人見面時要如何對她形容裴楚斯這家人。他料準了她會怎麼說。

7.

仲夏節的隔天，一個年輕人走進默斯塔警察局，將一個用報紙包著的東西交給執勤警官。紙包裡是個又長又窄的重物。

羅特布魯的命案已經發生十九天了，調查可說是一無所獲。鑑識結果也乏善可陳，找到的指紋不是屬於華特・裴楚斯、茉德・朗丁和她朋友的，就是有正當理由進入屋內的人。唯一可能和兇手有關聯的，是在通往花園那道玻璃門外找到的一只模糊腳印。

裴楚斯的家人、員工、朋友、鄰居不知已被問過多少問題了，隨著資料越積越多，華特・裴楚斯的真面目也越來越清晰。在慷慨的表象背後，他其實是個冷酷無情、為達一己目的可以翻臉如翻書的人。他毫無原則可言，尤其在生意上，因此樹敵眾多，可是和他最親近、被認為最有動機殺害他的人，案發時間都有不在場證明。除了他的妻子和小孩，沒有人會因為他的死而得到金錢利益。

執勤官將包裹交給巴森探長，探長打開看了一眼，就喚年輕人進去辦公室。

「這是什麼？你為什麼要交給我們？」他指著那根裹在報紙裡的鐵棒。

「我是在羅特布魯撿到的，」年輕人說，「我是想這說不定跟那個叫裴楚斯的命案有關。我在報上看過這命案的報導，報上說還沒找到凶器。我有個朋友就住在案發凶宅的對街，昨天晚上我在他家過夜。我們談到那起命案，當然還有其他拉拉雜雜的事，所以當我今天早上發現這東西的時候，我想，這說不定就是凶器。而且，我想我應該送交警方才對。」他一臉熱切地望著巴森，遲疑了一會又說：「為了安全的理由，誰知道呢。」

巴森點點頭。幾天前有個女人也用郵包寄來一個扳手，裡頭還附了一封信，指控她的鄰居就是命案兇手。那扳手是她在鄰居的車庫裡發現的，上頭有血跡，再加上這個鄰居以前也殺過人，所以她認為警方只要過來把他帶走就可以破案，她這麼寫著。巴森調查之後發現那女人有精神異常和妄想症，深信那個鄰居殺了她已經失蹤三個月的貓。他還發現，扳手上的血跡其實是紅色油漆。

年輕人猶豫的眼神望著巴森，他因此口氣友善地說道：

「謝謝你還跑這一趟。鑑於需要，你能否告訴我們發現這東西的所在位置？」

「噢，沒問題。我在地上插了一根竿子，以防萬一。」

「很好，」巴森說，「非常聰明。麻煩你到外頭留下姓名和電話，若是需要你幫忙，我們會和你聯絡。」

一個小時後，包裹已經送到馬丁．貝克的辦公桌上。他仔細看了鐵棒，再看看被害人碎裂頭顱的放大照，接著拿起話筒，撥到蘇納的國家犯罪實驗室。他要求跟實驗室主任奧斯卡．葉勒摩說話。

葉勒摩的語氣像是不耐煩，不過他向來如此。

「這回又是什麼事？」他說。

「一根鐵棒，」馬丁．貝克說，「就我所見，很可能是用來殺害華特．裴楚斯的凶器。我知道你工作很多，不過要是你能盡快處理，我會感激不盡。可以嗎？」

「盡快處理，」葉勒摩說，「這裡的工作多得做到耶誕節都做不完，而且樣樣都得盡快處理。不過，你就送過來吧。除了例行項目，你還要我特別做什麼嗎？」

「沒有，只要例行項目就好。看它和傷口是否吻合，或是任何蛛絲馬跡都好。那根鐵棒躺在戶外好一陣子了，或許很難找出什麼線索，不過你盡力就是。」

葉勒摩回答的語氣像是受到了冒犯：

「我們一向都很盡力。」

「我知道，」馬丁．貝克趕緊接口，「我這就把東西送過去。」

「做完後我打給你。」葉勒摩說。

四個小時後，馬丁・貝克正在整理桌子準備回家，此時葉勒摩的電話來了。

「葉勒摩。」他說，「沒錯，完全吻合。上頭只有極少的血跡和腦漿，但我還是想辦法確認了血型。就是它了。」

「做得好，葉勒摩。還有其他發現嗎？」

「還有一點棉纖維。事實上有兩種纖維，一些是白色的，可能是從擦拭血跡的毛巾上掉落，另一種是深藍色，可能來自兇手的衣服。」

「幹得好，奧斯卡。」馬丁・貝克說。

「鐵棒本身是四百二十四公釐長，直徑三十三公釐，八角形，熟鐵材質，從銹蝕程度判斷，放在戶外少說也有好幾年了，說不定一直都放在戶外。它是手工鑄造的，兩端都有鑄痕。」

「和什麼東西鑄在一起？知道它原本是做什麼用的嗎？」

「那東西很老舊，說不定有六、七十年了。可能是某一類的欄杆。」

「你確定它就是殺害華特・裴楚斯的凶器？」

「絕對是，」葉勒摩說，「不幸的是，它的表面太粗糙，不可能採到任何指紋。」

「那我們只好不靠指紋了。」馬丁・貝克說。

他謝過葉勒摩，對方嘟噥一聲，掛了電話。

馬丁·貝克打到默斯塔給巴森，將葉勒摩剛說的話複述一遍。

「這是往前走了一步，」巴森說，「我們最好派幾個人到那一帶進行全面搜索。倒不是說我認為這麼做會有多大用處，畢竟過了這麼久，可是話說回來……」

「你知道那根鐵棒的確切地點嗎？」馬丁·貝克問。

「發現它的年輕人在那個地點做了記號，我現在就打給他。你要不要過來瞧瞧？」

「好。告訴我你何時出發，我立刻就來。」

馬丁·貝克回頭繼續整理文件和檔案，桌上算是慢慢理出了一個秩序。接著他往椅背一靠，打開烏莎·托瑞爾今早交給他的檔案。檔案裡是一份她和兩個認識華特·裴楚斯的女孩所做的訪談報告。其中一個女孩顯然是烏莎先前在犯罪小組任職時認識的。

兩個女孩的說法大抵頗為一致。她們對裴楚斯既無褒辭，對於他的死似乎也沒有哀戚和遺憾之感。關於他的特色，兩人尤其異口同聲——裴楚斯是個極端吝嗇的人。比方說，他從來沒有請她們吃過一頓飯、喝杯雞尾酒，連一包菸或一條糖果棒都不曾送過。他倒是曾經帶她們之中一個去看過電影，但她也指出，那是因為他有那場電影的免費票。

他每隔一段時間就會打給她們，要她們到他的辦公室，而且時間永遠是在員工下班回家後的夜裡。兩個女孩一致表示，他的性能力令人搖頭。他幾乎是屢試不舉，而在他辦公室的那些所謂激情時光，不但都沒能成功，也沒有讓他大方一點點。有那麼一兩回，在經過冗長、累人、徒勞無功的努力後，他給了她們計程車錢回家，但多半時候他只是揮手遣走她們，獨自在得不到性滿足的悲愁中哀嚎。

這兩個女孩之所以願意跟他來往，原因之一是他在酒類和麻醉品的供給上很大方。他有個存貨豐富的吧台，而且一向都有一堆大麻菸、大麻可供應。女孩跟著他的另一個理由，是他每每信誓旦旦答應要讓她們在將來的影片中擔任要角，帶她們去旅行，去坎城影展，過著名利雙收的奢華生活。

其中一個女孩六個月前就和他斷了往來，另一個則是在他死前幾天還跟他在一起。她承認一開始是自己笨，竟然相信他的承諾，不過她已慢慢領悟他其實是在利用她。最後一次見面後，她對他厭恨至極，決定下回他再來電，一定要好好罵他幾句髒話，再狠狠掛斷電話。但現在她不必煩惱這個了。

她對華特・裴楚斯的哀悼詞確實嗅不出絲毫溫暖。烏莎將那女孩說的話紀錄在報告上：「你可以引述我這些話。說我夠好心，願意在那個王八蛋的墳墓上跳艷舞，如果有人願意費事替他挖個墳的話。」烏莎在報告上還附了一張紙條。馬丁・貝克取下迴紋針，上頭寫著：

馬丁：

這女孩有毒癮——緝毒組還不知道——但她的毒癮症狀在在顯示讓她上癮的是比大麻更烈的東西。她否認裴楚斯提供她大麻以外的毒品，不過這該值得調查吧？

馬丁・貝克將紙條放進辦公桌抽屜，闔上檔案走到窗邊，雙手插進口袋，憑窗佇立。他想到烏莎的暗示：華特・裴楚斯或許和目前正穩定增長的毒品交易有關。這為本案的調查另闢了一條蹊徑，不過也可能會讓事情更加複雜。在裴楚斯的辦公室及住家沒有發現和毒品有關的東西，但話說回來，當初他們也沒用心去找。現在，他必須把緝毒小組拉進來，看他們能發現什麼。

電話鈴響，是默斯塔的巴森探長來電告訴他已經聯絡上那個年輕人，他願意帶他們到尋獲鐵棒的位置，稍後就要開車出發。

馬丁・貝克答應過去，接著就去找史卡基，但史卡基已經回家、或是出外辦雜事去了。他拿起話筒想叫部計程車，但隨後心意一改，撥了個電話到警局車庫。搭計程車到羅特布魯來回要一百克朗，他這個月的車費收據已經厚得嚇人。他非常不願意開車，除非迫不得已，而這回他別無選擇。他搭電梯下樓到車庫，一輛黑色的福斯汽車已在等著他。

巴森在羅特布魯約好的地方等著，兩人隨同那個年輕人穿過田野，來到黑刺李樹林，也就是發現鐵棒的樹叢。天氣變得更糟了，又濕又冷，低壓壓的烏雲在向晚的天空蓄滿雨水。馬丁・貝克舉目遠眺，朝田野對面那排房子望去。

「奇怪，他竟然會走這條路，很容易被人看到的。」

「或許他是自己開車來，停在因古平路，」巴森說，「我想我們可以從那裡著手，明天把這裡到那條路的地面搜尋一遍。」

「看來快要下雨了，」馬丁・貝克說，「而且案發至今也快三個星期，似乎不可能找到線索了。」

他雙腳冰冷，好想回家跟黎雅在一起。誰殺了華特・裴楚斯？黑刺李樹叢對此沒有提供任何答案，而且天色越來越暗了。

「我們走吧。」他說，腳步開始往停車的方向走。

他開車直奔圖立路。趁著黎雅在廚房裡煎肉捲時，他躺在澡缸裡，想著該如何安排隔天的工作。

他必須通知緝毒組，讓他們插手這件事。

裴楚斯的辦公室、他在迪爾思摩的豪宅以及茉德・朗丁的住處，都得徹底搜索。

班尼．史卡基必須花一整天找出裴楚斯是否有其他不為人知的通訊地址，或是用假名租用的房子或地產。

必須對和烏莎談話的那個女孩施加一點壓力，這差事可交給緝毒組。

至於自己，他想再去裴楚斯家一趟，和彼得森太太及園丁海斯卓談談，不過這件事不急。明天他得留在辦公室。烏莎可以去跟迪爾思摩那些人談。不知道烏莎在忙什麼，他一整天都沒見到她人影。

「煮好了。」黎雅的喊叫聲傳來，「你要喝紅酒還是啤酒？」

「啤酒，多謝。」他回應道。

他爬出浴缸，不再多想明天的事。

8.

警政署長對剛瓦德．拉森微笑著，但笑容裡沒有他純真少年般的迷人魅力。他只有露出兩排白牙，以及對這位訪客毫不掩飾的厭惡。史提格．莫姆站在老位置，也就是跟在他老闆的肩後，努力地裝作若無其事，似乎這一切跟他毫無關係。

莫姆之所以能升到目前的職位，是因為善用所謂生涯鑽營的手段，以更直接的語彙來說，就是逢迎拍馬。他深知得罪某些高層後果會有多嚴重，但也知道對某些部屬壓制得太過，下場同樣會很慘。風水輪流轉，說不準哪天會輪到他們來壓他。所以到目前為止，他總是靜觀其變，再見風轉舵。

署長的雙手先是揚起一兩吋，接著又平放桌上。

「拉森呀，」他說，「不必我們告訴你，你能逃過那場恐怖事件，而且沒受重傷，我們真的不知道有多高興。」

剛瓦德．拉森瞄了莫姆一眼，莫姆的臉上毫無喜悅的表情。但當莫姆看到拉森在看他，立刻亡羊補牢地露出一個大大的笑容。

「是啊，拉森，確實如此。那天早上還真把我們給急壞了。」

署長回過頭，冰冷地望了他的副手一眼，莫姆立刻意識到自己演得過火了。他立刻縮減笑容，兩眼下望，心裡沮喪地想：不管我怎麼做都不對。

他其實大有理由如此憤世嫉俗。如果他或是署長犯了一點小錯，不但晚報整個頭版都會大肆報導，而且挨罵的一定是他。反過來說，要是哪個部屬犯了錯，被罵得滿頭包的也會是他。莫姆要是有點骨氣，情況也許就不會這樣，但他的推理能力從來想不到這麼遠。

不知何故總認為長長的停頓能增加威嚴感的署長，這時開口說話了：

「有件事有點奇怪。暗殺事件發生後，你在當地待了十一天。你的回程機票是訂在事發隔天，所以你應該在六月六日回國，但你到了十八日才回來。這一點你怎麼解釋？」

剛瓦德・拉森對這個問題早已備妥答案。

「我訂做了一套西裝。」他說。

「做一套西裝要十一天？」署長的口氣盡是訝異。

「沒錯，如果衣服要做得好的話。當然，是可以做得快一些，但勢必會有些地方不盡完美。」

「嗯。」署長的語氣透著惱怒。「你該知道我們有稽核制度，西裝這種東西是很難納入預算的。為何你就不能在這裡買一套新的就算了？」

「我從來不買西裝，」剛瓦德．拉森說，「我的西裝都是訂做的。而且歐洲的裁縫師沒有半個能達到我的標準。既然我人在那裡，而且必須等到西裝做好，我便趁機把事情的來龍去脈調查了一番。」

「聽來不是很有建設性，」署長說，「事發現場的警察已經調查得夠徹底了。事實上，他們在你還在國外時已將資料全送過來了，所以他們給你的恐怕只是媒體報導。」

「依我個人之見，我相信他們的國安部門犯了幾個錯誤，」剛瓦德．拉森說，「而且警方的結論也不正確，尤其是幾個重要細節。我辦公室裡有一份報告，是我離開前他們給我的。」

房內一陣沉默。莫姆冒險開口說道：

「這件事對十一月的貴賓來訪可能相當重要。」

「錯，史提格，」他的老闆說，「不是相當重要，是極為重要。我們必須馬上召開會議。」

「完全正確。」莫姆說。他最擅長開會。會議是人生的一部分，沒有會議，什麼也做不成，整個社會就此分崩離析。「那我們該找誰來開會？」莫姆此時已經站在電話旁邊。

署長陷入深思。剛瓦德．拉森在旁扳弄著自己巨大的手指，扳得根根指節喀喀作響。

「當然，剛瓦德必須出席，為大家說明事件始末。」莫姆的口氣帶著催促。

「經歷過這場事件，他是應該以專家的身分出席。」署長說，「不過我想的是別的事。特別小組的成員還沒選出。對，我們是有不少時間，但這可是個重大且吃力的任務。我想，現在正是召集幾個關鍵人物成立小組的時候。」

「安全局長。」

「沒錯，當然，他顯然必須在場。還有一般警務主管和斯德哥爾摩市警局局長。」

剛瓦德・拉森打了個哈欠。每當他想到市警局局長，想到他的絲質領帶和號稱他麾下的那一大群笨蛋，他總是疲倦得抵擋不住，還有若干程度的恐懼，發自內心的恐懼。

署長繼續說道：

「我們還需要各種專家。我們得向陸軍和空軍借調人力和設備。說不定海軍也要。當然，不管發生什麼事，終極責任只在一個人身上，那就是我本人。不過，還有一件事。如果我們現在就彙整這些專才，之後再逐漸增添人手，例如心理作戰方面的，那麼我們一開始就得有個行動負責人。這個人得是個經驗豐富的警察，也得是個能幹的行政人才。他必須能整合所有人力，再加上對犯罪嗅覺敏銳，還得擅長心理分析。這人會是誰？」

署長看著剛瓦德・拉森。拉森沒開口，只是點點頭，彷彿答案已昭然若揭。

史提格．莫姆不自覺地挺直了腰桿。答案確實昭然若揭，他心想。除了他自己，還有誰有資格承擔如此艱鉅的任務呢？他也當過某次行動的總指揮官，雖然那次行動最後以一敗塗地告終，但那只能歸咎於運氣不好和巧合。

「貝克。」剛瓦德．拉森說。

「正是，」署長說，「馬丁．貝克。他是我們的人。」尤其事情要是出了差錯的話，他心想。他朗聲說：「不論如何，最後的責任歸屬，我責無旁貸。」

這句話聽來並無不妥。不過他自忖，如果換個說法，例如：「最終極的責任無論如何都會落在我的肩上。」效果會不會更好？

「我們何不現在就打給他們？」署長詢問的目光望向莫姆。

「貝克正在辦案。」莫姆極力冷靜自持說著，「事實上，他是我的手下，屬於我那個部門。」

「噢，原來凶殺組有案子在辦？」署長說，「啊，我相信他會撥出時間來的。反正凶殺組說不定很快就不需要存在了。」

「我自己手上也有十一件案子。」剛瓦德．拉森說。

「你又不屬於我的部門。」史提格．莫姆說。

「確實，感謝好心的老天爺保佑。實在太感謝了。」

•

除了麥勒，所有人都在約定的時間到達會場。史提格・莫姆和剛瓦德・拉森互相打了招呼，也一同問候了署長，只是語氣不怎麼熱絡，話說回來，這也不是他們在這個陰沉七月天的第一次見面。馬丁・貝克也來了，穿著牛仔外套和寬鬆的長褲，而斯德哥爾摩市警局的局長依舊是配著白色絲質領帶的一身勁裝。

唯獨麥勒不見人影。

大家圍著會議桌就座，署長注意到缺了一人，說了幾句聰明話：

「麥勒去哪兒了？沒有他我們就沒辦法開始。你們也知道，只要涉及安全事務，要說有多麻煩就有多麻煩。」

艾瑞克・麥勒是一般簡稱為「安全局」的國家安全局的龍頭，不過他究竟負責什麼事務，搞不好連他自己也不清楚。這個國家安全局一點也不特別，它所雇用的八百個人只把時間花在兩件事上：第一，揭發並逮捕外國間諜；第二，反制有危及國家安全嫌疑的組織和團體。可是這麼多年來，它的角色越來越混淆，現在大家都知道，安全局唯一的職責就是登記、並迫害有左翼思想的人，簡言之，就是讓那些人的日子不好過。

到最後安全局走火入魔了，竟也建立了執政的社會民主黨成員的祕密檔案，使得理當是施行社會主義的政府尷尬到不行。

麥勒比預定時間遲了三十三分鐘到達會議室。他滿頭大汗，上氣不接下氣。

不管麥勒是間諜、反間諜還是什麼特務，要讓他偽裝可是難之又難。他的年歲和別人差不多，噸位卻大得多，兩隻大耳以令人側目的角度向外突出，禿頂上還繞著一圈雜草般的紅棕色頭髮。在場的人跟他都不熟，或許是因為職業之故，他一向獨來獨往。

整桌人中唯一打心底看不起麥勒的剛瓦德·拉森，這時開口嘲弄道：

「你們那些克羅埃西亞的恐怖份子朋友幹得怎麼樣了？你們週六下午是不是還會在花園裡舉行茶會？」

可是這位祕密警察首長喘得連話都答不了。

警政署長隨即宣告會議開始。他先以那位不太受歡迎的美國參議員將在十一月二十一日星期四來訪破題，接著又說剛瓦德·拉森從他的海外研習之旅帶了一些有趣、而且有用的資訊回來。

他談到此項保安任務的困難，又說它對警方的威信具有無比的重要性。接著他列舉出幾個在場人員將被指派到的特殊任務。

可惜我沒把那顆頭顱泡在福馬林罐裡帶回來，剛瓦德·拉森心想，那才是真正有趣而且有用的資訊。

聽到自己被指派為行動小組負責人時，馬丁·貝克正打著哈欠。他極力壓下哈欠，說道：

「等一下，你是在說我嗎？」

「正是，馬丁，」署長誠懇地說，「這不也算是一種預防性的謀殺調查嗎？你需要任何資源我們都給，喜歡選誰當你的幕僚就選誰，只要你認為適任。」

馬丁·貝克本想搖頭拒絕，但接著一想，老天，他其實可以直接命令我接下這個任務的。他注意到一旁的剛瓦德·拉森在用手肘戳他，於是轉頭面向拉森。

剛瓦德·拉森低聲說道：

「你告訴他，你會負責規劃安全小組成員、前置調查作業和遠距安全措施。」

「怎麼個負責規劃法？」

「利用凶殺組和制暴組的人力。條件是，近距離的安全措施要找別人負責，像是確保沒有人會突然冒出來拿磚塊還是什麼的把參議員的腦袋砸爛。」

「兩位，請不要竊竊私語，有話大聲說出來。」署長說。

剛瓦德．拉森迅速瞄了馬丁．貝克一眼，高聲說道：

「貝克和我在想，如果以凶殺組和制暴組的人力為主，那麼我們可以擔負所有遠距安全的協調行動，預防措施等等。可是最好不要讓我們處理近距離的安全防護。這個任務似乎是專門為麥勒和他的手下打造的。」

署長清清喉嚨，說：

「麥勒，你說呢？」

「好，」麥勒說，「這部分就由我們負責吧。」

他還是氣喘如牛。

「那個差事簡單得令人羞愧。」剛瓦德．拉森說，「如果是我，只要在這個城裡找二十個最笨的警察就做得到。麥勒畢竟有好幾百個偽裝在樹林裡的傻瓜可用。我聽說其中一個曾經拍下首相在進行五月節慶演說的鏡頭，還打報告說，首相似乎是個危險的共產份子。」

「閉嘴，拉森，夠了。貝克，這麼說，這工作你是接下了？」署長說。

馬丁．貝克嘆了口氣，但點點頭表示同意。他可以預見眼前這項任務的艱鉅和複雜的併發症——開不完的會、愛湊熱鬧的政客、還有什麼都要淌渾水的軍方。不過，對這樣一個直接命令，他其實無從說不，而且剛瓦德．拉森對整件事情該怎麼處理似乎也已經有譜。他已經成功擺脫了祕密警察，這是可喜可賀的事。

「在我繼續說下去之前，我想知道一件事，」署長說，「一件我們的朋友麥勒應該可以回答的事。」

「噢，是的。」特務頭頭謹守份際，打開公事包。

「那個叫做UGH還是什麼名字的組織，我們對它知道多少？」

「那個組織不叫UGH。」麥勒摸著頭髮。

「應該這樣叫才對。」剛瓦德・拉森說。

署長爆出大笑。每個人都訝異地看著他，唯獨剛瓦德・拉森。

「那個組織叫做ULAG。」莫姆說。

「對，就是這名字。」署長說，「我們對它知道多少？」

麥勒從檔案中抽出一張紙，很乾脆地說：

「其實一無所知。換句話說，我們只知道他們策劃過幾次暗殺行動，第一次是去年三月，哥斯大黎加總統在德古斯加巴*踏出機門時遭到槍殺。那回暗殺在事前誰都沒有料到，所以安全措施並不完善。要不是ULAG自己跑出來承擔責任，大家還不知是哪個瘋子所為。」

「槍殺？」馬丁・貝克問。

「對，顯然是一個臥藏在廂型車裡的狙擊手在長距離外下的手。警察試圖追捕，但沒有成功。」

「下一次呢？」

「發生在馬拉威，兩個非洲國家的總理正在會商，討論邊境爭議問題。整個建築突然爆炸，至少有四十人喪生。事情發生在九月，當時的安檢措施極為嚴密。」

麥勒抹去額頭上的汗珠。剛瓦德．拉森得意地暗暗想著，自己的模樣比起他來實在好得太多。

「之後，該組織在隔年元月又幹過兩場刺殺行動。第一場，北越一個總理、一名將軍和他三個部屬的座車遭到迫擊砲攻擊，五人全部喪生。當時他們正在趕赴開會途中，打算和某些南越大老會面協商，那部座車甚至有軍隊護航。

「才過一個星期，該組織再度出擊，地點在印度北方某個省分。該省省長一踏進火車站，就有至少有五個人朝火車和車站建築投擲手榴彈，接著用機關槍掃射。這是這些恐怖份子至今最血腥的一次攻擊。當時火車站裡有數百名學童在歡迎省長到來，約有五十名因此丟了小命。所有在

＊ 德古斯加巴（Tegucigalpa），宏都拉斯的首都。

場的警察和安全人員不是死就是重傷，省長自己也被炸成碎片。這也是至今唯一一件犯案者被人目擊到的攻擊事件。他們戴著面罩，身穿某種突擊隊的制服，事後分乘好幾輛汽車逃逸，就此無影無蹤。

「接下來，三月份在日本又發生了一樁，一個名氣響亮、但也備受爭議的政客到某學校視察。這次也一樣，建築被炸毀，這名政客連同為數可觀的群眾全丟了性命。」

「你對ＵＬＡＧ只知道這些？」馬丁・貝克問。

「對。」

「這份摘要是你親自準備的嗎？」

「不是。」

「你什麼時候拿到的？」

「大概兩星期前。」

「我可不可以問，這份摘要是誰給你的？」剛瓦德・拉森問。

「可以，你儘管問，不過我不一定要給你答案。」

不過，反正他們都知道答案。麥勒於是以忍辱負重的表情說：

「是美國中情局。我們和美國交換情報並不是祕密。」

「這麼說，我國的安全局在此之前對ULAG其實一無所知？」馬丁．貝克問。

「對。知道的沒比報上的報導多。它不像是個共產組織。」

「也不是阿拉伯團體。」剛瓦德．拉森說。

「現在，讓我們聽聽拉森的意見，」署長說，「對於這個ULAG還是什麼名字來著的組織，你還知道些什麼？」

「我所了解的ULAG，就是麥勒寫在紙上的那些，但還要多加一點點。關於六月五日的刺殺行動，調查過程我多半都有參與，而我只打算指出一點：世界上很多國家的情治單位所做的，絕對不只是將美國中情局提供的印刷資料照本宣科而已。」

「拉森，不要那麼拐彎抹角。」馬丁．貝克說。

「我們要是仔細看看這些暗殺行動，就能輕易得出幾個結論。例如，每一樁事件的矛頭都指向知名的政治人物，而這些政治人物除了名氣之外，別無共同點。被殺的哥斯大黎加總統算是社會民主主義的信徒，那兩個非洲總理則是民族主義者。而那些越南人和麥勒所說的正好相反，他們不是北越人，而是跟南越的臨時政府有關——他們是共產黨。被炸死的印度省長是個偏向自由派的社會主義者，那個日本政客則是極端的保守派。至於在我眼前被殺的那個總統，他是個法西斯主義者，厲行獨裁已經多年。無論你如何左翻右看，都毫無政治模式可言。不管是我、還是我認識的人，沒有人能對這點提出任何解釋。」

「他們可能是奉他人之命行事。」馬丁・貝克說。

「這我也想過，不過可能性微乎其微，總之，就是沒有道理可言。我還想到另一件事：所有的刺殺行動都是計劃周密，執行完善。他們所有的手段全都用過，而且各種方式也都達到百分百的效果。這些人是行家，是極度危險的人物。他們顯然訓練有素，知識豐富，而且似乎握有可觀的資源任其取用。這些人一定有個基地之類的。」

「在哪裡？」馬丁・貝克問。

「我不知道。我可以用猜的，不過還是不要瞎猜的好。總之，不管他們的終極目的是什麼，我很難想像，有什麼會比一個每次暗殺行動都成功的恐怖組織還可怕。」

「告訴大家，那裡究竟發生了什麼事。」署長說。

「我也是想了好久才想通。」剛瓦德・拉森說，「爆炸威力非常強。除了那個貴賓總統和州長外，還有二十六人喪命——多半是警察和安全人員，也包括好幾個計程車司機和馬車車夫，因為他們的車都停在現場附近。甚至走在另一條街上的某個行人也遭了殃，因為汽車殘骸擊中他的頭。爆炸威力之所以這麼強大，是因為炸彈就放置在該市一條主要的瓦斯管線當中，所以一定有人在頗遠的地方以無線電引爆。」

「你認為警方有哪些地方做得不對？」馬丁．貝克問。

「整個安全計劃倒是沒有什麼不妥，」剛瓦德．拉森說，「大體上跟美國特勤處在甘迺迪總統被刺後所部署的一樣。不過他們不該在事前公布車隊路線，因為這位貴客顯然不受歡迎。」

「可是如果不公布車隊路線，大家就沒有機會向貴賓揮旗歡迎了。」斯德哥爾摩市警局的首長說。

「而且不斷更改車隊路線也實在折磨人，」麥勒說，「我還記得赫魯雪夫到訪時造成的騷動。」

「我記得他離開時似乎說過，他走遍全世界，從沒看過這麼多警察的後背。」馬丁．貝克說。

「那是他的問題。他連一點該害怕的自覺都沒有。」麥勒說。

「他們犯的另一個錯誤是防範機制太晚起動。」拉森說，「他們在國賓到訪前兩天才開始管控港口和機場。但ULAG的殺手好幾個星期前就混進來了。」

「這純粹是臆測。」麥勒說。

「不，該國警方歸納出不少耐人尋味的資料。還有，印度暗殺事件的資料並不像你拿出來的那麼乏善可陳。一個當時身受重傷、後來殉職的警察說，恐怖份子其實沒有戴面罩，他們只戴著某種安全帽，類似建築工人戴的那種。他還說他很確定看到的三個人當中，有兩個是日本人，另一個是歐洲人，身材高大，年約三十。這人跳進車裡時安全帽還不小心掉了。這名受傷的警察看到了他的金髮和鬢角。印度警方事後當然檢查了所有離境的旅客，尤其是外國人，結果發現一個相貌吻合的人。那人持有羅德西亞護照，而警方也記下了他的姓名。可是當時入院的警察是在隔天才說出此人的相貌特徵，結果那人已逃之夭夭。至於羅德西亞的官方則說沒聽過那個名字。」

「至少是條線索。」馬丁・貝克說。

「我去的那個國家的安全部門過去未曾和印度警方有過接觸，不過他們對所有離境的人都做了記錄，後來發現其中一人用的正是這個名字和同一本護照。那本護照十之八九是偽造的，名字也是。」

「他用什麼名字？」馬丁・貝克問。

「雷哈德・海瑞奇。」剛瓦德・拉森說。

署長清清喉嚨。「這個ＵＬＡＧ似乎很可惡。」

「我們該怎麼防範用無線電控制炸彈的人？」麥勒悶悶不樂地說。

「我想我們應該有辦法，」剛瓦德・拉森說，「只要你做好近距離的安全措施。」

「要是我們突然全被炸上天，」安全局長說，「那我們怎麼保護他？」

「別擔心炸彈，我們會處理。」

「我剛想到一件事。」馬丁．貝克說，「如果遠距的安全措施確實發揮效果，那麼不論是誰引爆炸彈，都不可能近到看見現場的動靜。」

「我相信他一定不在附近。」剛瓦德．拉森說。

「可能在事發地點附近有同夥嗎？」

「我想不會。」

「那他怎麼知道在何時啟動炸彈？」

「我想，他只要收聽廣播或收看電視就行。有國賓到訪，廣播電台和電視台都會全程現場轉播。大部分國家在有特殊盛事時都會這麼做。我們知道，ＵＬＡＧ的襲擊目標都是非常出名的政治人物，而且受害者都在進行特殊或是盛大隆重的事，例如出訪友邦。讓他們躍躍欲試的就是這種場合。」

「那我們要怎麼防範？」麥勒說，「需要我把那些瘋子全抓起來嗎？」

「不必，」剛瓦德．拉森說，「無論誰想上街頭示威都可以。」

「你知道自己在說什麼嗎。」市警局局長說，「那我們可得把全國的警察全都調來。麥納馬拉*幾年前原本要訪問哥本哈根，後來不得不取消，因為他聽說當地可能會有示威遊行。兩年前，雷根在丹麥的皇家遊艇上午餐，結果報上幾乎隻字未提。他是私人訪問，完全不想曝光——這是他自己說的。想想看，要是雷根……」

「如果那天我有空，搞不好我會親自走上街頭，向這個混帳議員示威，」剛瓦德・拉森說，「那傢伙比雷根還混蛋得多。」

除了似乎兀自沉浸在一己思緒中的馬丁・貝克，所有人都以嚴峻和不可置信的眼光望著剛瓦德・拉森。大家都在想：這個人真的適合這樣的任務嗎？

署長最後斷定，拉森很可能是在說笑。

「這場會議收穫豐碩，」他說，「我想我們行進的方向是正確的。謝謝大家，每一位都是。」

馬丁・貝克沉思完畢，他轉向麥勒。

「上級交派這個任務給我，我也接受了，這表示你必須服從我的指示。我的第一條指示是：不准扣押任何政治立場與你不同的人，除非你有不得已的理由，或經過我們其他人的同意，尤其是我。你身負一項重要任務，也就是近距離的安全措施，我希望你要念茲在茲。你得記住，人民有示威的權利，我禁止你使用任何有挑釁意味和不必要的武力。所有示威活動要處理得當，而且你要跟斯德哥爾摩的各部會首長及正規警力配合。所有計劃必須呈交給我過目。」

「可是國內那麼多的顛覆份子怎麼辦？難道你要我坐視不管？」

「就我所知，那些顛覆份子只是你想像出來的產物，是你一廂情願的想法。你的首要職責是近距離保護那位到訪的美國參議員。示威遊行在所難免，但絕對不能以武力驅散。只要正規警方接獲的指示是合理的，就不會橫生任何枝節。你所有的計劃都要讓我知道。當然，你可以自由調度你那八百名特務，只要合法就好。我說的夠清楚了嗎？」

「很清楚，」麥勒說，「不過我想你也知道，我可以越過你的指令行事，只要我認為必要。」

馬丁・貝克沒有作答。

斯德哥爾摩市警局局長走到壁鏡前，動手調整他的絲質白領帶。

「各位，」署長說，「會議到此結束。實際工作可以展開了。我對各位有充分的信心。」

•

* 麥納瑪拉（Robert McNamara, 1916-2009），美國商人及政治家，曾任美國國防部長（1961-1968）及世界銀行總裁（1968-1981）。

那天稍晚，艾瑞克・麥勒跑來找馬丁・貝克，這是前所未有的事。

馬丁・貝克當時還在國王島街，雖然他應該在瓦斯貝加南警局總部的辦公室，要不就是在羅特布魯或迪爾思摩。他急著趕在新任務開始前先解決裴楚斯命案，以免屆時占去太多時間，而他對班尼・史卡基的信心依然遠遠不及對萊納・柯柏的信任。柯柏是犯罪偵查高手，做事有條有理，又頗富創意。馬丁・貝克有時甚至覺得，柯柏在許多方面比他自己還更適合當警察。

史卡基的旺盛企圖心和精力沒什麼不好，但他始終沒顯露出令人目眩的才幹，看來永遠也無法光芒四射。以他相對年輕的年紀來說，他大有發揮或成長的空間——他才三十五歲，但已表露出令人敬佩的毅力和全然的大無畏精神——可是要馬丁・貝克有全然的信心將困難的案件交給他，恐怕還需要很長一段時間。話說回來，班尼・史卡基和烏莎・托瑞爾搭檔起來相當不錯，只要默斯塔的巴森的命令別讓他們綁手綁腳，一定會有長足的進展。

可是，他再過不久就得將史卡基暫時調到這個新任務上，兇殺組的人手屆時就更弱了。他自己是有能力同時兼顧兩樁複雜的案件，但他懷疑史卡基是不是也能勝任。

就他所知，他的雙重任務已經開始了。他們已經討論過總部的設立地點——一如莫姆以軍事用語所稱的「指揮總部」——而現在，他正一面和剛瓦德・拉森討論護送隊伍的籌組事宜，心頭也一面想著迪爾思摩的別墅。

兩人討論著，一陣敲門聲後，麥勒進入房間，他的肚子似乎更大、模樣也更像狐狸。他視若無睹地望望剛瓦德．拉森，目光接著轉向馬丁．貝克。

「我相信你已經思考過護送車隊的模式了？」

「你是在這裡也裝了竊聽器嗎？」剛瓦德．拉森說。

麥勒完全沒有理會拉森的話。艾瑞克．麥勒這人不會大驚小怪。若非如此，他大概也不會成為安全局的頭頭。

「我有個主意。」他說。

「真的？」剛瓦德．拉森說。

「我想，那位來訪的參議員應該會乘坐防彈的禮賓車吧？」麥勒依然只對著馬丁．貝克說話。

「是。」

「要是這樣，我的想法是：安排別人坐在防彈車上，讓參議員坐在一輛沒那麼顯眼的車裡，例如警車，然後遠遠跟在後面。」

「那你要安排誰去坐防彈車？」剛瓦德．拉森說。

麥勒聳聳肩，「噢，誰都可以。」

「老套。」剛瓦德・拉森說，「你他媽的真有這麼憤世嫉俗——」

眼看剛瓦德・拉森真要發火了，馬丁・貝克趕緊緩頰。

「這也不是什麼新的點子，以前用過很多次。有時成功，有時失敗。以目前這個情況，我們不可能這麼做。參議員自己會希望坐在防彈車上，而且電視轉播一定會播出他踏進車門的鏡頭。」

「這裡頭有很多花招可耍。」麥勒說。

「我們知道，」馬丁・貝克說，「但我們對那些花招沒興趣。」

「噢，我懂了，」麥勒說，「那麼再見了。」

他就這麼走了。

剛瓦德・拉森的臉色慢慢恢復正常。

「耍花招。」他說。

「跟麥勒這種人生氣沒有用，」馬丁・貝克說，「他完全不受影響。這就像往豬油上倒水一樣。我現在真的得趕回瓦斯貝加了。」

9.

一天又一天，轉眼幾個星期過去。一如往年，大家引頸期盼的夏天似乎過得特別快。只是目前還是七月盛夏，而且依然濕冷、落雨不斷，陽光普照的日子只是驚鴻一瞥。馬丁．貝克沒有時間注意天氣。他忙得不可開交，有幾天甚至沒離開辦公室。他通常待到很晚，晚到整個大樓一片安靜，人都走光了。這倒不一定是因為必要；他留下來常常是因為不想回家，或是希望好好思索一番。在電話不斷、訪客不絕的忙亂白天，他無法思考事情。

黎雅帶著小孩到丹麥度假了。小孩的爸爸住在丹麥，她要去三個禮拜。馬丁．貝克很想念黎雅，不過她再過一個星期就會回來，這段期間他只有靠工作和獨自待在舊城的家中度過沉靜的夜晚，來填補生活的空白。

華特．裴楚斯命案占據了他大部分的時間和心思。他一遍又一遍讀著從不同單位蒐集而來的成堆資料，可是走進死胡同的惱人感總是揮之不去。案發已經一個半月了，這起案子目前主要是由班尼．史卡基和烏莎．托瑞爾負責。他們的判斷能力和一絲不苟的態度都靠得住，所以他多半放手讓他們自己處理。

緝毒組在經過長時間的仔細訊問後，做出一份報告。他們幾點發現。第一，華特・裴楚斯從未經手大量毒品，沒有跡象顯示他是毒販，他持有的毒品量一直都不算大。

第二，他們發現華特・裴楚斯雖然偶爾也會吸食大麻或服用興奮劑，但他本身從來沒有大量吸毒。警方在他住處一個上鎖的抽屜裡發現很多包印有外國藥廠名的藥劑，很可能是他出國時帶回來的，但沒有大量偷運進口的跡象。

他在斯德哥爾摩的麻醉藥品市場上是個人盡皆知的熟客，雖說他的採購量有點陽春，不過他似乎有三個固定的供應商。他付的是行情價，久久才來買一次，毫無一般吸毒者迫不及待的窘迫徵象。

他們也訊問過其他好幾個女孩，她們跟烏莎問過的兩個女孩都有同樣的經驗。華特會供應毒品給她們，但只有在女孩到他辦公室時。如果她們想帶毒品回家，他無論如何都不會答應。

緝毒組訊問的兩個女孩曾經出現在裴楚斯的一部片子裡，不過並非他所承諾的、在國際大片中擔任要角，也沒有跟查理士・布朗合作演出，而是在一部色情片裡演出女同性戀。她們承認，拍片時受到藥力影響，根本不知道自己在做什麼。

「真是個超級大混蛋！」烏莎看到報告不禁大罵。

烏莎和史卡基去迪爾思摩二度拜訪過克莉絲．裴楚斯，也和兩個在家的孩子談過。小兒子還在國外，一直沒有音訊，雖然家人發了電報到他最新住址，也在《國際先鋒報》的人事欄刊登廣告。

「老媽，你別擔心，等他錢花光了自然會出現。」大兒子語帶嘲諷地說道。

烏莎也和彼得森太太談過，這位管家大體上對所有問題只做單音節的回覆。她是那種老派的忠僕，口中吐出的話雖然屈指可數，對主人一家卻是大力讚揚。

「我真想讓她去上一堂談女性解放的課。」烏莎後來告訴馬丁．貝克。

班尼．史卡基找裴楚斯的園丁兼司機史都爾．海斯卓談過，問他對裴楚斯家的看法。他跟那位女管家一樣惜字如金，但在談到園藝時則是津津樂道。

史卡基也花了不少時間在羅特布魯，這裡其實是烏莎的轄域，沒有人知道他到底在那裡做什麼。有一天，大家在馬丁．貝克的辦公室喝著咖啡，烏莎調侃地問道：

「班尼，你該不會愛上茉德．朗丁了吧？對她，你可得提防點。我覺得她是個危險的女人。」

「我認為她挺愛錢的。」史卡基說，「不過我倒是跟附近一個傢伙聊了不少，他是個雕刻家，就住在對街。他的作品都是用破銅爛鐵做的，還真不賴。」

其實烏莎白天也是老半天不見蹤影，也不曾告知去向。馬丁・貝克最後開口問她在忙什麼。

「我跑去看電影，色情片。我決定把裴楚斯的電影全看完，不過是少量多餐，一天只看一、兩部。不過別的不說，這些電影說不定會讓我變得性冷感。」

「為什麼要看？」馬丁・貝克問，「你認為可以從中找到什麼線索嗎？對我來說，看個一部就夠了——那部叫《午夜太陽光芒之愛》還是什麼的，一部就夠我受的了。」

烏莎大笑。「那部跟其他幾部相比，根本是小巫見大巫。有些片子從技術角度來看高明許多，色彩繽紛、寬銀幕等等，應有盡有。我想這些是外銷到日本。可是坐著看這些片子可不好玩，尤其對女性來說，看了只會生氣。」

「我能理解，」馬丁・貝克由衷說道，「不過你還沒回答我的問題，你為什麼認為非看那些電影不可？」

烏莎搔了搔一頭亂髮。

「噢，你知道，我是在看影片裡出現的人，我想知道他們是什麼樣的人，住在哪裡、從事什麼職業。我找了幾個男的談過，他們演過好幾部片。其中一個是專業人士，在一家色情俱樂部工作，認為那就是他的正職。他的收入很不錯。另一個在男裝店做事，拍電影純粹是好玩，幾乎一毛錢也沒拿。我還有好長的名單，以後再慢慢查。」

馬丁．貝克若有所思地點點頭，但也不以為然地望了她一眼。

「倒不是說我這麼做一定會有什麼斬獲，」烏莎說，「不過你若是不反對，我打算繼續。」

「只要你受得了就繼續吧。」馬丁．貝克說。

「我只剩一部沒看，」烏莎說，「《夜班護士的告白》，我想是這個片名，是部驚悚片。」

•

一個星期過去，七月的最後一天，黎雅回來了。

那天晚上，他們以煙燻鰻魚、丹麥乳酪、象牌啤酒和她從哥本哈根帶回來的生命之水一起慶祝。黎雅幾乎話沒停過，直到她在他懷裡睡著。

馬丁．貝克也躺了一會，他很高興她回來，然而象牌啤酒發揮效力，他沒過多久也睡著了。

隔天，事情開始有了進展。那是八月的第一天，下著傾盆大雨。

馬丁．貝克一覺醒來，感覺神清氣爽、頭腦清晰，不過上班依然遲到。三個星期不算短，昨晚黎雅急著告訴他到丹麥島嶼旅行的趣聞，隨著食物、啤酒和烈酒下肚，兩人還沒來得及互訴思念就睡著了。早上他們做了補救。孩子們還在丹麥，無人干擾的他們好整以暇，直到黎雅最後把他推下床，命令他想想自己的工作職責，還有他身為長官，應該做個好榜樣。

班尼・史卡基等了他兩個小時，已經等得很不耐煩。馬丁・貝克還沒來得及坐下，史卡基已經出現在他的辦公室，兩腳不斷摩來蹭去。

「早安，班尼。你那邊的事進行得如何？」

「應該還不錯。」

「你還在懷疑那個用破銅爛鐵做東西的藝術家？」

「沒有，我只是一開始懷疑過。他住得那麼近，工作室裡又都是鐵棒、鐵管之類的，我原本以為八成就是他。他跟茉德・朗丁熟識，目送她出門工作後，只要隨便拿起一根鐵棒或鉛管，再走過馬路，就能殺了那個老傢伙。事情似乎再明顯不過。」

「但他不是有不在場證明？」

「對，有個女孩整晚都跟他在一起，早上還跟他一起進城。總之，他是個好人，和裴楚斯毫無瓜葛。他的女友看起來也像老實人。她說她睡不好，所以他睡著後她就爬起來看書，還說他睡得像根木頭，一直到早上十點才起床。」

馬丁・貝克看著那張熱切的臉，覺得有點好笑。

「所以，你現在又發現了什麼？」

「噢，我在那裡晃了很久，這邊走走，那裡看看，還坐下來跟雕刻家說話。昨天我又去了，我們一起喝啤酒。我坐在那裡，看到茉德．朗丁車庫裡的大木箱。那些板條箱是他的，是將作品送去展覽時裝箱用的。他自己的車庫沒地方可放，所以茉德．朗丁就讓他借放。打從今年三月開始，那些木箱就一直放在那裡，沒有人碰過。於是我想到，不管殺害華特．裴楚斯的是誰，有可能當晚就潛進屋內，因為在深夜裡不會被人看見，接著躲在木箱後頭，等到老傢伙獨自在家時再下手。」

「可是他後來又穿過大家都看得到的那片田野。」馬丁．貝克說。

「對，我知道。可是如果他真的躲在木箱後面，那麼他一定知道裴楚斯習慣在茉德．朗丁離家之後不久離開，所以他得利用老傢伙這段短短的獨處時間。如果他藏身在木箱後面，就聽得到她離開的聲音。」

馬丁．貝克揉揉鼻頭。

「聽起來是有這個可能。你有檢查過裡頭是不是真的能藏人嗎？那些木箱不是緊貼著牆壁？」

班尼．史卡基搖搖頭。

「不是，木箱和牆壁之間有個夠大的空間。柯柏跟他的大肚子大概擠不進去，但體型一般的人可以。」

他突然沉默。馬丁・貝克不大能聽負面批評柯柏的話，但貝克這回似乎沒有生氣，所以他又繼續說道：

「我跑到木箱後面看了看。地上有很多沙子、灰塵，還有散落的泥土。我們能不能做點化驗？灑上石灰粉找腳印、篩檢泥土，看能不能發現什麼？」

「這主意不錯，」馬丁・貝克說，「我立刻找人去辦。」

史卡基離開後，馬丁・貝克打了個電話，要求立刻對茉德・朗丁的車庫進行鑑識。

才放下話筒，烏莎・托瑞爾沒敲門就跑進他的辦公室。她氣喘吁吁，滿臉熱切，跟方才的史卡基沒有兩樣。

「坐下來，別激動。」馬丁・貝克說，「你是不是又看了一部小電影？那個夜班護士到底告白了什麼？」

「可怕極了。而且她的病人個個了不得，我得說，個個都健康得要命。」

馬丁・貝克大笑。

「希望那是我這輩子必須看的最後一部小電影。」烏莎說，「不過，聽我說。」

馬丁・貝克雙肘撐在桌上，雙手托著下巴，擺出洗耳恭聽的模樣。

「你記得我跟你說過我有一份名單？就是所有在裴楚斯電影裡出現過的演員名單？」

馬丁．貝克點點頭。烏莎於是又說：

「其中有幾部簡直糟透了，我想你自己也看過一些——黑白短片，幾個雜七雜八的人在一張舊沙發上亂搞——那裡頭有個女孩叫做琪琪．海兒。我試著聯絡她，可是發現她已經不在瑞典。但是我找到她的一個朋友，打探到不少消息。琪琪．海兒的真名是克莉絲蒂娜．海斯卓，幾年前也住在迪爾思摩，跟華特．裴楚斯住在同一條街上。這你怎麼看？」

馬丁．貝克陡地坐得筆直，往額頭上一拍。

「海斯卓，」他說，「那個園丁。」

「完全正確，」烏莎說，「琪琪．海兒是華特．裴楚斯他家園丁的女兒。我還沒查到她多少資料。她好像幾年前就離開了瑞典，目前沒有人知道她的下落。」

「烏莎，聽起來你還真查出了一點眉目。你有車嗎？」

烏莎點點頭。

「在停車場。我們要到迪爾思摩跑一趟嗎？」

「立刻出發，」馬丁．貝克說，「我們可以在路上談。」

在車上，烏莎說：「你認為兇手是他嗎？」

「呃，他是大有理由不喜歡華特．裴楚斯，要是我的懷疑正確的話。裴楚斯利用園丁的女兒去拍片，結果被她老爸發現，他不可能會高興。她多大？」

「現在十九歲。可是那些影片是四年前發行的，所以拍片時她才十五歲。」

一陣沉默後，烏莎說：

「如果說事情反過來呢？」

「什麼意思？」

「如果是她老爸鼓勵她去拍這種片子，好向裴楚斯伸手要錢呢？」

「你是說他賣了自己的女兒？烏莎，看了那麼多髒電影，把你的腦子都給看髒了。」

兩人將車停在路邊，穿過裴楚斯家的鐵門，來到隔壁的小屋前。小屋的鐵門柱上沒有攝影針孔。一條寬大的石徑沿著樹籬通向左方，盡頭處是個車庫和一個黃色的灰泥小屋。小屋和車庫中間有個小棚，看起來像是工作室或工具間。

「這一定就是他住的地方。」烏莎說。

兩人一同朝著黃色小屋走去。花園占地極大，從鐵門邊望去，小屋的位置相當隱密，掩隱在高大的樹叢間。

工具間的門是開著的，人在裡邊的海斯卓一定是聽到了他們踩在石徑上的腳步聲。他走到門口，看著他們由遠而近，眼神帶著戒備。

他看來年約四十五歲，高大魁梧的身軀文風不動站著，雙腳張開，背脊微屈。他的藍色眼睛半睜半閉，表情嚴肅而凝重。頂上不乖順的黑髮夾雜著幾根灰白，短短的腮鬍幾乎全白了。他拿著刨木機，不乾淨的藍色工作服上黏著幾條捲曲的木屑。

「海斯卓先生，我們打擾你工作了嗎？」烏莎說。

那人聳聳肩，朝身後望望。

「沒有，」他說，「我只是在刨幾個模具，這事不急。」

「我們想和你談一談，」馬丁·貝克說，「我們是警察。」

「已經有個警察來過了，」海斯卓說，「我想我沒有別的話可說。」

烏莎出示證件，但海斯卓別過頭沒看，兀自走開將刨具放在門後的工作椅上。

「我對裴楚斯先生沒什麼可說的，我跟他不熟，只是替他工作而已。」

「你有個女兒，對不對？」馬丁·貝克說。

「對，可是她已經不住這裡了。她出了什麼事嗎？」他側身半對著他們，撫弄著工作椅上的工具。

「據我們所知是沒有。我們只是想跟你談談你女兒。」馬丁·貝克說，「有沒有什麼地方可以讓我們安靜說說話？」

「可以到我家。」海斯卓說，「我先把這玩意兒脫掉。」

海斯卓脫下工作服，將之掛在釘子上，烏莎和馬丁・貝克等著。他在工作服底下穿著藍色牛仔褲和黑襯衫，袖子捲起。腰間是一條寬大的皮帶，有著馬蹄形狀的大銅環釦。

雨停了，可是厚重的雨滴仍舊穿過小屋旁一棵核桃樹的枝幹，傾洩而下。

外面的門沒鎖。海斯卓推開門，在台階上等著，讓烏莎和馬丁・貝克進入玄關。接著他超前兩人，領著他們走進客廳。

這房子不大，可以從半開的門看到臥室。除了臥房和從玄關處一眼就可望見的小廚房，這個小屋沒有其他房間。沙發和兩張不成套的扶手椅幾乎占滿整間客廳。一台老式電視機立在角落，自製的書架靠著一面牆，架上的書排了半滿。

烏莎走到沙發旁坐下，海斯卓消失在廚房，馬丁・貝克趁隙將那些書名瀏覽了一遍。其中有不少經典名作，杜斯妥也夫斯基、巴爾札克、史特林堡，還有數量驚人的詩集——除了好幾本文選和詩詞社團的出版品外，還有多位名詩人像奈爾・菲林*、艾爾默・迪托尼爾斯及伊蒂絲・索德葛蘭**等人的精裝本作品集。

海斯卓打開廚房的水龍頭，沒多久就出現在門邊，拿著一條髒毛巾擦拭著雙手。

「要不要煮點茶來喝？我只有茶可招待。我不喝咖啡，所以家裡沒有。」

「你別麻煩了。」烏莎說。

「我自己也想喝一點。」海斯卓說。

「那喝茶就很好。」烏莎說。

海斯卓回到廚房。馬丁．貝克在一張扶手椅上坐定。桌上攤著一本打開的書。他將書翻了個面，是洛夫．帕蘭***寫的《對狗輩的訓示》。這個園丁對文學的品味顯然不俗。

海斯卓拿來幾個馬克杯、糖罐、一罐牛奶，放在桌上後又鑽回廚房，回來時手上端著茶壺。他坐進另一張扶手椅，從牛仔褲口袋掏出一包壓扁的香菸和一盒火柴。他點上一根菸，為客人倒好茶，這才看著馬丁．貝克。

「你說你要跟我談談我女兒。」

「是的，」馬丁．貝克說，「她現在人在哪裡？」

「我最後一次聽到她的消息，她人在哥本哈根。」

---

* 奈爾．菲林（Nils Ferlin,1898-1961），瑞典詩人。

** 伊蒂絲．索德葛蘭（Edith Sodergran,1892-1923），女詩人，生於俄國聖彼德堡，雙親為芬蘭後裔瑞典人。

*** 拉夫．帕蘭（Ralf Parland,1914-1995），芬蘭-瑞典作家、詩人、翻譯家。

「她在那裡做什麼？」烏莎問，「她有工作嗎？」

「我不太清楚。」海斯卓兩眼望著夾在黝黑手指間的香菸。

「你最後一次聽到她的消息是何時？」馬丁・貝克問。

海斯卓沒有立即回答。

「其實我根本沒聽到她的消息，」他終於說。「不過我前陣子南下找過她。春天的時候。」

「那時她在做什麼？」烏莎問，「她在那裡遇到了一個男人？」

海斯卓笑得很苦。

「可以這麼說，而且不只一個。」

「你是說，她是……」

「她是妓女？沒錯，」他打斷她，幾乎是一個字一個字吐出口，「換句話說，也就是阻街女郎，她就靠這個維生。我是透過社服機構幫我找到人的，可是她消沉得厲害。她不想跟我有任何瓜葛。我勸她回來家裡，但她不肯。」他頓了頓，手指撫摸著香菸。

「她就要滿二十歲了，所以沒有人能阻止她過自己的生活。」他說。

「你獨力把她拉拔長大，對嗎？」

馬丁・貝克默默坐著，讓烏莎引導談話。

「對，琪琪才一個月大，我太太就死了。那時候我們不住這兒，住在城裡。」

烏莎點點頭，他繼續說下去。

「我太太莫娜是自殺的，醫生說是因為產後憂鬱症之類的。我那時候什麼都不懂。當然，我知道她很憂鬱、很沮喪，可是我以為她是擔心沒錢和將來的種種，擔心怎麼養孩子。」

「你那時候的工作是？」

「我是教堂的管事。當年我二十三歲，不過我沒受過什麼教育。我父親是收垃圾的，我媽媽時不時做點清潔零工，我只好一畢業就開始工作。我做過打雜小弟，也當過倉管，諸如此類的。家境不好，我還有好幾個弟弟妹妹，所以我們很需要錢。」

「你怎麼會當上園丁的？」

「後來我到一家農場工作。老闆人不錯，他收我當學徒，還替我出學費，讓我去學開車、考駕照。他有台卡車，我就負責開車送蔬菜水果到克拉拉市場。」

海斯卓吸了最後一口菸，接著在菸灰缸裡捻熄菸頭。

「一面工作一面又要照顧小孩，你怎麼應付得來？」烏莎問。

馬丁．貝克只是默默喝著茶，豎起耳朵聽。

「我非應付得來不可。」海斯卓說。「她還小的時候，我到哪裡都帶著她。後來她上學了，下午放學後只好獨自在家。這不是養小孩的好方式，可是我別無選擇。」他喝了一口茶，以悲苦的語氣加上一句，「後果你們也看到了。」

「你是哪時候搬到迪爾思摩來的？」烏莎問。

「我在十年前找到這份工作。當時的東家說，只要我照顧這裡的花園，就有免費的房子可住。後來我又在其他好幾個地方找到園藝工作，所以我們過得還不錯。我本來以為搬到這一區對琪琪有好處，學區好，朋友素質也高。不過，我想對她來說，事情沒那麼容易。她同學的爸媽每個都是有錢人，住的也都是豪宅大院，她覺得我們這種寒酸生活很丟臉。她從來沒有帶朋友回家過。」

「裴楚斯家有個女兒跟琪琪差不多大，兩個女孩處得好嗎？畢竟是鄰居。」

海斯卓聳聳肩。「她們是同班同學，可是出了學校從來沒有玩在一起。裴楚斯家的女兒瞧不起琪琪，事實上，她們全家都瞧不起她。」

「你也是裴楚斯的司機。」

「那其實不是我的工作，不過我常開車載他出門。當初裴楚斯家搬來這裡時，他們是雇我當園丁，可是從來沒提過要我當司機。不過我照顧車，他們有多付我一點錢。」

「你會開車送裴楚斯到哪些地方？」

「他的辦公室，還有他在城裡辦事情的幾個地方。有時候也會送他們夫妻去參加宴會。」

「你可曾開車送他去羅特布魯？」

「有幾次，三、四次吧。」

「你認為裴楚斯先生這個人怎麼樣？」

「我對他完全沒有想法，他只是我的雇主之一。」

烏莎想了想，又問：

「你替他工作了六年，對嗎？」

海斯卓點點頭。

「對，差不多，自從他們在這裡蓋房子之後。」

「那你一定跟他談過很多話，比如說在車上。」

海斯卓搖頭：「我們在車上幾乎從不說話。即使有，談的多半也是花園該怎麼整理之類的。」

「你知道裴楚斯先生拍的是什麼電影嗎？」

「我從來沒看過。我這輩子幾乎沒進過電影院。」

「你知道你女兒曾經在他一部電影中演出嗎？」

海斯卓還是搖頭。

「不知道。」他回答得很簡潔。

烏莎看著他，但他的眼神迴避了她的目光。過了一會兒，他問：「是客串嗎？」

「她演的是色情片。」烏莎說。

海斯卓立刻看了她一眼。

「這個我不知道。」

烏莎看著他，半晌才說：

「你一定很愛你的女兒，說不定更甚大部分的父親。她一定也很愛你。你們只有彼此。」

海斯卓點點頭。

「是啊，我們只有彼此。她小的時候，我完全是為她而活。」

他直起腰桿，又點燃一根菸。

「可是現在她長大了，想做什麼都可以。我不會再去干涉她的生活了。」

「裴楚斯先生遇害當天早上，你在做什麼？」

「我想我人在這裡。」

「你知道我說的是哪一天吧？——六月六日星期四。」

「我通常都在這裡，也通常很早就開始工作，所以那天很可能就跟平常一樣。」

「有沒有人能替你證明？例如你某個雇主？」

「我不知道。這種工作相當獨立自主。只要我把該做的做好，都不會有人來管我什麼時候動手。我通常八點鐘就開工了。」他頓了頓，又說：「我沒有殺他。我沒有理由殺他。」

「你或許沒有殺他，」馬丁．貝克說，良久以來初次開口。「不過，如果有人可以證實六月六日早上你在這裡，會比較好。」

「我不知道有沒有人能夠幫我證實。我自己一個人住，如果不在花園，通常就在工作室，總有東西需要修理。」

「我們可能得去找你那些雇主談談，還有某些當天可能見到你的人。」馬丁．貝克說，「只是為了確定。」

海斯卓聳聳肩。

「事情過去很久了，我不記得當天早上我到底在做什麼。」

「確實，恐怕你不會記得。」馬丁．貝克說。

「你在哥本哈根看到你女兒的時候，發生了什麼事？」烏莎問。

「沒什麼特別的，」海斯卓回答。「她住在一間小套房，也就是她接客的地方。這是她直接了當告訴我的。她也出去試鏡想拍電影，說她接客只是暫時，可是她其實不覺得當妓女有什麼不好，因為收入很不錯。不過她說一等到她拿到電影的角色，她就要從良了。她答應我會寫信，但我一直沒收到。就這樣。一小個時後她就把我打發走，還說她不想回家跟我同住，又說我沒必要再去看她。其實我也不打算再去。對我來說，我已經永遠失去她了，我只能接受現實。」

「她離家多久了？」

「噢，她一畢業就離開，跟一些朋友住在城裡。她有時會回來看我，只是不常。後來她就完全失聯，好一陣子後我才知道她去了哥本哈根。」

「你知道她跟裴楚斯先生的關係嗎？」

「關係？噢，他們之間一點關係也沒有。或許她在某部電影中有個角色，可是除此之外，她在他眼裡只是園丁的女兒，在裴楚斯家其他人眼裡也一樣。我可以理解她為什麼不願意待在這樣一個勢利的地方，如果你沒錢，每個人都看不起你。」

「你知道那邊那棟房子現在有人在家嗎？」馬丁・貝克問，「或許我可以去問問，有沒有人在那天早上看到你。」

「我不知道有沒有人在家，」海斯卓說，「你可以去問問看。不過我想他們不會記錄我的行蹤。」

馬丁・貝克朝烏莎眨眨眼，站起身來。烏莎心領神會，替自己和海斯卓又倒了一杯茶，再度往沙發椅背一靠。

那棟房子的女主人在家，至於馬丁．貝克的問題，她的回答是，確實，她並沒有記錄園丁的工作時間，只要他把份內的事做好就可以。她還提醒他，那個園丁不只替她們一家做事，他還兼做好幾戶人家，而且一向來去自如。

馬丁．貝克謝過她後便告辭離開，穿過花園往海斯卓小屋的方向走。他知道烏莎很善於套話，心想留她一人應付海斯卓應該比較好。

他停下腳步，朝車庫裡頭張望。車庫空蕩蕩的，只有幾個備胎、一截捲起的水管、一個大汽油罐。工作室的門開了一條縫，所以他推開門，逕直走了進去。

海斯卓正在製作的車床，被螺絲釘釘在工作椅上。一道牆面掛著各種園藝用品，工作長椅上方的鉤子和鐵釘上懸掛著多種工具。一進門的地方放著一個電動除草機，再過去靠在牆上的，是一排才漆好的溫室框架。

馬丁．貝克站在工作椅旁，食指摸著剛刨平的松木模具，突然看到角落有樣東西，被一堆黑色塑膠袋遮去一半。他走過去，把那東西拉出來一看，那是個正方形的熟鐵窗架，堅固的框架上鑄有四根八角形的鐵棒。框架中間空了一大片，從兩端粗礪的表面看來，本來應該有第五根鐵棒才對。

下來。

馬丁・貝克拿起窗架，回到海斯卓的小屋。

馬丁・貝克進門的時候，烏莎正端著茶和海斯卓閒坐聊天，看到他手上的東西，她頓時靜默下來。

「我在你的工作室找到這個。」馬丁・貝克說。

「是裴楚斯家蓋新房子的時候，我從原來的老宅拿過來的，」海斯卓說。「是老宅地窖窗戶上拆下來的。我以為我會用得到，可是拿來後就一直放著。」

「你確實為它找到了用途，是吧？」馬丁・貝克說。

海斯卓沒有回答。他轉頭面向桌子，小心捻熄菸頭。

「上頭有根鐵棒不見了。」馬丁・貝克說。

「那本來就不見了。」海斯卓說。

「我想不是這樣。」馬丁・貝克說，「我想你最好跟我們走一趟，好澄清這件事。」

海斯卓靜靜坐了好一會。接著他起身走向玄關，穿起夾克。他走在兩人之前，穿過鐵門，在馬丁・貝克將窗架放進車廂時，也安靜地在車旁等候。

烏莎開車，他和馬丁・貝克並肩坐在後座。

前往警局的這段路上，沒有人開口說過一個字。

10.

將近三個小時後，史都爾．海斯卓才俯首認罪，承認他殺了華特．裴楚斯。

馬丁．貝克在海斯卓的工作室找到的窗架缺少了一根鐵棒，那東西就是凶器。要證實這一點沒花多少時間。然而，即使面對如此鐵證，海斯卓反反覆覆就是那句老話：鐵棒在他六年前拿到窗架時就不見了，誰都有可能拿走。

茉德．朗丁住處車庫裡那個木箱後頭的沙土，先前已做過鑑識，查到幾個清楚的扣環印子，正是海斯卓皮帶上的那種，可能是他俯臥在地靜候時機時印上去的。鑑識報告也查出幾枚腳印，雖然和在花園採集到的腳印同樣不完整，而且模糊，但腳印無疑都來自在海斯卓衣櫥裡找到的那雙球鞋的鞋底。實驗室還發現幾根毛髮，和一些深藍色的棉布纖維。

儘管馬丁．貝克很有耐心地將證物攤出並解釋，指出史都爾．海斯卓犯案的證據越來越確鑿，但海斯卓也很有耐心地不斷否認。他不多話，只是猛搖頭，香菸一根接一根。

馬丁．貝克叫人端來茶水和菸，可是海斯卓什麼也不想吃。

又開始下雨了。單調的啪啪聲敲打在窗玻璃上，辦公室裡煙霧瀰漫、燈光灰暗，營造出一種奇異的氛圍，彷彿這房間遺世獨立，沒有時間存在。馬丁・貝克望著眼前這個男人，試著和他談他的童年、壯年，談他的奮鬥和小孩，談他的藏書、對女兒的感情和他的工作。一開始那人還帶著頑抗的口吻應答幾聲，可是慢慢變得越來越沉默。他現在乾脆就這麼呆坐著，肩膀低垂，憂傷的雙眼直視著地板。

馬丁・貝克也默默坐著，等著。

海斯卓終於挺起腰，看著馬丁・貝克。

「我其實沒有活下去的理由。他毀了我女兒，我恨他，說有多恨就有多恨。」

他沉默半晌，低頭看著自己的雙手。龜裂、粗短的指甲底下塞著泥土。接著他抬起眼睛，望向窗外的滂沱大雨。

「就算他死了，我還是恨他。」

既然他已決定開口，馬丁・貝克只需間歇插上一兩句問話即可。

他說，他如何在從哥本哈根回來的路上決定殺了裴楚斯。女兒告訴他裴楚斯怎麼對待她，聽在他耳裡簡直是晴天霹靂。

早在琪琪還在讀書時，裴楚斯就把她誘引到他的辦公室。然而有好長一段時間她不敢再去，但是他告訴她，她的魅力世上少有，氣質獨一無二，還保證若是在他的電影裡演出一角，她一定會一炮而紅。

她第一次去找他，他就拿大麻要她吸。她繼續去找他，不久他就換成以安非他命和海洛因給她吸食。過了一段時間，她已經無法不依賴他了，因此也才答應在他的片子裡演出，只要他肯供應毒品。

她畢業離家時已經染上毒癮，光靠裴楚斯的供應早就不夠。她搬去和其他毒犯同居，因為必須付錢買毒品，後來才淪落當了妓女。最後她跟一票年輕人一起到哥本哈根，也就是她當時住的小公寓。

當父親找上門來，她不諱言自己的毒癮已經嚴重到無可救藥，還說她絕對不會想辦法改變。她的毒癮越來越大，她得努力接客才供應得起。

他極力勸女兒跟他回家，找個勒戒所治療，她卻說不想活那麼久，在被毒品害死之前，就這麼過一天算一天吧，而且她自忖那天也不遠了。

海斯卓一開始非常自責，可是當他想到在華特．裴楚斯染指自己的女兒之前，這孩子是多麼可愛、又多麼有才華，他慢慢領悟到，這都是裴楚斯的錯。

海斯卓知道裴楚斯固定會去茱德．朗丁的住處，於是決定就在那裡下手。他開始跟蹤裴楚斯到羅特布魯，不久就發現，裴楚斯早上常會在屋內獨自待上一段時間。

六月六日晚上，他得知裴楚斯又要去找茉德．朗丁，於是搭火車前往羅特布魯，躲在車庫裡靜候到清晨，接著潛入屋內殺了裴楚斯。

他唯一後悔的，是那傢伙到死都不知道是誰殺了他。由於凶器的限制，他不得不給裴楚斯來個猝不及防。要是他有槍可以威脅他，他會先告訴他他打算殺了他，還有為何要殺他。

海斯卓從後門離開，穿過田野、樹林和一座雜草叢生的舊花園後，再轉進因古平路。他從這裡折返火車站，搭上火車到中央車站，接著搭巴士到東站，再乘坐火車回到迪爾思摩的家。

就這樣。

「我從來沒想到我會殺人，」史都爾．海斯卓說，「可是我看到我女兒活得那樣生不如死，還得看那個腦滿腸肥的豬玀到處趾高氣揚，我實在沒有其他選擇。下定決心之後，我甚至一度還高興得很。」

「可是殺了他，對你女兒並沒有幫助。」馬丁．貝克說。

「是沒幫助。什麼也幫不了她，也幫不了我。」

海斯卓靜靜坐了一會，又說：

「也許我們一開始就注定會萬劫不復吧，我是說琪琪和我。不過，我還是認為我做得沒錯。

再怎麼說，他也不能繼續危害誰了。」

馬丁·貝克看著顯得困頓、疲憊，可是也相當平靜的海斯卓。兩人什麼都沒說。他最後關掉已轉動一小時的錄音機，站起身來。

「那，我們走吧。」他說。

海斯卓立刻起身，趕在馬丁·貝克之前走向門口。

11.

八月中旬，黎貝卡．林德被逐出她位於斯德哥爾摩城南的公寓。那棟公寓老舊破敗，現在即將拆除，在原地蓋起新的公寓住宅，屆時只要裝上各種表面看似現代、但實則偷工減料的設備，再加上品質欠佳、可是貌似豪華的多餘裝潢，房東的租金至少就能提高到目前的三倍。

林德在一個月前接獲通知，期滿後就帶著小女兒和僅有的幾樣財產，跟幾個朋友住進同一地區一間同樣品質低落、也同樣面臨拆除命運的大公寓。

黎貝卡分到女佣房，她的家具包括一張床墊，四個可充當架子的紅色彩釉大啤酒桶，一個裝床單、毛巾、衣物的大籃子，和吉姆離開前親手為卡蜜拉做的小床。她在卡蜜拉的床底塞了一只小皮箱，那是她當初離家時帶出來的，可是從來沒打開過。裡頭裝著她在學時的圖畫、照片、信件，還有一些她從姨婆那裡繼承的小雜物，全都包裹在一塊頗有年代的繡花布裡。

頭上有屋頂可以遮風擋雨，黎貝卡已經很滿足。她喜歡跟朋友相處，也喜歡自己的小房間，這房間面向一個大庭院，院子裡有兩株枝幹廣伸的大樹，濃蔭如蓋。她還在等著吉姆的音訊。有朋友勸她不如忘了他，她冷靜地回說，她很了解吉姆，深信他不會毫無解釋就拋棄了她。

然而她內心覺得他一定是出了事，而且這股焦慮感與日俱增。在她試圖向銀行借錢前往美國，結果卻反遭厄運之前，她也曾按照他留下的地址寫信給吉姆的父母，可是也沒接到回音。要寫出一封完整的信對她而言頗有難度；她在學校學過英文，和吉姆在一起的那一年也進步頗多，但是拼字仍然令她非常頭痛。

一天晚上，卡蜜拉睡著了，黎貝卡盤腿端坐在床墊上。她利用啤酒桶當桌子，再寫了一封信給吉姆的父母。

她寫得很慢，盡可能把每個字寫清楚。

親愛的柯斯圭先生和太太：

自從吉姆在一月離開我跟我們的女兒卡蜜拉，我就沒有接到他的消息。已經過去五個月了。你們知道他在哪裡嗎？我很擔心他，要是你們寫封信給我，告訴我是不是知道他怎麼了，那就好了。我知道他若是可以一定會寫信給我，因為他是個很好、很誠實的人，他很愛我和我們的小女兒。她現在六個月大，是個很健康也很漂亮的女生。柯斯圭先生和太太，請你們寫信給我，告訴我吉姆怎麼了。很感謝，加上問候。

黎貝卡・林德 上

接下來，她也只能等待了。秋天很快就要到來，這個房間原本的住客就要回來了，屆時她又得再度搬家。她不知道要搬去哪裡，不過她希望能找到地方和朋友同住。

就在黎貝卡搬家前夕，吉姆父母的來信到了。

吉姆的母親寫道，他們最近遷居另一州，和原本的住處相隔很遠。吉姆的刑罰並沒有照有關當局當初答應的「形式上」而已。他因為逃兵罪，被判處四年徒刑。他們沒辦法去探監，因為監獄太遠，不過他們可以寫信給他。他們認為監獄會審查他的信件，這就是黎貝卡收不到他信件的原因。黎貝卡可以試著寫信給他，但他母親無法肯定信件能順利送到他手上。而且無論是對吉姆、黎貝卡或小孩子，他們也都無力幫忙，因為吉姆的父親重病在身，醫藥治療相當昂貴。

黎貝卡仔細把信讀了好幾遍，然而唯一真正進入她腦海的是「四年的監禁」。

卡蜜拉在地板的床墊上睡著了。她在她身旁躺下，緊擁著女兒哭了起來。

黎貝卡當晚沒有睡覺，直到天色發白才勉強睡著。睡沒多久，就被卡蜜拉吵醒，她立刻想到該去找誰求助。

12.

希德伯．布萊欽的辦公室雖然位在大衛巴嘉雷斯街的中心位置，卻跟他的人一樣邋遢。他沒有祕書，也沒有會客室，只有一個每扇窗戶都髒兮兮的房間，外加一個偶爾用來煮煮咖啡的小廚房——如果咖啡有餘，而且塑膠杯還有剩的話。

房間非常小，裡頭養了兩隻貓和一隻關在籠裡的金絲雀。那隻鳥又老又髒，頭頂也都禿了。一張大桌占據了大半的房間，那桌子不但舊得不得了，而且面積大得驚人，神乎其技的搬家工人竟然能將桌子推進門來，實在令人稱奇。輾壓機自己常說，這桌子是七十年前大樓建造時，特別在房間裡造出的。這當然是玩笑話。

黎貝卡．林德的案子分派到了輾壓機手上，對她而言可說是幸運，至少目前為止是這樣。

「噢，」他對她說，同時將那隻貓從鼻頭摸到尾巴，「我們打贏了那場官司。他們沒再上訴。這樣最好。高等法院裡有些白痴，老是拿他們自以為是的解釋來闡釋法律。要他們相信真相就跟天方夜譚沒兩樣。我有時候都懷疑，他們的字典裡到底有沒有真相這兩字。」

他注意到女孩面露哀傷。

「所以，羅貝塔……」

「黎貝卡。」女孩說。

「對，是呀，是黎貝卡。所以，黎貝卡，你有心事嗎？是不是出了什麼事？」

「對，而且你是唯一幫助過我的人。」

雪茄菸熄了，輾壓機重新點燃。他抱起另外一隻貓放在膝頭，接著搔牠耳後，癢得牠咪嗚咪嗚直叫。

她說出自己的處境，而他完全沒打斷。

最後，她無助地說：「我該怎麼辦？」

「你可以去找社福機構或兒童福利中心。既然你還沒結婚，說不定已有社工可處理你的案子。」

「不要，」她斷然拒絕，「絕對、絕對不要。那些人老是追著我跑，好像我是隻動物。還有，我被關的時候他們把卡蜜拉帶走，也沒把她照顧好。」

「沒有嗎？」

「沒有。他們餵食的東西不對，我花了三個星期才讓她的腸胃恢復正常。」她接著又問了一遍，「我該怎麼辦？」

布萊欽將膝頭上的貓抱到一旁。那隻貓醜得出奇，斑駁的雜毛有黃有赭有黑還有白。他說：「我這輩子一直在對抗各種官僚體制，尤其是那些權勢在握的機構。這個經驗教會我一件事：你很難讓別人專心聽你說話，更難讓他們相信你是對的。」

「這個爛國家是誰在統治？」她問。

「正式說法是國會，但實際上是內閣和一些委員會、資本家，還有一堆要不有錢、要不能左右政治團體而被選出的人，外加各種工會、商會的老闆。我們就這樣說吧，頭號老大是——」

「國王？」

「不是，國王沒有實權。我指的是政府的頭頭。」

「政府的頭頭？」

「你沒聽說過他嗎？」

「沒有。」

「政府的頭頭，或是首相、閣揆、一國最高的行政首長，隨便你怎麼稱呼都行。他就是我們國家政體的領袖。」

輾壓機在桌上摸索半天。

「這裡，報上有他的照片。」

「還真難看。那個頭戴牛仔帽的人是誰？」

「是一個美國參議員，不久後就要來瑞典正式訪問。其實他就是你男朋友家鄉那一州的州長。」

「我丈夫。」她說。

「呃，這年頭說話還真不知道該用什麼詞才好。」輾壓機說，順便打了個飽嗝。

「我可以上前去跟這個政府頭頭說話嗎？他會說瑞典話，對不對？」

「對，但要見他還是不容易。他不是什麼人都接見的，除非是在選舉前。不過一般人可以擬一個訴狀，意思就是，寫封信給他。」

「這個我做不來。」她喪氣地說。

「可是我做得來。」輾壓機說。

他從巨型書桌的中腹處打開一塊封蓋，裡頭是一部古舊的打字機。他將複寫紙夾進兩張打字紙當中，再將紙張插進打字機，輕鬆地打起字來。

「這會不會很貴？」黎貝卡不安地問。

「依我之見，事情是這樣的，」輾壓機說，「如果就連真正犯了罪或是傷害社會的人都能接受免費的法律協助，那麼完全無辜的人當然不必支付昂貴的律師費用。」

他瀏覽一遍後，將原稿拿給黎貝卡，副本放進檔案。

「現在我該怎麼做？」她問。

「在信上簽字，」布萊欽說，「我的地址就印在信頭上。」

她以微微顫抖的手簽了字，布萊欽替她寫好信封上的地址。接著他將信封緘，貼上印有該國那位無實權國王玉照的郵票，把信交給她。

「你出大樓之後右轉再右轉，會看到一個郵筒。」

「謝謝你。」她說。

「再見，羅……黎貝卡。如果我要聯絡你，該到哪裡找你？」

「目前還沒有地方。」

「那你就回來這裡。這最快也要一個星期。我們不可能在一個星期內接到回音。」

她走出房間，帶上房門。布萊欽將打字機的封蓋蓋好，又把那隻雜色貓抱回膝頭。

13.

那個身材高大的金髮男人持有英國護照，上頭寫著：商人，安德魯·布萊克。他在十月十五日抵達瑞典，走的是最好的入關路徑：從哥本哈根搭乘水翼艇到馬爾摩，馬爾摩的護照警察即使是在執勤中，大半時間也都在打哈欠、喝咖啡。

他在馬爾摩買了一張火車票前往斯德哥爾摩。他在釘槌般敲打著車廂窗戶的瑞典寒雨中熟睡一夜，次晨抵達後，隨即招了計程車來到斯德哥爾摩南區的一個六房公寓。這是ＵＬＡＧ早在先前一項預備行動中就租下來的，以做為成員來此出差的聯絡寓所。他在瑞典遇上的第一件不快之事，是在火車站外頭等計程車等了老半天。除此之外，他沒有碰到任何問題。沒人要他報出姓名，也沒有人翻看他的護照內容，只要秀出護照封面便已足夠，更沒有人打開他的行李檢查。他的行李箱底層是假的，裡頭的東西非常耐人尋味，然而一般海關官員除了檢查旅客有無私帶菸酒之外，根本不會注意其他不尋常的東西。

午餐時分，他出門來到某個稱為「酒吧」的地方吃飯，食物難吃得令人想吐，價錢又貴得嚇人。接著他買了幾份瑞典報紙帶回公寓看。過了一會兒，他發現自己對那些報導已經了解了八、九成。

他的真名是雷哈德・海伊特，南非人，在一個能說四種語言的家庭裡長大：荷蘭語、南非語、英語、丹麥語。後來他又學會流利的法語和德語，外加五、六種勉強應付得來的語言。他曾在英國求學，但實際接受的教育卻類似軍事訓練。一開始他在剛果打仗，之後去了後來變成輸家的比亞法拉*。他也和幾內亞的政變有牽連，而在葡萄牙情報單位工作了幾年後，又加入某個非正規的特種軍隊，對抗莫三鼻克的政府軍「解放陣線」。他就是在那裏被網羅進入ＵＬＡＧ的。

海伊特在羅德西亞和安哥拉的訓練營裡受訓成為恐怖份子。訓練極為嚴格，無論是生理上或心理上，只要稍有懦弱跡象立刻會就被調到行政部門，變節或膽怯更會被處以極刑。

ＵＬＡＧ是由數個私人利益團體組構而成，金援則來自至少三個國家的政府。它的終極目標是組成一個高效率的恐怖組織，為越來越不穩固的南非白人政權提供後盾。它對外的聯繫管道極少，不過並不是沒有。例如，倫敦某個陰暗的俱樂部可能就是ＵＬＡＧ傳遞任務的所在。截至目前只有一項任務得以執行，就是剛瓦德・拉森正好目睹的那樁暗殺事件。至於其他活動則被視為是練習，這正是該組織最令人膽戰、也最難以想像的地方。

恐怖組織一方面必須證明自己無所不能，一方面還得達成另一個目標——造成各國之間的不信任和普遍的政治不安。它在這方面算是成功了，因為馬拉威爆炸事件已經在三個相關國家之間造成重大歧異，軍事和政治上的紛爭指日可待。印度的暗殺行動也帶來嚴重的政治不安；至於北京和莫斯科的情治單位至今依然不相信，越南迫擊砲事件的幕後黑手不是美國中情局，也不是阮文紹政府。

創立ＵＬＡＧ的人非常清楚，利用恐怖手段做為政爭武器，自然會產生一些問題。它可能會重蹈奧斯特事件的覆轍：行動份子訓練不精、配備不良（一個技術不熟練的愛爾蘭工人，因為不了解炸彈的結構或處理方式，因而把自己炸上了天），或是像巴勒斯坦那些無數的行動，不過是徒然讓恐怖份子去送死，因為對手不但武器精良，態度也絕不妥協。

因此，他們試圖創造的是一個絕對不會失敗的組織，規模雖然不大，但一定要能製造恐怖。目前ＵＬＡＧ的成員不滿百人，當中包括十個四人行動小組、十個儲備小組和二十名正在受訓的殺手。其他人都是行政職，基於安全理由，人數盡量精簡。ＵＬＡＧ的核心部隊最初專門網羅曾經參與比亞法拉和安哥拉戰事的人，即使這些人也來自多種不同國籍，該組織後來就從許多國家招募新血，以強化力量，包括一些奉行極端民族主義，而且認為施行恐怖是在效忠國家的日

＊　比亞法拉（Biafra），奈及利亞獨立後，叛軍在內戰中所用的國號。

本人。

雷哈德・海伊特是他那一期訓練營中的佼佼者，因此他很夠格自詡為世界上最危險的十大人物之一，一個他無比嚮往的名號。除去這個身分，他其實是個相貌英俊、教養良好、樂在工作的人。

•

海伊特入境三天後，組織裡的兩個日本人也入境斯德哥爾摩。他們是取道芬蘭，搭乘一艘從瑪莉港*出發的豪華郵輪入關。其中一個日本人問值班的護照警察，最近的色情電影院在哪裡，他們想看漂亮的瑞典女孩演戲。警察一邊面帶不屑地聽著，一邊漫不經心地在他們的假護照上蓋章。

哪裡有漂亮的瑞典女孩？同樣的問題也讓海關人員在他們的行李上草草用粉筆劃了個過關的標誌。

「我們應該有一些日文和英文的旅遊小冊，印上那些娼妓和色情俱樂部的地址，屆時直接塞給那些小日本白痴就好。」海關人員對同事說。

「你這是種族歧視，」排隊群眾中有個年輕人叫道，「難道你不知道，因種族和膚色而給予差別待遇是違法的？」

趁著他們爭執的當下，第二個日本人的行李沒經過檢查也過關了。這人是個彪形大漢，兩個手掌硬得像木板。

這兩個日本人曾經參與印度那場攻擊事件，不過和拉丁美洲的暗殺無關。雷哈德·海伊特知道他們非常稱職——冷酷無情，絕對可靠。不過，跟他們住在一起真夠無聊的。他們很少說話，只知道用一堆小棋子玩一種令人滿頭霧水的遊戲。兩人臉上毫無表情，他根本分辨不出是誰輸誰贏，連遊戲結束了沒，或是隔天要不要再繼續都搞不清楚。

兩名日本人以前來過斯德哥爾摩，海伊特則是第一次來，所以頭幾天他到處逛，好對這個城市有個整體印象。他租了一輛車，用的是英國公民安德魯·布萊克的身分證明。

一星期後，他從貨運站收到一只大木箱，是以一般郵件寄送的。木箱顯然未經檢查就過了海關，所以他也不必為隨後又寄到的兩個木箱操心。這幾個木箱一段時間過後就會寄回給寄件人。收到木箱後不久，他就走進國王島街某辦公室，自稱是荷蘭某家建築包商的代表，因此買到了該

＊　瑪莉港（Mariehamn），芬蘭的奧蘭（Åland）自治區首府，通瑞典語。

市地下鐵、地下水道、電氣系統和瓦斯管線的完整地圖。這次聯絡是事前就安排好的，買賣雙方早先就有信件往來，賣主回信時也已附了一張估價單。

十月三十一日，雷哈德・海伊特來到瑞典已經十七天了。兩個日本人還在玩他們奇怪的棋戲，偶爾會進廚房烹煮一些奇怪的食物。那些材料好像是他們在市內的一般商店裡買來的。

所有的資料和配備俱已備妥，距離美國參議員來訪還有三個星期。雷哈德・海伊特驅車前往阿蘭達國際機場，興味索然地看了幾眼後又開回來。這位美國知名人物的行進路線似乎非常明顯。

海伊特經過皇宮，突然一個迴轉，將車子停在史洛特貝肯街。他拿出斯德哥爾摩市地圖，接著就像所有的觀光客一樣，步下羅格階台，停下腳步舉目四望，觀望良久。

不管他選用什麼方式，這裡無疑會是個絕佳的地點。他多少已經決定要用炸彈，不過這涉及一個風險：國王很可能會同時喪命。上級完全沒有提到該怎麼處理國王，而且不知何故，海伊特自己也難以接受。國王有他的特殊地位。他再度看看皇宮，只覺得那是一堆笨重而醜陋的石頭。既然已經穿越了馬路，他決定把車留在原本的停車處，走一小段路穿過舊城。這是全城當中他唯一喜歡的部分。

雷哈德・海伊特一直走，來到史托格街。他細細看了邦克柏抽水站，再繼續沿著科曼街往東走。一個女人突然從他眼前的巷子走出來，腳步落在他前面。

他心想，斯堪地那維亞的女人不都是身材高大、一頭金髮嗎？他丹麥籍的母親就是。但這個女人明顯地矮，而且肩膀寬大。她留著平直的金髮，穿著紅色橡膠雨靴、牛仔褲，以及帶有風帽的黑色粗呢大衣，兩手深深插在口袋裡。她低著頭往前走，步伐堅定，速度跟他一模一樣。

他在她身後沿著波哈斯街繼續走了幾碼路，她突然轉過頭來，彷彿察覺被人跟蹤似地望著他。她瞇著眼，眼眸跟他的一樣湛藍。她帶著戒心注視著他，看到他握在手上摺好的地圖，這才往旁邊跨一步，讓他先過。

他回到車上，又看到正大步走向史克邦街的她。她一度朝他的方向望過來，是快速而帶著打量的一瞥。不知何故，他又想起自己丹麥籍的母親。她仍在世上，住在南非納塔爾省首府彼得馬利茲堡附近。等他們完成這次任務，他一定要回去看看她。

這一天，他也打了通電話給該組織的無線電專家，一個早已在哥本哈根待命的法國人。海伊特要他最晚在十一月十四日抵達斯德哥爾摩，入境方式基本上跟上回一樣。

隔週的星期一，雷哈德・海伊特實在對他那兩個沉默寡言、下棋下個沒完的日本同事厭煩不已，於是決定去找個女人。找女人這件事是背離常規的，以前他在預備行動階段從來不近女色。如今他有意去找女人，卻發現斯德哥爾摩的娼妓多得令他皺眉，尤其是為了買毒品因此什麼都願意的十來歲青少女更是比比皆是。

觀察一陣子後，他踏進市中心一家高檔的旅館，走進酒吧。

海伊特一向不喝酒，不過偶爾會來一杯加料的番茄汁。他邊喝飲料，邊想著自己要找什麼樣的女人。最好是二十五歲左右、高而苗條、髮色金中帶灰。他自己今年三十歲，但是對「二十五」這個數字有股偏執。他絕對不考慮職業婦女或是在公司上班的粉領族。他對漂亮的瑞典女孩已不再信任，她們似乎只是個迷思，就像瑞典政府宣傳的許多謊言。

當他正啜飲著第二杯加味的番茄汁時，一個女人走了進來，在吧台另一頭坐下。她喝的似乎是柳橙汁，杯裡飄著一顆紅櫻桃，杯緣鑲著一片切得俐落漂亮的檸檬。

兩人彼此對望了好幾眼，透露出共同的興趣。海伊特決定請酒保問問她，能否請她喝一杯。她回說好。沒多久，她身旁的高腳凳空了出來，他帶著詢問的眼光望望空出的座椅，這回她也點了頭。

他移座過去，以斯堪地那維亞的語言聊了約莫半小時，逗得她頗為開心。他自稱是丹麥的工程師，名叫雷哈德・約格森——盡可能說真話永遠是最簡單的上上策，他母親的娘家姓氏正是約格森。她說她叫露絲・薩孟森。他立刻問她幾歲，她回答二十五。這女人幾近十全十美；她的頭髮不是金黃色，而是近似灰色，還有一對碧藍的眼眸。她的身材修長、苗條，曲線玲瓏。

他花了十五分鐘，得知她來酒吧的目的和他一模一樣。接下來就水到渠成了，他們只要走出門，要旅館小弟幫忙叫部計程車就可以。

上酒吧的女人通常都有女性朋友作伴，露絲・薩孟森也不例外，她那位朋友正在和同桌的一個男人說話。在兩人等待計程車的當兒，海伊特禮貌地跟她閒聊了兩句。

他選了個好對象，度過一個美妙的夜晚。幾個小時後，他趁空檔問了個問題。他先約略提了些自己的事和旅行見聞，接著問：

「你從事什麼工作？」

她借他香菸的火，自己點上一根，吐出一團煙霧後才說：

「我在警事單位做事。」

「警事單位？」他說，「你是警察？」

「對，我們稱為助理警員。」

「這份工作有趣嗎？」

「不見得天天都刺激，」她說，「我的單位是調查局。」

他什麼也沒說，內心卻是訝異萬分。但在他眼裡，這反而讓她變得更有意思了。

「我先前是故意不提的，」她又加上一句，「如果你說自己是警察，有些人的反應就好怪異。」

「真可笑。」海伊特將她摟得更近。

他直到翌晨七點才回到日本夥伴的身邊。他們帶著譴責望著他，接著又回床上睡覺去了。

14.

剛瓦德·拉森看著他的新西裝。

如果在那個重要的日子穿上它，會不會是個惡兆？他會不會被那個可惡參議員的大腸小腸罩得滿身滿臉？不無可能——拉森帶著嫌惡的心情，當下決定，下星期四一定要穿上這套西裝。

今天他還是那身平日打扮——毛裡夾克、棕色長褲、厚重的丹麥橡膠鞋底休閒鞋——他看著鏡子搖搖頭，接著就出門上班去。

剛瓦德·拉森不喜歡變老。他就快五十了，越來越常自問人生的目的何在。將遺產浪擲殆盡是很好玩，無論對自己還是別人都值得記上一筆。他喜歡當海軍的那段日子，更喜歡商船上的生活，可是他究竟為什麼會當上警察，主動把自己推到一個常與一己信念背道而馳的社會地位上呢？

答案很簡單。憑他七零八落的學校教育，那是他唯一找得到的工作；還有，當時他想做個有用的人。只是，他成功了嗎？

還有，他為什麼不結婚？他曾經有的是機會，只是現在都太晚了。

不管怎麼說，問這種問題未免太不是時候。

他到達大樓停好車，搭電梯直接上到暴力組辦公室，也就是特別小組的總部所在。這些辦公室已破舊不堪，壁紙斑駁脫落不說，在窗外不斷增高的新警總大樓的壓力下，整個建築好像隨時都有崩塌之虞。

剛瓦德・拉森看壁鐘。八點過三分。今天是十一月十四日，離那個大日子還有整整一個星期。

這個指揮總部有四個房間可用，馬丁・貝克通常都在，剛瓦德・拉森和埃拿・隆恩也幾乎都在，班尼・史卡基和斐德利克・米蘭德也是；米蘭德是竊盜組的探長，不過在國家凶殺組和制暴組也有多年的資歷。

米蘭德是個怪人，也是個無價的資產。他的記憶力就像電腦，甚至有過之而無不及，所有資訊只要經過他腦袋，各種錯誤、重複的指令等等都會被堵下，滴水不漏。個頭高大、性情溫和的他年紀比其他人稍長，多半時間只是坐著研究文件、擺弄菸斗；如果沒見到他在辦公桌後頭，那麼鐵定就在廁所。這是半數的斯德哥爾摩警察都知道的事，而且視之為天大的笑話。

剛瓦德・拉森對隆恩點點頭，這才進入馬丁・貝克的辦公室。馬丁・貝克坐在辦公桌上，一面晃著雙腿講電話，一面翻著眼前厚厚的一疊報告。

「再見。」他隨即掛上話筒。

剛瓦德．拉森帶著詢問的眼神看著他。

「空軍。」馬丁．貝克說。

「哼。」剛瓦德．拉森說。

「沒錯，我剛才就是想這樣回答他們，只是語氣比較委婉。他們想知道我們需不需要戰鬥機。」

「你怎麼說？」

「我就說，我們根本不需要飛機。」

「你真的這麼說？」

「沒錯，那位將軍有點冒火。『飛機』顯然不是個好字眼。」

「這就像是把一艘船的甲板稱為地板一樣。」

「噢，真有這麼糟？」馬丁．貝克說，「要是他再打來，那我得向他道歉。」

他瞄了瞄手錶顯示的日期說道：

「你那些ＵＬＡＧ的朋友好像還沒露面。」

邊界管制和入境的交通路線在近一、兩週檢查得非常嚴格。

「嗯。」

「這是肯定句嗎？」馬丁・貝克問。

剛瓦德・拉森在房裡來來回回走了好幾趟，最後說道：

「我想我們應該假設他們已經來了。」

「可是他們一定有好幾個人。你真的認為他們全都已經潛入國內，但一個都沒被逮？」

「聽來似乎很玄，」剛瓦德・拉森說，「可是……」他沒有說下去。

「當然，他們是有可能在開始邊境檢查之前就入境了。」馬丁・貝克說。

「對，是有這個可能。」剛瓦德・拉森說。

馬丁・貝克彷彿故意要轉移話題似地問：

「你昨天有看到什麼有趣的影片嗎？」

剛瓦德・拉森被分派到一個任務，要好好研究情治單位手上好幾部關於國賓到訪的影片。

「有。我注意到尼克森在貝爾格勒時，跟他的同路人狄托*在都柏林一樣，乘坐的都是敞篷車。尼克森和戴法萊拉坐的是勞斯萊斯的古典敞篷車。從影片中看來，只有一個安全人員隨行。反觀季辛吉訪問羅馬時，幾乎半個義大利都封鎖了。」

「他們有沒有把那部經典名片放給你看：教宗的耶路撒冷之行？」

「有，不過很不幸，我之前就看過了。」

教宗的耶路撒冷之旅是由約旦的國安體系負責，結果搞得一塌糊塗，糟糕的程度或許堪稱史無前例。即使是史提格・莫姆也不可能做到那等程度。

電話鈴響。

「貝克。」

「你好，」瑞典保安警察首長說，「我送過去的文件你看了嗎？」

「有，正在看。」

「那你應該知道，那幾天瑞典其他地區的正規警力會有點不足。」

「看得出來。」

「我只是希望你知道。」

「那與我無關。你去問署長，看他是不是了解。」

「好，我打給莫姆。」

---

* 狄托（Josip Broz Tito, 1892-1980），曾任南斯拉夫總理與總統。

隆恩走進房間，紅鼻頭上戴著他的老花眼鏡，手上拿著一張紙。

「我在我桌上找到這份CS名單……」

「那份名單應該放在我的『收件卷宗』籃裡才對，」剛瓦德・拉森說，「你就放在那裡吧。不過，到底是哪個傢伙動了我的東西？」

「不是我。」隆恩說。

「那是什麼名單？」馬丁・貝克問。

「當天要在執勤室裡值勤的人員名單，」剛瓦德・拉森說，「就是那些最好讓他們坐在執勤室裡玩叉叉圈圈遊戲的人，如果你懂我意思。」

馬丁・貝克從隆恩的手上拿過名單看了看。最先入眼的是一大堆不會令人意外的名字：玻・薩克里森、肯尼斯・瓦思特莫、克勒・克里斯森、維克特・包森、亞道・葛斯塔夫森、理查・烏赫姆等等。

「嗯，我非常了解你的意思。」馬丁・貝克說，「讓他們值勤似乎是個絕佳的主意。不過，CS代表什麼？」

「Clod Squad——蠢蛋小組。我不想表達得太直接。」剛瓦德・拉森說。

大家走進一個較大的房間，也就是隆恩和米蘭德的辦公室。一大幅斯德哥爾摩的市區地圖已在牆面上用大頭針釘妥，上頭畫著車隊的初期路線。一如大多數的指揮中心，這間辦公室也是亂哄哄的，電話鈴聲此起彼落，不時會有人拿著內裝公文的牛皮紙袋進進出出。

米蘭德正對著話筒講電話，菸斗一直沒離嘴。他一看到他們就說：「噢，他剛進來。」隨即不發一語地將話筒遞給馬丁・貝克。

「貝克。」

「真高興找到你了。」史提格・莫姆說。

「噢。」

「對了，恭喜你偵破裴楚斯的命案，破得相當漂亮。」

這話說得有點晚，而且過於誇張。

「謝謝。你打來就為了這件事？」馬丁・貝克說。

「不是，」莫姆說，「很遺憾，並不是。」

「那是為了什麼？」

「空軍頭頭剛才給署長打了通電話。」

動作還真快，馬丁・貝克心想。他大聲說：

「所以呢？」

「那位將軍好像……」

「很生氣？」

「噢，我不妨說，他似乎對警方在這件事情上的配合意願相當失望。」

「我懂了。」

莫姆尷尬地清清喉嚨。

「你感冒了嗎？」

這長官還真是糟糕，馬丁・貝克心想。不過他立刻想到，現在的情況其實正好相反，他可以把自己視為是莫姆的長官。於是他說：

「我還有很多事要處理。你到底有什麼事？」

「噢，我們的想法是，我們和國防單位的關係很敏感，也很重要。所以啦，如果你和那些國防單位的對話能夠多一點願意合作的感覺，那是最好的。當然，你知道，這可不是我說的。」

馬丁・貝克笑了。

「那是誰說的？現在是哪個答錄機在說話嗎？」

「馬丁，」莫姆的語氣裡帶著懇求，「你知道我的處境很為難。這不容易——」

「好吧。還有其他事嗎？」

「目前沒有。」

「那就再見。」

「再見。」

電話再次響起。米蘭德接起，這回是麥勒，他想談談他在對抗那些所謂「顛覆力量」——簡言之就是共產黨——的心得。他們讓米蘭德去處理。處理這種事他最得心應手，無論對方說什麼，他的回覆一概簡潔又有耐性，從來不轉移話題，也絕不提高嗓門。等到對話完畢，對方有說等於沒說，可是因為受到了仁慈的對待，所以也沒得抱怨。

其他人在研究車隊路線。

參議員的訪問行程很簡單。那架每天會由特選的機師檢查過十遍的專機，將於下午一點鐘抵達斯德哥爾摩的阿蘭達機場。瑞典政府的代表會在停機坪和他見面，一起走向貴賓室。政府婉拒了以軍儀隊歡迎的提議，因此他們會雙雙坐進防彈車，開到位於賽耶廣場的國會大樓。當天下午，參議員和四名帶領戰艦停靠在奧斯陸港口的美國海軍軍官將會獻上花圈，紀念業已辭世的國王。

這項對已逝君王的致敬儀式曾經掀起軒然大波。這一切要回溯到一開始，參議員被問及有沒有什麼特別的要求。他答說，想對新近過世的國王致敬，因為不只他本人，就連廣大的美國人民也認為這位國王是當代最偉大的瑞典人。

對於這項要求，沒有人覺得特別高興。當初老王駕崩、新王宣布就位時爆發的強烈忠君思潮，還讓好幾位部長受到些許驚嚇。他們認為這個要求逾越了尺度，於是透過外交管道詢問參議員，他所謂的「新近」是什麼意思（古斯塔夫六世辭世已經超過一年），並且強烈暗示，瑞典政府對他要向過世君王致敬的儀式並無興趣。可是參議員不肯退讓，他死命都要獻上花圈，反正就是非要這麼做不可。

美國大使館訂製了一個花圈，龐大到得動用兩家花圈公司才做得來。參議員親自決定了花圈的大小、選用何種鮮花。幸虧十一月十二日抵達斯德哥爾摩的四位海軍軍官每個都是運動員體格，不穿鞋的身高都超過六呎。這倒算是有點遠見，因為個頭小的人恐怕搬不動這像座小山的花圈。

經過一大堆你來我往、討價還價後，首相終於答應出席致敬儀式，而車隊在儀式過後將會繼續開向國會大樓。當天下午，這位貴賓會接見一堆部會首長，進行一場非正式的政治討論。

晚間，政府會在斯陀馬斯特花園設宴，好讓在野黨領袖和他們的妻子也有機會和這位差點成為美國總統的大人物說說話。事實上，瑞典左派的領袖——也就是共產黨的主席——已經拒絕了和他同席用餐的邀約。這位參議員的政治威力可見一斑。

國宴結束後，參議員將下榻於美國大使館的貴賓寓所。

隔天星期五的行程就短得多了。國王將在皇宮設午宴招待。皇室幕僚長還沒有宣布該如何籌劃，不過初步的安排是：國王走出皇宮，在羅格階台上歡迎貴賓到來，之後再一起進入宮內。午宴後，參議員將在一、兩位政府官員陪同下，驅車直奔阿蘭達機場，雙方道別後返國。行程到此結束。

這些行程毫無特別複雜或出奇之處。整個行程都會在報上披露，包括實際的行進路線。從貴賓抵達、車隊進入市區、獻花圈儀式，乃至於和國王會面，廣播電台和電視台都會沿路做現場報導。事實上，把這麼多高階和低階警察全拉進來保護一個人，實在荒謬得可笑。

米蘭德掛下電話，也起身走向地圖前的夥伴。

「嗯，跟諸位一樣，我看完這個破壞組織的資料了。」

「如果是你，你會在什麼地點設置炸藥？」馬丁．貝克問道。

米蘭德點燃菸斗，表情堅毅地說道：

「那你們呢？你們會在什麼地點放置這個假想的炸彈？」

五根食指不約而同舉起，落在市區地圖的同一個點位上。

「噢，老天，老天。」隆恩說。

眾人都覺得不可思議。終於，剛瓦德・拉森開口說道：

「如果我們五個人得到的結論完全相同，那事情可是大大的不妙了。」

馬丁・貝克往旁走了幾步，手肘撐在靠牆的檔案櫃上說：

「斐德利克、班尼、埃拿、剛瓦德，我要你們在十分鐘內寫下你們選這個地點的理由。還有，我要你們各自寫。我自己也會寫一份。簡短就好。」

他走進辦公室。電話鈴聲響起，但他任由它響，拿出一張紙，夾入打字機，用兩手食指開始打字：

如果ULAG企圖進行暗殺，所有線索都顯示，他們會採遙控炸彈的手法。以我方目前的安全措施，在瓦斯總管線中埋藏炸彈似乎最難防範。另外，要達到十足的爆炸效果，這也是最好的方式。我個人的想法是，最可能的埋藏地點是：從機場進入斯德哥爾摩市區的中途。因為要讓車隊變換路線太大費周章，尤其以警力部署而言。這個地點有許多地下坑道和過道，首要的就是目前正在興建中的地鐵內部運輸系統，其次是下水道系統一個錯綜複雜的支線。這一區可藉由許多條街道的水流線到達，此外還有許多入口，只要熟悉本市地下交通網絡的人都進得去。他們也可能在其他地方放置炸藥，這一點我們應該考慮到，還要努力推論出這些位置。

貝克

馬丁·貝克還沒寫完，史卡基就拿著自己的報告進來了。米蘭德和剛瓦德·拉森隨後也跟著進來。隆恩最後一個交卷。那份報告花了他將近二十分鐘才寫完。他不是作家的料。

眾人的觀點大同小異，但隆恩的報告最值得一讀。他這麼寫著：

地下道的炸彈客，就算他用無線電引爆，也得將炸彈放在一個有瓦斯總管線的地方。我剛才指出的地點就有好幾個（五個），要是他把炸彈放在那附近，那他就得像地鼠一樣自己挖個隧道，要不就是利用已經有的地下通道。就像我指出的那個地方，已經有很多挖好的通道，所以要是炸彈像剛瓦德說的那麼小，那我們不可能有任何進展，如果我們目前不想召集一大堆地下警察來成立一個地下突擊隊，而且他們又沒有經驗，所以可能毫無用處。

副組長，埃拿·隆恩

不過我們並不知道地下道裡有沒有企圖用炸彈暗殺的恐怖份子，如果有，不管是地面警察還是地下警察都對付不了他們，不過他們可以游泳進入下水道，那麼我們也得成立一個由蛙人組成的下水道突擊隊。

馬丁・貝克面無笑容地大聲唸出內容，報告的作者顯得侷促不安。馬丁・貝克唸完，將它放在最上頭。

隆恩的思路清楚，可是書寫方式有點怪異。也許這就是他一直無法升上探長的原因。他的報告有時會被一些不懷好意的傢伙故意傳閱，引起哄堂嘲笑。他們說，警員寫的報告確實常常不知所云，但隆恩是個經驗豐富的偵查員，理當應該寫得好一些才是。

馬丁・貝克走到小冰箱旁喝了一杯水，接著以一隻手肘撐頭的老姿勢，邊搔頭邊說：

「班尼，請通知總機，我們現在不接電話，也拒絕訪客。不論是誰。」

班尼照辦，但又問了一聲：

「如果是署長或莫姆呢？」

「那我們就把莫姆踢出去，」剛瓦德・拉森說，「如果是署長，他可以自己玩獨角戲。我辦公桌抽屜裡有一副撲克牌，其實是隆恩的，不過他也是從歐格・史丹斯壯那裡繼承過來的。」

「來吧。」馬丁・貝克說，「首先，剛瓦德有話要對我們說。」

「是關於ＵＬＡＧ的炸彈技術。」剛瓦德・拉森說，「六月五日那場暗殺行動後，該國警方的爆破小組偕同陸軍的一群專家，立刻著手在該市主要瓦斯管線裡搜索其他的炸藥，結果找到兩顆沒有引爆的炸藥。這些炸彈非常小，而且藏得相當巧妙，其中一個找了三個月才找到，另一個直到上星期才發現。兩顆炸彈都埋在隔天車隊的規劃路線上，爆破小組等於是一點一點慢慢往前挖才挖到的。相較於ULAG當初在阿爾及利亞所用的塑膠炸藥，這兩顆炸彈改良了許多；無線電控制裝置技術也非常精密。」

他沉默下來。

馬丁．貝克說：

「就是這樣。現在，我們要談點別的。這件事絕對要保密，而且只有我們五個在場的人知道——只有一個例外，但我們稍後再說。」

討論持續了將近兩個小時。每個人都有自己的見解。

事後，馬丁．貝克極為滿意。這真是個好團隊，雖然某些成員對於彼此存有若干成見。沒錯，他不時得去解釋自己的想法，這照例又觸動了他對柯柏的思念。

史卡基去查剛才是否有人打來。名單洋洋灑灑一大串：警政署長、斯德哥爾摩市長、武裝部隊總司令、陸軍參謀總長、國王的助理、瑞典廣播電台負責人、莫姆、司法部長、保守黨主席、保安警察首長、十家不同的報社、美國大使、默斯塔警局局長、首相的祕書、國會大樓的安全警衛長、萊納．柯柏、烏莎．托瑞爾、公共檢察官、黎雅．尼爾森和十一個不知名的市民。

馬丁・貝克愁眉苦臉地看著這份名單，深深嘆了一口氣。這裡頭多少會有點麻煩，說不定還不少。

他的食指沿著長長的名單往下走，最後將電話挪近，撥了黎雅的號碼。

「嗨！」她的聲音很開心，「我有沒有打擾到你？」

「你永遠不會打擾到我。」

「今天晚上你要不要回家？」

「要，不過可能會很晚。」

「多晚？」

「十點、十一點吧，大概那時候。」

「你今天有吃點東西嗎？」她以質問的口氣說。

馬丁・貝克沒有回答。

「什麼都沒吃，呃？別忘了，我們講好要說真話的。」

「你猜對了，跟平常一樣。」

「那就回我這裡。如果可能，提早半個鐘頭打給我。我不希望你還沒逮到那個混蛋就先餓死了。」

「好，要乖。」

「你也是。」

他們五個人分了名單的其他部分，當中有不少是三兩下就應付完畢，有些通話卻是又臭又長。剛瓦德·拉森選了莫姆。

「你要幹嘛？」一接上線，他劈頭就這麼問莫姆。

「貝克好像在怪罪我們，因為我們從鄉下調來許多警察。保安警察的首長幾個鐘頭前還因為這件事情打給我。」

「所以？」

「我們總署這裡只想指出一點：你們沒有理由涉入還未發生的罪案。」

「我們有這麼做嗎？」

「署長認為責任歸屬很重要。要是別處發生犯罪事件，那不是我們的錯，跟總署沒有任何關係。」

「太棒了，」剛瓦德·拉森說，「要是我在總署，我一定會做好防範措施。你們的人在那邊做什麼？你們以為你們的工作是什麼？」

「這不是我們的責任，是政府的責任。」

「那好，我會打給首相。」

「什麼？」

「我的話你聽得很清楚。再見。」

剛瓦德・拉森從來沒有跟任何政府官員談過話。事實上，他從來沒有這個意願，可是此刻在一股衝動下，他撥到了司法部。他的電話被直接轉給司法部長。

「午安，我姓拉森，我是警方的人，負責美國參議員來訪的安全事宜。」

「午安，我聽過你的大名。」

「有人提出一個問題，雖然我認為那是無聊且無意義的討論。那就是，下個星期四和星期五，因古平和北市之類的鄉下地區不會有半個警察在。這是誰的錯？」

「然後呢？」

「我希望這個問題能有個答案，這樣我就不用再跟不同的白痴辯來辯去。」

「原來如此。當然，政府要負完全責任。我認為把責任推到某個人身上沒有道理，不論這個人是誰——就算是當初堅持要請這位貴賓來訪的傢伙。我個人會特別提醒警政署，要他們一定要盡全力對那些缺乏警力的地區加強防範。」

「太好了，」剛瓦德・拉森說，「我想聽的正是這句話，再見。」

「等等，」司法部長說，「我也親自打過電話，希望知道目前第一線安全防護的情況如何。」

「我們認為目前的安全措施很好，我們正依照明確、但很有彈性的計劃行事。」剛瓦德・拉森說。

「太好了。」

剛瓦德・拉森心想，這個人聽起來頗為理性。話說回來，在那麼多的職業政客當中，這位司法部長確實是個令人眼睛一亮的特例。只是有其他政客掌舵，這個國家遲早會走上一條漫長的下坡路，這顯然無可避免。

那一天內還有無數的對話，但多半了無意義。送檔案的職員進進出出，川流不息。晚上十點左右，有人將一份檔案送交給剛瓦德・拉森，當中的內容讓他雙手抱著頭，幾乎有半小時都坐著不動。

史卡基和馬丁・貝克還在辦公室，不過正準備回家。剛瓦德・拉森不想破壞這個夜晚，本想什麼都別提，隔天再說。可是他隨即改變心意，一語不發地將檔案遞給馬丁・貝克，而馬丁・貝克也同樣面無表情地將它放進自己的公事包裡。

那天晚上，馬丁・貝克直到十一點二十分才來到黎雅在圖立路上的寓所。

他拿出鑰匙打開面街的大門，爬上兩級階梯，用他們說好的暗號按下門鈴。

黎雅有他公寓的鑰匙，可是他沒有她的。馬丁・貝克認為沒有這個必要，因為她要是不在，他也沒有理由過來，而如果她在家，通常都不鎖門。

約莫過了三十秒，她光著腳衝出來開門。她看來漂亮極了，除了一件柔軟蓬鬆、長度蓋住臀部一半的藍灰色運動衫，其他什麼也沒穿。

「要命，你沒給我足夠的時間。我剛做了幾道菜，要在烤箱裡烤半個鐘頭。」

等他進屋來，她又說：

「老天，你看起來好累。要不要來個三溫暖？會讓你放鬆一點。」

黎雅去年在地下室為房客加蓋了一間三溫暖室。如果她個人要用，只要在地下室門口貼張紙條就好。

趁著黎雅忙著準備三溫暖，馬丁・貝克換上一襲一直掛在臥室衣櫥裡的舊睡袍。很好的三溫暖，又乾又燙。

大部分的人會靜靜坐著享受熱氣，但黎雅不是那種人。

「你那個特別任務怎麼樣了？」她問。

「還不錯，我想，可是……」

「可是什麼？」

「還很難說。我以前從來沒做過這種事情。」

「想想看，竟然邀請那個狗娘養的來訪問，」黎雅說，「還有多久？一個星期？我是說距離他來訪？」

「不到一個星期，下星期四。」

「收音機或電視會轉播嗎？」

「都會。」

「我會去科曼街看。」

「你不去示威抗議了嗎？」

「大概吧，」她情緒化地說，「我應該去的。或許我參加示威是嫌老了點。情況不比當年了。」

「你有聽過一個叫ＵＬＡＧ的組織嗎？」

「我在報上看過一些報導。他們的訴求好像很模糊。你認為他們會在這裡滋事？」

「有可能。」

「聽起來很危險。」

「非常危險。」

「你熱夠了嗎？」

溫度計的指針快到攝氏一百度了。她舀了幾盆水倒在石頭上，一股難以忍受、卻又十分舒服的熱氣從天花板上罩頂而下。

兩人接著去沖澡，拿毛巾互相擦乾。

上樓回到屋子裡，廚房飄出誘人的香味。

「聞起來是熟了，」她說，「你有力氣擺桌子嗎？」

他只有力氣做這個了——當然，吃東西除外。

食物很美味，他吃了很多，他很久沒吃那麼多了。接著他默默坐了一會，酒杯拿在手上。

她看著他。

「你看起來累壞了，去睡覺。」

馬丁．貝克確實累壞了。一整天馬不停蹄地講電話和開會協調，讓他筋疲力盡。可是不知怎麼地，他不想現在就上床去睡覺。他覺得在這個有著大蒜串、艾草、百里香和野莓的廚房裡好舒服。過了一會，他說：

「黎雅？」

「什麼事？」

「你覺得我接下這個工作有沒有錯？」

她想了很久才回答：

「這牽涉到很複雜的分析。不過我比較能理解你那個朋友為何會辭職。」

「柯柏。」

「他是個很好的人。我也喜歡他太太，我認為他辭職是對的。他知道警察這個組織專門找兩種人的麻煩：社會主義者，和那些在我們這裡永遠成不了氣候的人。他辭職是基於自己的良心和信念。」

「我認為他辭職是錯的。如果好警察都因為承受了別人的罪惡而辭職不幹，那剩下的豈不都是蠢蛋和白痴？好了，我們以前就討論過這個。」

「其實你跟我幾乎什麼都討論過，你有沒有想過這一點？」

他點頭。

「可是你問了一個具體的問題，現在我就給你我的回答。確實，親愛的，我認為你接下這個工作是錯的。如果你拒絕會怎樣？」

「他們會直接命令我。」

「要是你抗拒命令呢？」

馬丁・貝克聳聳肩。他很累，可是這段對話很吸引他。

「可能會被停職。不過，坦白說可能性微乎其微。總會有其他人接下這個工作。」

「誰？」

「可能是史提格・莫姆，我所謂的老闆和直屬長官。」

「而他來做會做得比你差？沒錯，很可能，但我還是認為你應該拒絕。我的意思是，這是我的感覺，感覺是很難分析的。我想我的感覺是這樣：我們的政府口口聲聲說它代表人民，今天卻邀請一個聲名狼藉的極端保守份子來訪問——這個人幾年前還差點當上美國總統。如果他那時候真的選上，我們今天可能已經身陷在一場全球戰爭裡了。最荒謬的是，我們居然還打算以貴賓的規格接待他。這麼多個部會首長，由首相帶頭，會禮貌地和他坐著閒聊，談經濟蕭條、石油價格，還要向他保證，這個老牌的中立國瑞典依然和過去一樣，是個抵擋共產主義的堅強壁壘。他會受邀參加一場極其豪華的餐宴，接見那些號稱是反對黨——其實說得誠實一點，他們跟我們政府一樣是資本主義的受益者。他還要跟我們那個弱智的國王共進午餐。而且，從頭到尾，他會被保護得滴水不漏，如果安全局或美國中情局不告訴他，他不會看到任何示威者，甚至聽不到任何反對的言語。他唯一會注意到的就是：共產黨的頭頭沒有出現在宴會中。」

「這你就錯了，所有示威者都可出現在他的視野內。」

「是呀，如果政府不會越想越害怕，力勸你別這麼做的話。要是哪天首相突然打給你，說所有示威者都得移師到羅桑達體育館，而且不准擅自離開，那你會怎麼做？」

「我會辭職。」

她凝視他良久，她的下巴頂在屈起的膝頭，兩手環著腳踝，三溫暖和沖澡後的頭髮糾結在一起，與眾不同的五官似乎若有所思。

他覺得她看起來很美。

最後，她說：

「你很棒，馬丁，可是你做的是一份狗屁倒灶的工作。那些你以謀殺或其他恐怖罪名逮捕的都是什麼樣的人？就拿最近這個來說，那個可憐的園丁，他只是想報復那個毀了他一生的混蛋資本家。他會得到什麼處罰？」

「十二年徒刑，可能。」

「十二年，唉，我想對他來說，這樣做很值得。」

她看起來很不開心。接著她突然轉變話題，她常常這樣。

「孩子都在樓上，有莎拉陪著，所以你可以安心睡覺，不必擔心他們會跳到你的肚皮上。不過，我上床的時候可能會踩到你。」

她確實常在他睡著後上床，結果就踩到他。

她又換了個話題。

「希望你知道，這位貴賓的良心背負著數萬條的人命。像轟炸北越的策略，他就是最積極的推手之一，韓戰時他甚至親自坐鎮。麥克阿瑟說要在中國丟原子彈，他也表示支持。」

馬丁・貝克點點頭。

「我知道。」他接著打了個哈欠。

「現在睡覺去，」她語氣堅決，「明天早上我會送早餐給你。什麼時候叫你起床？」

「七點。」

「好。」

馬丁・貝克上了床，幾乎立刻睡著。

黎雅清理完廚房，走進臥室，在他的額頭上吻了一下。他完全沒有反應。屋子裡很暖，她脫掉運動衫，蜷曲在她最喜歡的那張扶手椅上讀了點書。她有睡眠障礙，常常午夜過後還是睜著眼睛。她曾用紅酒治療失眠，可是現在她乾脆隨它去，藉著閱讀一大堆無聊的文件書籍度過夜晚。

今晚她讀的是自己幾年前寫的一篇人格評估報告。讀完後她看看房間，瞥見馬丁・貝克的公事包。黎雅・尼爾森是個好奇心重的人，而且非常直接，所以沒多想就打開公事包，興味盎然又仔仔細細地讀起裡頭的文件。最後，她打開剛瓦德・拉森在下班前交給馬丁・貝克的檔案。她對著內容看了許久，聚精會神之外也面露驚訝。

最後，她把所有文件放回公事包，上床睡覺。她踩到馬丁・貝克，可是他睡得熟透，連醒都沒醒。

於是她貼著他的身體躺下，側臉凝視著他。

15.

斯德哥爾摩的陸軍博物館位於厄斯特馬的里達街，在一個寬大廣場後頭的舊兵營裡；老舊的軍火武器在此分門別類，排得整整齊齊。它占滿了席貝莉街和亞提萊里街之間的整個巷道。離它最近的建築卻和軍事無關：黑德維．伊蓮娜教堂，這座教堂雖然有個優美的拱頂，但稱不上是古蹟建築，內部也無甚可觀。

而今連陸軍博物館也沒有太多可觀之處，尤其自從國家安全局部分部門大搖大擺地移至這棟建築之後，博物館便無辜地淪為第一線的箭靶。

博物館的心臟是一個大廳，展示著多種古砲和各種舊式步槍，但國家凶殺組的組長不是因為對歷史感興趣而來到這裡。

一個胖男人坐在小辦公室的桌前，研究著西洋棋。這一局特別難，再五步就要分出勝負了，只見他不時在速記本上做筆記，隨即又劃去。這可能不是他該做的事，因為桌上攤著一支解體的手槍，他的座椅旁還有一個裝著武器的大木條箱，若干武器上還繫著紙標籤，標籤上什麼都沒寫。

研究西洋棋的男人是萊納・柯柏，他是馬丁・貝克多年共患難、也最親近的同事。他在約莫一年前告別了警界，辭職之舉引起很大的騷動，也招來不少尖酸的嘲諷。全國最好的刑警之一——一個穩坐指揮大位的警官——因為再也無法忍受當警察而辭職，這讓警方的面子很掛不住。為了執行署長不想讓此事曝光的命令，史提格・莫姆當時曾像伸著舌頭的狗一般，在走廊上追著他跑。

當然，事情終究曝了光，雖然報紙媒體的態度，大體來說，並不覺得一個老警察辭官比哪個體育記者辭職更大條，反正不就是受夠了四處奔波、賄賂、喝酒應酬，所以終於決定去他的，老子要回家陪小孩看電視轉播足球賽去。就馬丁・貝克個人來說，這是不幸，不過他畢竟熬過去了。他們很少私底下見面，不過在柯柏家或是馬丁・貝克科曼街的住處裡舉杯對飲的時刻還是不少。

「嗨。」柯柏看到馬丁・貝克很開心，不過沒有表露過度的熱情。

馬丁・貝克沒說話，只在老友背後捶了一拳。

「這個挺有意思的，」柯柏的頭朝著大木箱點了一下，「一堆老手槍和左輪，大部分是從各個警區蒐集來的。當初國會宣布新的槍枝武器管制法，很多人把可笑的老玩具空氣槍也繳了上來。當然，自願繳出來的都是從來沒想過要拿這些東西去射擊的人。這裡沒有人有時間或有意願把這箱東西好好做個分類。」柯柏說，「不過，有個人認為我可以做，雖然警界大頭有一半老說我是共產黨。」

那個人沒錯。說到條理分明，很少人比得過柯柏。

他指著那支解體的手槍。

「舉個例子，你看看這個。俄國納格狙擊槍，點一一口徑，老得能當古董。我想盡辦法總算把它給拆了，但現在怎麼裝都裝不回去。還有這個……」他在木箱裡摸索，拿出一把碩大的柯特左輪槍。「你有看過這類的武器嗎？而且還照顧得很好。史丹斯壯死後，烏莎．托瑞爾的枕頭下就塞了一把這樣的槍，而且，保險還一直開著。」

「這個夏天我常見到烏莎，」馬丁．貝克說，「她現在在默斯塔警局。」

「跟默斯塔的巴斯塔在一起？」柯柏邊說邊笑。

「羅特布魯那椿命案能破，她和班尼功不可沒。」

「什麼羅特布魯命案？」

「你不看報紙的嗎？」

「看，但是我不看那種東西。你是說班尼？每次我聽到那小子的名字，就會想起他救過我一命。當然，要是他事前不那麼白痴，根本也沒那個必要。」

「班尼不錯，」馬丁・貝克說，「烏莎也成了很好的警察。」

「啊，上帝的安排真是奇妙。」

雖然柯柏幾年前就脫離了教會，宗教名言還是常常脫口而出。

「你知道嗎，我一直以為你跟烏莎會在一起。結果要是這樣最好，她會是你的好太太。你那時候也愛她，雖然你從來不承認。最重要的是，她真的漂亮得要命。」

馬丁・貝克笑了，接著搖搖頭。

「馬爾摩那次後來到底怎麼了？」柯柏問，「你知道，就是我暗中安排讓你們在旅館就住隔壁房的那次？」

「這恐怕你永遠不會知道。」馬丁・貝克說，「對了，葛恩還好嗎？」

「很好。她熱愛工作，一天比一天美。而且，有時候我真的很喜歡照顧小孩。我甚至還學會煮飯，煮得比以前好吃。」他謙虛地加上一句。

柯柏突然瞥見解體手槍旁的一樣東西，手隨即迅速伸出。

「找到了！這根軸針啊。你以前有沒有看過這種難搞的軸針？當然，我就知道會找到。這根針是整個結構的關鍵。」

電光石火一般，他邊對照著一大本全是蠟寫紙的活頁檔案，邊把槍組裝完成。他寫了一張卡片，在手槍扳機膛上繫上一個標籤，接著就把槍推到一旁。

馬丁．貝克毫不意外，柯柏做事向來如此俐落。

「烏莎．托瑞爾，」柯柏又在想，「你們兩個本來可以成為一對佳偶的。」

「難道你喜歡娶個警察回家，連休假聊天談的也都是公事？」

柯柏似乎在認真思索。接著他做了個招牌動作：深深嘆口氣，聳了聳他肥厚的肩頭。

「也許你說的對，這個新的女人可能更適合你，我是指黎雅。」

「你可以用你的性命打賭，確實如此。」馬丁．貝克說。

「可是她話多得要命，」柯柏說，「而且肩膀又那麼寬，屁股看起來也有點窄。她是不是也染過頭髮？」

驚覺到自己可能傷了老友的心，他安靜下來。

馬丁．貝克反而微笑說道：

「我也可以點出幾個話多得要命、肩膀很寬，更別說身材又肥又壯的人。」

柯柏從箱子裡挖出一把大型自動手槍放在棋譜上，說：

「好吧，馬丁，你來這一趟有什麼事？我想你不是來跟我談女人的。」

「我在想，你能不能替我特別做點事？」

「有沒有錢拿？」

「當然有，老天。我的預算不少，幾乎是沒有上限。」

「那筆預算是做什麼用的？」

「保護下週四來訪的那位美國參議員，我負責安全工作。」

「你？」

「我是被逼的。」

「那你要我做什麼？」

「只要仔細讀這些報告就好，外加一份高度機密的文件。你好好讀，看有沒有什麼地方很離譜。」

「請那傢伙來不就是很離譜？」

馬丁．貝克沒有答話，只說：

「幹不幹？」

柯柏的目光打量著那疊影印本。

「你多快要結果？」他問。

「越快越好。」

「好。」柯柏說，「有人說啊，錢只有香味沒有臭味，反正我也不信警察的錢會比其他人的錢更髒更臭。不過這可能要花一整晚。你說的機密文件是哪一份？」

「這裡。」馬丁·貝克從夾克口袋掏出一份折起來的文件，「這是原件，沒留影印本。」

「好。」柯柏說，「明天早上同一時間，你過來找我。」

•

「你還真像個執行官那麼準時。」星期二早上，柯柏說，「我都讀了，還看了兩遍，花了我一整晚。」

馬丁·貝克從口袋裡掏出一個窄長的信封遞過去。柯柏把錢數了數，吹了聲口哨。

「好耶，這晚上的工作沒有白做。這起碼能讓我在城裡瘋一晚，說不定就是今晚。」

「你有什麼發現嗎？」

「其實沒有。是個很好的計劃，只是……」

「只是什麼？」

「只是，如果告訴麥勒還有點用的話，你可以要他注意兩個非常關鍵的時刻：一個是那個混蛋和國王站在羅格階台上時；另一個稍微好辦：參議員和首相獻花圈的時候。」

「還有呢？」

「沒了，我剛說了。我認為那個機密是有點不可思議。不如就讓剛瓦德・拉森偽裝成耶誕樹，放在希維普蘭街口，頭頂還插著天使、星星、裝飾紙不是更好？而且最好讓他一直放到耶誕節。」

柯柏把文件堆成一疊，最重要的那份放在最上頭，推到馬丁・貝克面前，接著從箱子裡拿出一支小左輪，又說：

「以便民眾有時間習慣這麼一個可怕又噁心的景象，莫姆一定會這麼說，對吧？」

「還有什麼嗎？」

「有。告訴埃拿・隆恩，叫他千萬不要再用文字表達自己的想法，萬一非自己寫不可，也絕對不能讓別人看到，否則他永遠升不了官。」

「嗯。」馬丁・貝克說。

「這小東西是不是很漂亮？」柯柏說，「鎳製的女用左輪，小巧玲瓏，就像本世紀之初，美國女人常會放在手提包或皮手籠裡頭的那種。」

馬丁・貝克興味索然地看著那把槍，一面將文件塞進公事包。

「這或許能打中十英吋範圍內的一顆包心菜，如果那顆包心菜動也不動的話。」柯柏邊說邊快速地將小左輪槍拆解開來。

「我得走了，謝謝幫忙。」

「願世界和平。」柯柏說，「如果你願意，替我問候黎雅。要不然你甚至不必提到我，這我可以接受。」

「那就再見了。」

「再見。」萊納・柯柏將手伸向目錄卡片。

16.

馬丁．貝克為什麼會成為如此優秀的警察？多年來不只一個人納悶過，他的長官和部屬都曾熱烈討論過這個問題，而且語氣常是嫉妒多於欽佩。

那些嫉妒的人會這麼說：他辦的案子少，而且多半輕易就能解決。確實，和斯德哥爾摩其他警事部門那些令人滅頂的工作量相比，他處理的案件是少得多。例如竊盜、緝毒、制暴這幾個小組的工作總是無比繁重，破案比例因此低得駭人。一大堆的報案根本無人追蹤辦理，最後只好註銷了事。對於這個現象，市警局的局長乃至於警政署長的解釋永遠都一樣：因為缺乏人手。

事實上，在斯德哥爾摩當警察並不容易。這裡有各式各樣的暴民和犯罪集團肆無忌憚地進行破壞，再加上毒品充斥，往往就連最單純的衝突也會演變成瘋狂的暴力對峙。警政署長和他的不少下屬總是信誓旦旦說，要將該市老舊的警事系統重整為一個由中央指揮、類似軍事單位的組織，還要提供特別的技術資源。警察是個淒涼的行業，當警察不但臉上無光，很多舉措還會引來大眾的敵意和白眼。然而馬丁．貝克的凶殺組素有名聲，工作上的刺激往往也被誇大、甚至賦予浪漫色彩，因此成了唯一的例外。

馬丁・貝克在警界步步高升，可是即使三十多年前還在雅各管區當巡邏警員時，他就已經是個好警察。他一向親和，輕易就能與人攀談；只要動動腦筋再佐以幽默感，不少難題就能迎刃而解，反之，他不得不使用暴力的情況則是隻手就能數完。

隨著官位越來越高，他常常得和那些沒有腦袋的長官周旋。對於那些人和種種匪夷所思、很難不讓靈魂受重傷的懲處決定，他只能默默忍受。不過，有一點他向來不肯讓步：他喜歡實務工作，喜歡直接接觸民眾和他們的環境。

一九五〇年後未久他升上偵查員，被調到凶殺組服務。他開始利用餘暇研讀犯罪學和心理學，而且凶殺組的工作很吸引他。在這個單位改隸國屬之前，他一直很幸運自己有能體諒的長官和很好的同事。他始終不曾喪失與他人攀談的親和力，因此名聲漸開，成為警方頂尖的訊問者。

雖然馬丁・貝克常常展現出聰明的才智和高度的解析能力，但這並不是他對自己或對同事的要求。事實上，如果有人問他，從事警職最重要的條件有哪些，他十之八九會這麼回答：「條理分明的腦袋，常識，和良心」，而且先後順序就是那樣。

關於警察這個社會角色，雖然馬丁・貝克大體同意萊納・柯柏的看法，但柯柏辭職對他來說根本無法想像。他太有良心了，因為這份自覺，他眼中的自己是個痛苦的悲劇人物，而他也常因此鬱鬱寡歡。最近他是好多了，但也絕非笑口常開，他沒興趣變成那樣的人。

馬丁．貝克之所以是個特別優秀的警察，自然是因為具備許多特質，其中不能不提的是他的好記性，和有時就像驢子一樣的固執以及邏輯思考能力。還有一點，他往往肯花時間去探究任何與案件有關的細節，即使他追蹤的枝微末節最後可能無關緊要。不過這些細微的考量，有時也會帶來重大的線索。

得到萊納．柯柏對整體計劃的正面評價後，他滿意地離開，因為若是說到決策，柯柏還是他最仰賴的人。這場會面很快就結束了，他臨時決定去拜訪一個他早就想去、但一直沒時間去探望的人。其實現在他還是沒時間，不過他想其他小組成員應該有能力處理那些不太要緊的訪客和電話。

距離那個大日子只剩兩天了，公家派給馬丁．貝克一輛綠色的公務車，開車的司機是個老百姓。司機奉命開往大衛巴格斯坦街，五分鐘後，馬丁．貝克已經站在希德伯．布萊欽辦公室的門口。

門鈴壞了，所以他敲了門。一個空洞的聲音喊道：

「進來。」

布萊欽茫然地望著馬丁．貝克，接著把一本臨時記錄簿往巨型書桌的一邊一推。

「大約半年前，一個名叫黎貝卡・林德的女孩被提起公訴。當時我曾經上法庭當過你的證人。」

「噢，那個女孩呀，」輾壓機說，「你真好心，願意出來作證。你的證詞有決定性的影響。」

輾壓機素以傳喚奇怪的證人聞名。例如，他曾經數度找警政署長出庭，為某些涉及警方和示威民眾對抗的案件作證，不過當然沒成功。

「那時你還找了一名證人，不過他沒出現。一個名叫華特・裴楚斯的電影導演。」

「我有嗎？」

「有，」馬丁・貝克說，「你有。」

「我想起來了。你說的對，不過他那時是已經死了，還是被什麼給耽誤，所以無法前來。」

「不是這樣，」馬丁・貝克說，「他是在出庭日隔天遭人謀殺。」

「真的嗎？」輾壓機說。

「你為什麼要傳他出庭作證？」

輾壓機似乎沒聽到。過了一會兒，馬丁・貝克正打算開口再問一遍時，只見輾壓機揚起一隻手。

「你說的對，我想起來了。我本來想利用他來證明那個女孩的品格和心態，可是他拒絕出庭。」

「他跟黎貝卡．林德有什麼關聯？」

「事情是這樣的，」布萊欽說，「黎貝卡懷孕後不久，看到報上有一則廣告在徵求漂亮的年輕女孩，說工作待遇優渥，而且前途看好。她因為走投無路所以就前去應徵。她很快就接到一封信，要她親自在某個時間前往某個地點。什麼時間什麼地址我已經忘了，不過那封信是以一家電影公司的信頭寫的，署名的就是這個裴楚斯。我在想，那家公司應該是叫裴楚斯影業。那封信她還留著，信頭印得漂漂亮亮的，看起來非常有派頭。」

他默默地起身走到貓兒旁邊，給幾隻貓倒了點牛奶。

「原來如此。後來呢？」

「很典型的故事啊。」輾壓機說著，「那個地址是一處被當成拍攝片廠的公寓樓房。她抵達之後，這個裴楚斯跟一個攝影師正在等她。裴楚斯說他是電影製作人，與全球各地都有合作關係，接著就要她脫衣服。她不認為脫衣服有什麼大不了的，不過她想知道，他要拍的是什麼樣的電影。」

布萊欽又回頭去吃他的早餐。

「繼續。」馬丁・貝克說。

輾壓機喝了一大口飲料。

「據黎貝卡告訴我，裴楚斯說那是一部要在海外放映的藝術電影。如果她肯脫掉衣服讓他們看看她行不行，馬上就能拿到五克朗。她照做了，他們就仔細看她。攝影師說，這個角色雖然很難演，但也許可以勉強用她試試，只是她的乳房太扁，奶頭又太小。裴楚斯就說他們可以貼上塑膠奶頭。攝影師說他可以在沙發上跟她試演看看，說完就開始脫衣服。這時候黎貝卡害怕了，開始撿起地上的衣服。他們沒有碰她，但攝影師說，乾脆讓裴楚斯告訴她這是怎麼回事，因為如果她不想跟他睡，她永遠不會答應演這種片子。所以裴楚斯就告訴她沒什麼好擔心的，因為這部影片只會在海外的色情俱樂部放映，而且她只要跟一條狗交合就可以。」

輾壓機默默坐了半晌，接著又說：

「這年頭成為百萬富翁的方法還真是千奇百怪。裴楚斯還描述了許多不堪的要求。他說她演第一部片子能拿到兩百五十克朗，不過後面會有更好、更重要的角色。那個女孩……她叫什麼名字來著？」

「黎貝卡。」

「對，黎貝卡，沒錯。她於是開始穿上衣服，並且向他們索討她的五克朗。裴楚斯說那只是開玩笑。她摑了他一巴掌，他們就把身上除了襪子跟涼鞋之外什麼都沒穿的她推出屋外，又把她的衣服全丟下樓。因為那是一般的公寓住宅，在她邊撿衣服邊穿的時候，還有好幾個人經過。這是她在被逮後告訴我的。她問我，這樣對待一個人是不是違法。我告訴她，很遺憾，這並不違法。不過，我自己有去裴楚斯的辦公室找過他。此人的態度非常高傲，說發神經的妓女多得是，不過確實有一個人甩過他耳光。我極力勸他來作證，但他終究沒來。不過，她終究還是被釋放了。」他憂傷地搖搖頭。

「而華特．裴楚斯也被殺了。」馬丁．貝克說。

「殺人是法律不容許的，對吧？不過……」輾壓機說沒把話說完，「黎貝卡是出了什麼事嗎？所以你來找我？」

「沒有，就我所知，什麼事都沒有。」

輾壓機再度憂傷地搖頭。

「我有點擔心她。」他說。

「為什麼？」

「她在夏末的時候來找過我。她那個美國男友有困難，也就是孩子的父親。我試著向她解釋了一些事情，又以她的名義替她寫了一封信。她覺得我們這個社會有點難懂，可是你很難責怪她。」

「她住在哪裡？」馬丁・貝克問。

「我不知道。她來的時候還沒有永久地址。」

「你確定嗎？」

「確定。我問她住哪裡，她說：『目前沒有地方。』」

「她完全沒有留下任何線索給你？」

「沒有，完全沒有。那時還是夏天，所以據我猜想，她應該是和一些年輕人住在一起，或許在鄉下，也或許在某個城內有住所的朋友家。」

布萊欽打開辦公桌的一個抽屜，拿出一本很厚的黑面筆記本，邊緣有字母排列的標記。那本筆記本一定跟著他很久了，因為不但磨損得厲害，上頭還有很多指印。

他逐頁翻過，口中又問：

「再說一遍她的名字？」

「黎貝卡・林德。」

他找到了她的頁次，將老舊的電話機拉近。

「我們打給她的父母看看。」

一隻貓跳上馬丁．貝克的膝頭，他很自然地撫摸著貓背，仔細傾聽電話內容。那隻貓再度喵嗚起來。

布萊欽放下話筒。

「是她媽媽接的。她說自從六月那場審判之後，她和她先生就沒有黎貝卡的消息了。她還說這樣最好，因為這個家沒有人了解那女孩。」

「還真是好父母。」馬丁．貝克說。

「是啊，可不是嗎？但話說回來，你為什麼那麼關心她？」

馬丁．貝克把貓放回地板上，起身走向門口。

「其實我也不知道。不過，還是感謝你幫忙。如果她出現了，請通知我，我會感激不盡；或是告訴她，我想和她談一談。」

17.

雷哈德·海伊特跟柯柏一樣，也認為萬事俱備，只欠東風。他現在搬到蘇納一間兩房的房子，這裡同樣也是由那家安排了色德蒙寓所的人頭公司租來的。

兩個日本人留在原本的公寓。他們先前已極度一絲不苟地將精密的炸彈組裝完畢，接下來只要在選定的地點安置妥當就好，這個任務越晚執行效果越佳。

早在美國參議員的行程對媒體發布之前，海伊特已將這位貴賓所有行程的細節和大部分的安全計劃買到手，也是從厄斯特馬那家神祕小公司的某個雙面情報員手裡購得的。

無線電專家來得稍晚了些。他雇了一名丹麥漁夫，從丹麥的吉勒萊厄漁港載到瑞典的小海港區托瑞卡夫，這根本等於是從警政署長的眼前經過；署長目前正在獨自思索著他的職責。

這位專家名叫雷華洛，比那兩個日本人多話。不過，他也帶來一些頗為惱人的消息。通訊聯繫是ＵＬＡＧ的弱點，到現在還沒有發展完備，否則海伊特早該知道雷華洛來了。某個地方出現了漏洞，警方因此開始蒐集點點滴滴的資訊，拼湊出了一幅耐人尋味的畫面。

有人在印度突擊事件中見過海伊特的相貌，拉丁美洲行動後也有人目睹他離境。自此而後，警方鍥而不捨地建立起某種辨識體系，並且透過位在巴黎的國際刑警組織，將手上少得可憐的資訊，通報給所有設有相當警力或安檢單位的政府知悉。

這個漏洞不可能來自ＵＬＡＧ內部，但是海伊特曾經擔任許多國家的外籍佣兵，這個漏洞勢必來自當中某個國家。無論如何，警察終於追查到了他的真名和長相。英國索里斯伯利的警方依然堅稱不知他是何許人也，此話也許屬實，而確實不知道他在進行什麼勾當的南非首都普利托利亞當局，則說此人是南非公民，名叫雷哈德・海伊特，在本國沒有任何犯罪前科，而且就他們所知，也不曾和任何犯罪行動掛勾。

截至目前為止，這個漏洞似乎還不太嚴重，但不幸的是，就在他與莫三鼻克的解放陣線對抗之後，他被列入了黑名單，解放陣線還把他一張清楚得足以複製的照片提供給國際刑警組織到處散布。他目前並沒有被以任何罪名遭到通緝，國際刑警組織只說，拉丁美洲某國的警方很想找他談談，對有關此人下落的任何情報都有興趣知道。

想起當初被拍下照片的情景，海伊特暗自在內心裡咒罵著。事情始於兩年前一起倒楣到家的意外。在一次襲擊莫三鼻克最大海港洛倫索貴斯的事件中，他的小組被打散，他和另外幾名同伴遭到解放陣線俘虜。雖然幾個小時後就獲釋，可是他已經被人拍下照片。目前流通各國的照片必定是那張照片的放大，而且，若是透過國際刑警組織散布出去，瑞典警方勢必也會有一份。據他估算，這件事不會增加這次行動的複雜性，但話說回來，事後他要離境可就沒辦法像潛入時那麼容易了。

有件事倒是清清楚楚。接下來這幾天，他的行動自由將會嚴重受限；事實上，他根本不能冒險出門。截至目前，他在斯德哥爾摩還能來去自如，通行無阻，但他的戶外活動現在已告終結了。如果他非外出不可，一定要攜帶武器。若是被瑞典警察認出而且遭到逮捕，將會是他光明前途的終結；不過，即使如此，這也救不了那位美國貴賓的性命。為了確保這一點，他們的行動計劃已經檢查再三，只怕不夠仔細。

海伊特的第一個反應是要甩掉那部綠色的歐寶車。他要里華洛把車開到哥登堡丟掉，再以合法途徑買一部二手的福斯。

蘇納區教堂街的這地方給兩個人住是小了點，尤其裡邊還塞了兩台彩色電視、三部收音機，外加法國人的所有技術設備。兩人這麼安排，以便讓大房間充作行動中心，小房間做為臥房。

里華洛相當年輕，頂多二十二歲，粉紅色的臉龐，金黃色的鬈髮，外表一眼就看得出身家國籍。雖然長相細緻，不過就像所有經過ＵＬＡＧ訓練的殺手，里華洛也深諳各種防身術和殺戮戰術，無論是徒手肉搏，或是利用武器。

里華洛在瑞典有個弱點，那就是語言，這也是十八日星期一海伊特必須驅車入城，在行動前最後一次外出的原因。里華洛的個性謹慎，他要求海伊特去買些零件，好自己組裝一個小發電機，以防迎賓儀式途中電力突然中斷。

海伊特穿上他最寬大的外套，看到他的人會認為他實在帥得驚人，高大魁梧，肩寬體闊，是標準的北歐人體格，而且金髮碧眼，皮膚又曬成漂亮的紅銅色。但他們作夢也想不到，在他外套底下竟帶著絕佳的致命武器——一把柯特左輪槍，腰間還繫著三顆手榴彈。其中兩顆是美製的，裡頭是一堆包著寬條引信的塑膠軸管。第三顆則是ＵＬＡＧ的兵工廠組裝的土製炸彈。它有一條線和一個拉曳式的引信，是大勢已去時活動人員自我了斷用的。

不過什麼也沒發生。他照著里華洛開給他的清單，買了四個汽車用的大型電池和一堆高深莫測的科技玩意，事後隨即回到公寓。

那個法國人露出滿意的表情，很快就組裝好發電機。接著他又組裝了一個短波接收器，轉到警用無線頻道的波段。他們傾聽一般的例行廣播，海伊特用警用密碼將大半內容翻譯給他聽；這套密碼也是從厄斯特馬街上那個雙面情報員那裡買來的。里華洛自己一個字也聽不懂，但他似乎很滿意。他整晚和隔天一整天都忙個不停，不斷進行最後的調整或檢查引爆器材，最後他終於滿意了，說現在絕對不可能出現任何差池。

海伊特則不斷在想，他們事後要怎麼離開瑞典。就某種程度來說，他的相貌和體格是個缺點，因為無論如何偽裝，都很容易被識破。

十九日晚上，他躺在浴缸裡思索良久。還是有辦法的，他可以用里華洛入境的方式偷渡出境，或是靜靜蟄伏在這裡，直到警方不再進行搜捕為止。只要等得夠久，某些邊界崗哨一定有辦法過得去。或許需要用上一點暴力，但暴力可是他的看家本領，他很有信心，不論是什麼樣的瑞典警察跟他對壘，他必然高明得多。

他洗得很仔細，刷牙、刮鬍、在適當所在噴上古龍水、將鬢角梳理得一絲不苟。雷哈德．海伊特特別講究衛生，講究到近乎病態。最後，他全身抹上乳霜，在地上攤開一條乾淨的大毛巾，走進行動中心。里華洛就在那裡，正沉溺在一本極為專業的工具書裡，邊聽著警用頻道，雖然他根本聽不懂。接著海伊特就上床睡覺了。

他睡得很好，帶著滿懷的信心醒來。他沖澡完畢，煮了一頓豐盛的英式早餐，穿著高雅的浴袍吃了起來。

比他早起的里華洛忘了整理床褥，海伊特不免覺得這個法國人有點邋遢，同時將之解讀成是教養不高的表現。海伊特在行動中心找到他，眼前攤著不下三本的專業書籍，警用頻道依然開著。

里華洛沒有道早安。海伊特帶著些許不願，將一隻手放在這個法國人的肩頭。出於某些原因，他很不喜歡與人有身體接觸，當然，某些狀況除外。

里華洛抬起頭來看他。

「一切都沒問題？」海伊特問。

「絕對沒問題。只要回天和神風把東西全都調整好就行。」

「這你大可放心。他們跟你我一樣，很清楚自己的工作，而且對計劃通盤瞭若指掌。我們已經決定一大早就放炸彈。」

「那炸彈要是被人拆除了怎麼辦？我想這裡的警察應該有個爆破小組吧？」

「沒有，說來奇怪，但他們就是沒有。不過，你別忘了我們上回的行動，那裡的警察光是找備用炸彈就找了好幾個月。他們的陸軍和警察都有爆破小組，也知道去哪裡找。」

「我們這次可有備用炸彈？」

「有兩個，埋在車隊進城時可能會經過的另外兩條路線上，以防安檢單位最後突然天外飛來靈感要改換路線。」

「這個可能性微乎其微，」里華洛說，「警察絕對不可能想這麼遠。」

「你說的對。更何況這另外兩條路線並不順暢，會產生很多新的安全問題。」

「所以，照理說不可能會發生任何意外了。」法國人打了個哈欠，「這裡已經萬事俱備，那兩個日本人該不會搞砸最後的組裝工作吧？」

「絕對不可能。只要他們願意，他們可以從頭到尾都在地底活動。更何況他們已經把地形徹底勘查過一遍。他們十天前就把底座安置好了，到現在都沒有人發現。」

「聽起來還不錯。」

里華洛伸了個懶腰，對著房間環視一番。

「有了儲備電力，我就放心多了，否則明天要是突然停電，那可就慘了。」

「打從我來到這裡，還沒碰過停電。」

「那也保證不了什麼。」這名無線電專家說，「只要有哪個笨蛋開著推土機把電線扯斷，我們就沒電可用了。」

他們對著警用頻道仔細聽了一會。

「我們事後要怎麼脫身？」法國人問。

「你的建議呢？」

「依照往例，一個一個走。我會直接出去，用跟我進來時同樣的方法。」

「嗯，」海伊特說，「我可能得等上一段時間。」

里華洛似乎鬆了口氣。他可沒那麼想死，也知道要是這個南非人提議要跟他一起搭漁船出境，他被逮到的機率將會大幅升高。

「來下盤棋如何？」過了一會兒，無線電專家這麼說。

「好。」

「西西里人」這個很棒的遊戲是很久以前某位美國船長發明的。海伊特選了馬歇爾將軍這個角色，此人當初把許多當代大師級的人物都打成了敗將。他訝異得不斷喘大氣。對方大膽的冒進、無情的攻擊，幾乎和打仗一模一樣。

這個棋戲唯一的缺點是你只能擊敗對手一次。之後他就能查看棋術分析指南，得知正確的走法，雖然在棋面上看來，那些路數總是莫測高深。

他們沒有下棋專用的計時鐘，法國人眼看著自己從最初占了好幾步的優勢，淪落到現在的潰不成軍，對於棋步的思考也越來越久。最後，里華洛竟然為一步棋想了一個半鐘頭。海伊特很清楚這個對手已經無力轉圜，而且早就這樣。他走進廚房煮茶，又將臉、臂膀和雙手洗得乾乾淨淨。回到房間後，這個法國人還是雙手托著頭，兩眼盯著棋盤，呆坐在那裡。

再走了兩步棋後，他不得不投降。

他面露不悅，因為他天生個性就是不服輸，而且被教導成絕不能輸。ＵＬＡＧ唯一認可的輸，是輸掉你自己的性命；在窮途末路的情況下，你可以自我了斷。

里華洛整個下午就這樣一語不發地坐著，只管悶著頭研究技術書籍，警用頻道的廣播依然流瀉不斷。

海伊特現在已經確定，這個國家並不適合居住。可是既然他得待上很長的一段時間，也只好試著去習慣它。

•

日本人裝置炸彈的那一晚，也就是放置一個關鍵炸彈、兩個次要備用彈的那夜，雷哈德・海伊特睡得極為香甜，連夢都沒做。

里華洛則是清醒地躺了好一陣子，不斷思索著那盤棋。他決定等他回到哥本哈根後，要買一本很好的理論書來研究。

兩個日本人回到色德蒙的公寓已是凌晨五點。他們會有一段時間閉關在家，所以事先已經儲備了一堆罐頭，應該可以維持好幾個星期。

海伊特先前睡的床上攤放著幾架機關槍，不但子彈已經上膛隨時待發，槍膛也已清理乾淨，機件也徹底檢查過。一疊雜誌堆放在槍枝旁邊，床邊則是一個木箱，裡頭裝滿手榴彈。用來為自己送終的炸藥則隨身攜帶，即使是在睡眠當中。

18.

對馬丁．貝克來說，這個星期三他會記得很久很久。他不習慣這種工作，電話接個沒完沒了，還得不斷跟各種官僚唇槍舌戰。那天早上，他是第一個到達國王島街辦公室的，當晚顯然也打算最後一個離開。班尼．史卡基也極力撐著，雖然他年紀還輕，但那副臉色蒼白、疲累不堪的模樣，也讓馬丁．貝克不得不趕他回家。

「班尼，今天到此為止。」他說。

可是史卡基回答：

「只要這裡還有事，我要留得跟你一樣晚。」

他頑固得像頭驢，馬丁．貝克最後只好使出他平日盡量避免的手段：以長官的身分下達一個絕對權威、不容違抗的命令。

「我說你該回家了，意思就是要你服從命令，懂不懂？回家去，現在就回去。」

史卡基懂得他的心意，抓起大衣悶悶不樂地走了。

真是可怕的一天。署長結束了冥思的苦行，回到最高指揮崗位。他不斷派信差送來約莫四十二份長短不一、內容各異的公文，其中大部分是在批評一些顯然早已協商過、也安排好的事務，每一份公文的字裡行間都帶著譴責，即便有的公文僅有寥寥兩行。署長覺得自己的資訊不足，未被充分告知。

對於史提格・莫姆，署長的批評可就開門見山多了。莫姆又惱又累，工作上他是看門狗、關起門來是玩賞狗，他的雙重角色多多少少令他綁手綁腳。

「貝克嗎？」

「我是。」

「署長覺得奇怪，為什麼我們在空中只安排兩架直昇機？我們明明有十二架，而且還可以向海軍借調更多。」

「我們認為兩架就夠了。」

「署長可不這麼認為。他要你重新考慮直昇機的事情，而且最好跟海軍的同僚協商一下。」

「一開始我們根本不要直昇機的。」

「你這樣根本是發神經。以我們自己和海軍的配備，我方可以掌控完全的制空權。」

「我們為什麼要掌控制空權？」

「如果照空軍的提議做，那一區的上空就會有一整個中隊的戰鬥機和轟炸機到處飛。」

「我已經告訴空軍，他們如果硬是要飛，我們也阻攔不了。」

「我們當然阻攔不了，但你這麼說，並沒有讓我們和武裝部隊建立起良好關係，反而得罪了對方。喂，你重新想想直昇機的問題，好吧？」

「我們已經思考過了。」

「署長聽到這個回答不會高興的。」

「我的任務不是要討署長歡心，至少我不這麼認為。」

莫姆深深嘆氣。

「當個調人還真不容易。」他說。

「所以你不妨出城去，到你的鄉間別墅好好思考一番。」

「你……你實在太過分了；再說，我又沒有鄉間別墅。」

「可是你太太有，不是嗎？」

莫姆算是娶了一大筆財產進門，可是見過他太太的人都說，她不但性情暴躁、動輒發怒，長相還平凡得很。當然，長相平凡是旁觀者說的，不過馬丁·貝克在他十八年的婚姻生活裡，已經受夠了性情暴躁、動不動就發脾氣的人，所以他差一點就要同情起莫姆來。

馬丁・貝克還沒來得及想下去，電話鈴聲又開始尖鳴。這一回是海軍來電，某個指揮官之類的。

「我只是在想，你們是要大型的Vertol直昇機，還是比較小型的Alouettes？或者兩者組合一起飛？這兩種機型各有各的優點。」

「我們根本不要飛機。」

「親愛的組長，」那人生硬地說，「直昇機不是飛機，它是空中載具。」

「謝謝你的資訊。如果我用錯術語，我向你道歉。」

「噢，」海軍指揮官說，「搞錯的人比比皆是。所以，海軍直昇機你們是一架都不要？」

「不要。」

「剛才我在跟警政署長談話，得到的印象不是這樣。」

「這當中必定有誤會。」

「我懂了。那麼再見了，組長。」

「再見，指揮官。」馬丁・貝克禮貌地回說。

結果一整天都是這樣。老是有人不斷逾越他的職權做出決定，然後再一陣爭辯後又收回去，他多半以好言勸服收場，但有時卻也不得不臉紅脖子粗、拉大嗓門。

不過，整個計劃現在已經部署完畢，在國王島街執勤的人當中，米蘭德尤其勤奮，雖然他依然是默默耕耘，一如平常。其他人也沒閒著，拿隆恩來說，就被指派了一項非常耗時的任務。他一整天只在總部露過一次面，帶著他的大紅鼻子和厚重的眼袋。剛瓦德．拉森立刻問他：

「隆恩，事情怎麼樣了？」

「噢，我想還可以。不過這個差事比我當初所想的還費時。明天我也沒多少時間，頂多十五分鐘吧。」

「應該是十二或十三分鐘。」剛瓦德．拉森說。

「噢，天哪，天哪。」

「保重啊，埃拿。」

馬丁．貝克盯著隆恩的背影。剛瓦德．拉森和隆恩，兩個南轅北轍的人，卻深知彼此最細微的心意，他們甚至是朋友，真正的摯友。馬丁．貝克一直覺得很難與隆恩共事，要說下班後聚會，或是談點工作之外的事，那更是絕無可能。他反而覺得跟剛瓦德．拉森合作還比較容易，雖然他態度粗魯，言語往往也相當粗鄙。他們的關係有個很糟的開始，即使多年下來有所改善，但現在依然稱不上是朋友。

整個計劃似乎沒有問題了，而且一直沒有張揚，一如馬丁．貝克當初的期望。屆時會有幾個人手持來福槍駐守在屋頂上，不過人數不會多；他們還會搜索車隊路線沿路上的公寓和閣樓，不過只是幾棟，不是全面。

麥勒手下的近距離安全專家應該很容易交差。當然，某些地方會比較敏感，例如參議員抵達機場和他拜訪皇宮之際。對先王的致敬儀式可能也算，而儀式現在已確定會在里達虹教堂舉行。古斯塔夫六世的陵墓並不在那裡，不過該教堂位在中心位置，就安全觀點來說相當理想。再者，瑞典其他的君主也多半長眠在那裡，所以，管他的。

這自然會牽涉到時間表的異動，不過要調整很容易。

這位貴賓的所有預計活動都已在報上披露，各家報社為了挖出最細微末節的內幕，簡直使盡渾身解數。媒體對於這件事是有若干批評，不過截至目前為止，警方還沒有被任何人砲轟。

十一點十分，馬丁・貝克將辦公室的燈光全關掉，所有靠走廊的門也一一鎖上，只是他心頭隱隱不安，總覺得忽略了什麼。但是什麼？他不知道。

他不想獨自過夜，所以回到黎雅的住處。她在星期三晚上通常門不閉戶，好讓房客和其他人能自由出入。他現在非常需要找個人談談，而且這個人的思緒不會總在警察圈裡打轉，尤其不會三句不離訓練有素的神槍手、天馬行空的炸彈和直昇機。他的專屬司機已經下班，所以他請巡邏警車載他一程，在富雷吉路，也就是黎雅住處的轉角街口下了車。

馬丁・貝克離開總部四分鐘後，剛瓦德・拉森搭電梯上樓來。他拿鑰匙開了鎖，扭亮自己的桌燈，注意到燈泡還是熱的。

是貝克，他心想，不然還會有誰？

他渾身濕透，頭髮雜亂。幫派、宵小、盜匪、酒鬼占據了窗外那個混雜著黑暗、寒冷和雨水的世界。

剛瓦德・拉森很疲倦。他昨晚沒睡，只是睜著眼，任由ULAG和幾個總統飛來飛去的頭顱在他腦海裡轉個不停。今天他誤了中餐也誤了晚餐，又因為埃拿・隆恩亟需幫手，他為了幫他，接連好幾個小時都在戶外。無論是生理或心理，剛瓦德・拉森的體魄都令人肅然起敬，但他畢竟不是金剛不壞之身。

辦公室裡有個濾煮式咖啡壺，而他抽屜裡放著幾個糖包和茶包。他在咖啡壺裡倒了水，插上插頭，等著水開。他從小就知道，用茶包泡茶的滋味，就像把保險套丟進茶壺裡一樣，可是此時此地他別無選擇。

等到茶泡得差不多了，他從桌上拿起自己的專用杯子——別人都用塑膠杯——這才在辦公桌旁坐下，一口氣連喝好幾口暖暖身體。接著，他拿出公事包裡所有的文件，開始研究。他的心情很糟，深鎖的眉頭讓他鼻梁上方出現一道深溝。沒多久，就連他金黃色的眉毛也糾結在一起。

一定有個地方會出紕漏，他敢打包票。

但會是什麼地方？

他從米蘭德的辦公桌上取來安全局擬定的近距離安全計劃。那份計劃簡直難以卒讀，全是密密麻麻的縮寫，但他還是逐頁慢慢摸索下去，還把附表和圖表仔仔細細讀過。

就和小組的其他成員一樣，他必須承認，這套計劃看似無懈可擊。艾瑞克・麥勒是專家，他的評估很正確，但不管怎麼說，近距離安全總是比較容易搞定。

麥勒所謂的「敏感區域」，將會從午夜開始實施管制。剛瓦德望望壁鐘。還差九分鐘就十二點了。所以，文件中提及的四百名安全警察目前正在出門的路上淋雨。

他把文件推向一旁，繼續思索遠距離的保護措施。羅格階台是個理想地點，但這不只是對麥勒而言；雙雙站在階台上的國王和那個該下地獄的美國人，有如站在一個平台上，不管是駐守在布萊西島還是史蓋泊港的遠距離狙擊專家，都能看得清楚，更別說從史卓曼港和沿岸各碼頭的船隻了。

可是，他真有緊張的理由嗎？五個長於思考的人——他自己、貝克、米蘭德、隆恩、史卡基——不都指出了全部的危險所在？通往史蓋泊港的橋梁幾個小時前即已封鎖，沿著布萊西碼頭的建築也經過嚴格檢查，尤其是有許多窗戶的格蘭大飯店。

剛瓦德．拉森嘆了口氣，漫不經心地翻著文件。羅格階台底下的地下水道和隧道不多，而且檢查容易，只要檢查者穿件不錯的橡膠雨衣或是不介意毀了衣服。

壁上的鐘響了。十二點整。

他看看自己的錶。那個壁鐘照例又報錯了時間，準確地說，是慢了一分又二十三秒。他起身，打算將它調到正確時間。

這時候，有人在門上敲了一聲。

小組的人從不敲門，所以一定是別人。

「進來。」剛瓦德．拉森說。

一個女孩走進房間。噢，應該說是個女人。她看起來約介於二十三到三十歲之間。

她望著剛瓦德．拉森，躊躇片刻後說：

「嗨。」

「你好。」剛瓦德．拉森的語氣相當保留。他背對書桌站著，雙臂抱在胸前。「有何貴幹？」

「我認得你，你是制暴組的剛瓦德．拉森。」她說。

他完全沒答腔。

「不過你可能不認得我。」

剛瓦德・拉森看著她。金色偏灰的頭髮，藍色眼眸，五官一般。身材很高，約莫五呎十吋左右，長得不賴，穿著簡單，但是仔細搭配過：灰色套頭衫，燙得筆挺的藍色長褲，一雙低跟鞋。她看起來很冷靜，不像心裡有鬼的樣子。不過他可以確定，他從來沒見過這個女人。他皺起眉頭，淡藍色的眼睛盯著她。

「我叫露絲・薩孟森，」她告訴他，「我在這裡工作，調查局。」

「什麼職務？」

「助理警員，」她說，「我正在值班。換句話說，現在只是休息一下。」

剛瓦德・拉森想起他的茶。他半轉過身，拿起杯子一飲而盡。

「你要不要看我的識別證？」她問。

「要。」

她從長褲右後方的口袋掏出識別證，遞給他。剛瓦德・拉森看得很仔細。二十五歲，應該沒錯。他將證件遞還給她。

「你有什麼事？」

「我知道貝克組長、督察長和警政署長成立了一個特別小組，你是他們底下的成員。」

「只要提貝克就好。你是從哪裡聽來的？」

「噢，你也知道這裡閒言閒語很多，而且……」

「而且什麼？」

「噢，他們說你們在找一個人，那個人的名字我不是很確定，不過我聽過他的長相描述。」

「在哪裡聽到的？」

「辨識部門。我有個朋友在那裡工作。」

「如果你有話要說，拜託就直說好嗎？」剛瓦德．拉森說。

「你不請我坐下嗎？」

「不，我不想請你坐下。什麼事情？」

「呃，幾個星期前——」

「到底是什麼時候？」剛瓦德．拉森打斷她，「我只關心事件本身。」

她看著他，露出逆來順受的眼神。

「事實上是十一月四日，星期一。」

剛瓦德．拉森點點頭，像是某種鼓勵。

「十一月四日星期一那天發生什麼事？」

「噢，我跟一個朋友約好去跳舞。我們去到雅瑪蘭蒂飯店——」

剛瓦德・拉森立刻打岔。

「雅瑪蘭蒂？那裡能跳舞？」

她沒答話。

「雅瑪蘭蒂有跳舞的地方？」他又問了一遍。

她好像一下子膽怯起來，搖搖頭。

「那你跟你朋友去做什麼？」

「我們……我們走進酒吧。」

「一起進去的？」

「不是。」

「然後呢？」

「我碰到一個丹麥來的生意人，他說他叫約格森。」

「嗯，然後？」

「然後我們就回到我的住處。」

「嗯哼，然後呢？」

「你認為呢？」

「我從來不先入為主，」剛瓦德．拉森說，「尤其事關別人的私生活時。」

她咬咬唇。

「我們就在一起了，」她放膽說道，「說得好聽點，就是睡在一起。後來他就離開了，之後我沒再見過他。」

剛瓦德．拉森右邊的太陽穴爆起一根青筋。他繞著桌子走一圈，坐了下來。接著，他的右拳往桌面上一捶，力氣大得把壁鐘都給震停了，使得錯誤的時間錯得更多——現在是慢了一分三十三秒。

「這是什麼爛玩笑？」他氣憤地說，「你要我做什麼？貼出告示，說我們警方提供免費女人，只要去雅瑪蘭蒂飯店找她就行？請問你的工作時間是何時，星期一的五點到十一點嗎？」

「我得說，我沒料到你的心態竟然這麼保守和古板。」她說，「我二十五歲了，單身又沒小孩，目前也不打算有任何改變。」

「二十五歲？」

「而且單身沒小孩。你是打算告訴我，我無權擁有自己的性生活嗎？」

「不，」剛瓦德．拉森說，「你當然有權利。只要我沒份就好。」

「我想我可以保證，你絕對不會有份。」

剛瓦德・拉森聽出這句話的挖苦意味，拳頭再度朝桌上一捶，這一回則是力道猛得他從手掌一路痛到手肘。他做了個鬼臉。

「女警坐在旅館酒吧裡釣男人，還到處鬼扯什麼丹麥人的事。」他說。

他看看停擺的壁鐘，又看看自己的錶。

「咖啡休息時間結束，」他說，「出去！」

「我過來是想幫忙，」她說，「不過顯然我是在浪費時間。」

「顯然。」

「那其他的我就不告訴你了。」

「我對這種色情的細節沒興趣。」

「我也是。」她說道。

「那你說的其他是指什麼？」

「我喜歡這傢伙，他教養良好，個性和善，其他方面也很行。」她冷冷看著剛瓦德・拉森，「甚至可說是非常行。」

剛瓦德・拉森沒說話。

「十天後，我打到他說他住的旅館。」

「噢？」剛瓦德．拉森說。

「沒錯，結果旅館櫃台說，旅館裡沒有這個名字的客人，從來不曾有過。」

「太有趣了。他很可能專門到各國去釣女警，好寫一本性學報告。說不定會是本暢銷書呢。你沒有要他簽切結書，保證到時候分你一杯羹？」

「你這個人真是不可理喻。」她說。

「你這麼覺得？」剛瓦德．拉森禮貌地說。

「總之，昨天我碰到我朋友。你知道，那天在我跟他回我住所之前，她和他聊了幾句。」

「你住在哪裡？」

「卡爾拉路二十七號。」

「謝謝。如果我收到一本地址簿當耶誕禮物，我會把你的地址寫進去。」

她臉上現出怒容，不過努力克制著。

「不過我不會收到耶誕禮物。」剛瓦德．拉森像是閒話家常地說，「我的耶誕禮物都是自己買。」

「我那位朋友在丹麥工作了很多年，她說，如果他是丹麥人，那他一定來自非常奇怪的地區。我朋友說，他講的是本世紀初的丹麥語。」

「你朋友年紀多大？」

「二十八。」

「從事什麼職業？」

「她在大學裡研究斯堪地那維亞的各種語言。」

這世界上有很多事剛瓦德・拉森都不信任，大學教育就是其中之一。不過，他看來開始若有所思。

「繼續。」他說。

「今天，我打開外籍人士的登記簿查了查，上頭也沒有這個名字。」

「你說他叫什麼名字來著？」

「雷哈德・約格森。」

剛瓦德・拉森起身走到米蘭德的桌旁。

「他長得什麼模樣？」

「跟你挺像的，只是比你年輕個二十歲，而且他有鬢角。」

「他的身高呢？跟我一樣高？」

「差不多。不過他的體重一定比較輕。」

「像我這麼高的人不多。」

「他可能比你矮個幾吋。」

「他說他叫做雷哈德？」

「對。」

「他有沒有什麼容易辨識的特徵？」

「沒有。他全身上下都曬成古銅色，除了……」

「除了什麼？」

「除了男人那幾個通常不會被太陽曬到的地方。」

「他會說丹麥語？」

「對。在我朋友提起那件事之前，我一直以為他說得很道地。」

剛瓦德．拉森從米蘭德的信件卷宗裡抽出一個棕色信封。他拿在手上掂了掂，接著拿出一張七乘十的照片。他遞給露絲．薩孟森。

「他長這個樣子嗎？」

「沒錯，就是他，不過我敢說，他這張照片看起來老了兩歲，至少兩歲。」她仔細端詳照片。「畫質很差。」

「這是從一張底片很小的團體照上抓下來放大的。」

「總之，就是他沒錯，我很確定。他的真名是什麼？」

「雷哈德・海伊特，好像是個南非人。他有沒有說他在這裡做什麼？」

「做生意，買賣一些複雜機械之類的。」

「而你在四日的晚上遇到他？」

「對。」

「他一個人？」

「是的。」

「你最後一次看到他是什麼時候？」

「隔天早上，大約六點。」

「他有車嗎？」

「至少他沒開來。」

「他有說他住在哪裡嗎？」

「格蘭大飯店。」

「你還知道其他什麼事情？」

「沒有了。」

「好。謝謝你過來一趟。」剛瓦德．拉森現在和善多了。

「不客氣。」

「我剛才說了幾句沒經大腦的話。」

「關於警方免費提供女人之類的？」她面露微笑。

「不是，」剛瓦德．拉森說，「是關於女警的。我們其實需要更多女性員警。」

「我的咖啡時間真的要結束了。」她邊說邊轉身，打算離開。

「等一下，」剛瓦德．拉森指節輕輕敲著照片，「這傢伙非常危險。」

「對什麼人危險？」

「每個人，任何人。如果你再見到他，要讓我們知道。」

「他殺過人嗎？」

「殺過很多，」剛瓦德．拉森說，「太多了。」

•

最後，馬丁・貝克度過了一個相當愉快的夜晚。他來到黎雅家時，廚房桌邊已經圍了七、八個人，其中有幾個他以前見過。

有個叫肯特的年輕人，幾年前曾說想加入警察，但自從上回見面後，馬丁・貝克就再也沒有見過他，於是問他事情進行得如何。

「你是說在警察學院？」

「是的。」

「我進去了，但讀到一半就離開了。那裡簡直是個瘋人院。」

「那你現在在做什麼？」

「在衛生部門，當個收垃圾的工人，也算他媽的有點長進吧。」

一如往常，黎雅廚房飯桌邊的話題一個接一個，既生活化又自然順暢。馬丁・貝克默默坐著，感覺心情很輕鬆，還不時啜一口酒。他本來打算最多就喝一杯。那個聲名狼藉的參議員席間只被提及一次，有人打算去示威抗議，也有人認為對政府抱怨幾聲就算了。接著黎雅開始談起法國南部卡斯肯尼省的鮮魚湯和龍蝦，又談到布列塔尼，算是為政治論述劃下句點。

她星期天要出門，去幫一個永遠需要幫忙的姊妹。

凌晨一點，她把所有的客人都噓出門，當然，除了已經不能再算是客人的馬丁・貝克。

「如果你現在不上床去睡，明天絕對會累垮。」她說。

她也一樣立刻上了床，可是半個鐘頭後，她不得不又起身下床走進廚房。馬丁・貝克聽到她在弄爐火，可是他實在太累了，連火腿乾酪烤三明治都沒有力氣去想，所以躺著沒動。

她片刻後回來，在床上東翻西轉了好一陣子，這才偎依著他躺定。她的身軀很暖，皮膚柔軟，長著幾乎看不見的金色汗毛。

「馬丁？」她輕聲喊他，看他睡著了沒。

「嗯？」

「我有事要告訴你。」

「嗯。」

「你上個星期四過來的時候，你很累，比我早睡。所以我讀了一、兩個鐘頭的東西。你知道我這個人好奇得要命，所以我打開了你的公事包，把你的文件全看了一遍。」

「嗯。」

「裡面有個檔案，裡頭有一張照片，那個人叫雷哈德・海伊特。」

「嗯。」

「於是我就想到一件可能很重要的事。」

「嗯。」

「三個星期前，我曾經看到那個傢伙。是一個年約三十、身材高大的金髮男人。我們不期而遇，就在你科曼街的住處外面。後來我們一起走過波哈斯巷。他只在我後面兩步路，所以我就讓他先過。他看起來像個北歐人，我還以為他是觀光客，因為他手上拿著斯德哥爾摩的地圖。他留著鬢角，是金黃色的。」

馬丁・貝克突然驚醒。

「他有沒有說什麼？」

「沒有，一個字也沒說，只是走過去而已。可是幾分鐘後我又看到他。他登上一輛掛著瑞典車牌的綠色汽車。我不懂車，不知道那是什麼車型。不過我一定是特別看了看車牌的字母，因為我記得有GOZ的字樣，但數字我就忘了。我也不確定到底看到數字沒有，我對數字的記性很差。」

黎雅還沒來得及下床，馬丁・貝克就已經來到電話機旁，撥著拉森家的電話。

「說到離開情人的床，你剛刷新了世界紀錄。」她說。

馬丁・貝克等得不耐煩了。電話鈴聲響了十二次，一直無人接聽。

他掛上電話，打給總機室。

「你知不知道剛瓦德・拉森是不是在辦公室裡？」

「他十分鐘之前還在。」

馬丁・貝克請他轉接到制暴組。電話一響就有人就接了。

「拉森。」

「海伊特人就在城裡。」

「沒錯，」剛瓦德・拉森說，「我也是剛剛才知道。一個女警，在調查局任職的助理警員，品味好到四日當晚曾經和他一夜春宵。她似乎很篤定那個人就是他。他假稱是丹麥人，據她說，那人很不錯，說的是北歐語。」

「我也有個證人，」馬丁・貝克說，「大約三星期前，一個女人在舊城的科曼街看到他。她還看到他進入一輛掛著瑞典車牌的車，她認為他是往南開。」

「你的證人，」剛瓦德・拉森說，「可靠嗎？」

「是我見過最可靠的人。」

「噢，我懂了。」剛瓦德・拉森靜默片刻後又說，「那個混蛋將了我們一軍。但我們沒時間了，我們該怎麼做？」

「我們得好好想想。」馬丁・貝克說，「你派一輛巡邏車過來，我二十分鐘後跟你會合。」

「要不要我找史卡基和米蘭德？」

「不要，讓他們好好睡，總得有人好好休息來應付明天。你自己呢，感覺還好嗎？」

「剛才我累得半死，但現在精神又來了。」

「我也是。」

「嗯，」剛瓦德·拉森說，「我想我們今晚不可能睡覺了。」

「沒辦法。只要能逮到海伊特，很多風險都可以避掉。」

馬丁·貝克掛上電話，開始穿衣服。

「他有那麼重要嗎？」黎雅問。

「非常重要。再見，謝謝你做的一切。我們明天晚上見，好嗎，在我那裡？」

「當然好。」她開心地說。

她早就計劃好要到那裡去看新聞報導，因為馬丁·貝克的住處有彩色電視。

他離開之後，黎雅躺在床上思索良久。她的心情幾分鐘前還好端端的，現在卻沮喪莫名。

黎雅的直覺相當敏銳，而她不喜歡現在這個情況。

19.

花了好幾個小時，剛瓦德．拉森和馬丁．貝克在凌晨竭力思索，只可惜自責、羞愧加上極度的疲倦，讓他們有心無力。兩人都領悟到自己已不再年輕了。

儘管有重重的嚴格防堵措施，海伊特還是潛進了瑞典。由此可以合理推論，這個破壞組織的其他成員也在斯德哥爾摩，而且已經潛伏了好一陣子，因為海伊特獨自作案的可能性微乎其微。

他們對雷哈德．海伊特所知不少，可是這個人會藏身何處、打算做什麼，他們卻毫無頭緒，只能臆測。最糟的是，他們沒有時間找出答案了。

他有一部自用的綠色轎車，掛著瑞典車牌，年份和車型都不清楚，車牌字母可能是GOZ。那部車是從哪裡弄來的？是偷來的嗎？沒必要冒這種風險，而且海伊特應該不會冒不必要的風險。不過，他們還是以最快速度查遍報失車輛的資料，無一符合。

也有可能是買或租來的，但要查核所有可能的資料，得耗上好幾天、甚至好幾個星期。他們只剩幾個小時了，而且在這幾個小時裡，目前安靜的辦公室將會變得極度混亂。

史卡基和米蘭德在七點鐘來到辦公室，得知最新進展後臉都綠了，隨即埋首工作，開始打電話。可是實在太遲了，一群突然認為非露面不可的人，隨著信差接踵而至，簡直跟旋風沒有兩樣。警政署長才來過，緊接著是史提格・莫姆、斯德哥爾摩市警局局長和保安首長。不久，容光煥發的推土機也來到辦公室，然後是消防署一個不請自來的代表；兩名督察，後來才發現他們來訪純粹是因為好奇。堪稱高潮的是，內閣也派了一位大臣過來，顯然是想以觀察員的身分觀禮。

在這當中，艾瑞克・麥勒獨一無二的亂草頭髮也在人群中驚鴻一瞥，但現在每個人都已放棄，知道不可能好整以暇去做什麼事了。

剛瓦德・拉森知道，他絕對不可能回家去洗澡換衣服。馬丁・貝克要是也有類似的盤算，這個奢望也很快就破滅了，因為從八點半開始，他就講電話講個沒完，而且對象多半是那些和參議員來訪沾不上邊的人。

就在一片鬧哄哄當中，幾個專跑刑案的名記者也設法混進總部，試圖蒐集涓涓滴滴的資料。大家都認為這些新聞記者的立場偏向警方，所以也不敢得罪他們。

雖然一個記者就在幾呎外，署長還是轉頭問馬丁・貝克：

「埃拿・隆恩在哪裡？」

「不知道。」馬丁・貝克沒說實話。

「他在做什麼？」

「我也不知道。」馬丁・貝克說。這更不是實話。

他設法擠出人群，只聽到署長喃喃自語道：

「了不起，指揮成這個樣子，還真是了不起。」

十點過後未久，隆恩打進來。在一大堆的「如果」和「可是」之後，總算接上剛瓦德・拉森。

「嗨，我是埃拿。」

「都準備好了嗎？」

「好了，我想。」

「很好，你一定累壞了。」

「沒錯，我得承認我真的好累。你呢？」

「我快樂得像隻被人分屍的豬，」剛瓦德・拉森說，「昨天晚上根本沒睡。」

「我只睡了大概兩個鐘頭。」

「總比沒有好。從現在開始你得非常小心，好嗎？」

「好，你也是。」

剛瓦德・拉森沒有對隆恩提到海伊特，一方面是因為周遭有太多外人，一方面也因為這個消息只會讓已經夠緊張的隆恩更加緊張。

剛瓦德・拉森又推又擠地穿過人群走到窗邊，故意背對眾人，向外張望。他只看到施工中的警察新總部和一小塊灰暗的天空。天氣和預期的差不多，接近冰點的溫度，冷冽的東北風，外加陣陣雨雪。對大批在戶外執勤的員警來說，這種天氣可不好玩，不過對示威者來說也一樣。

十點過半，馬丁・貝克設法把剩下的三個同事從混戰當中拉開，帶頭走進最近的一間辦公室。剛瓦德・拉森一進門就立刻將門鎖上，又拿下所有電話的話筒。

馬丁・貝克簡短說道：

「只有我們四個知道雷哈德・海伊特就在城裡，而且整批訓練有素的恐怖小組成員很可能也都在。你們有沒有人認為，這個情況應該讓我們更動計劃？」

沒有人回答。米蘭德取出口中的菸斗，幽幽說道：

「就我看來，我們早就料到會有這個情況。所以我不認為現階段有修正計劃的必要。」

「隆恩跟他那一群人馬會有什麼樣的危險？」史卡基問。

「非常大的危險，」馬丁・貝克說，「這是我的個人觀點。」

只有剛瓦德・拉森的發言沒有切題。

「不管他們有沒有把這個美國人炸成碎片，這個該死的海伊特還是他的黨羽要是活著逃出瑞典，我會認為那是我個人的奇恥大辱。」

「或是用槍射死他。」史卡基說。

「用槍射擊應該是不可能。」四平八穩的米蘭德說，「所有的遠距離安全措施就是為了防範這個。當他在防彈車外露面時，會受到佩帶自動步槍和身穿防彈衣的警察嚴密保護。再說，根據我們的計劃，所有相關區域從昨天午夜起就不斷在進行搜查。」

「今晚的國宴也是嗎？」剛瓦德．拉森冷不防冒出一句，「他們也用防彈酒杯讓那個混帳喝香檳？」

只有馬丁．貝克爆出笑聲，聲音不大，但很開懷，連他自己也驚訝在這種情況下自己竟然還笑得出來。

米蘭德很有耐心地說：

「國宴是麥勒的事。如果我們的計劃無誤，今晚所有在斯陀馬斯特值班的人，都是武裝的安全人員。」

「食物呢？」剛瓦德．拉森又說，「難道麥勒要親自下廚？」

「廚師都很可靠，而且會被徹底搜身，也會受到嚴密監督。」

片刻的靜默。米蘭德不斷吞雲吐霧，剛瓦德・拉森打開窗戶，讓刺骨的寒風夾雜著些許雨雪，再連同慣有的油污和工業廢氣灌進屋裡。

「我還有一個問題。」馬丁・貝克說，「有沒有人認為，我們應該警告國安部門首長，說海伊特已經在斯德哥爾摩，而且說不定ＵＬＡＧ也是？」

剛瓦德・拉森不屑地朝窗外吐了一口痰。

做出合理結論的依然是米蘭德。

「在最後一刻告訴艾瑞克・麥勒，也不可能讓他的規劃或近距離安全計劃變得更好，對吧？說不定還會適得其反，使得他們做出混亂、互相矛盾的命令。承擔近距離保護的同仁已經組織好了，也清楚自己的任務。」

「好吧，」馬丁・貝克說，「不過你們該知道，有幾個細節——其實不只幾個，只有我們四個知道，而隆恩也略知一二。事情要是出了差錯，首當其衝的會是我們。」

「這點我沒有異議。」史卡基說。

剛瓦德・拉森再次不屑地往窗外吐痰。

米蘭德暗自點了頭。他當了三十四年的警察，眼看就要五十五了，如果遭到停職或解職，他的損失可不小。

「不，」他終於說出口，「我沒辦法像史卡基那樣，說我沒有異議。不過我已經準備好承擔深思熟慮過的風險，這就是一個。」

剛瓦德．拉森看看腕錶。馬丁．貝克順著他的視線望去，說：

「沒錯，時間就快到了。」

「我們還是切實按照計劃行事？」剛瓦德．拉森問。

「對，只要情況沒有突如其來的大變化。至於是不是巨大變化，我讓你們自己判斷。」

史卡基點點頭。馬丁．貝克說：

「剛瓦德和我會搭上一輛跑得最快的警車，一輛保時捷，因為我們必須快速通過車隊，必要時還要迅速往回開。」

這種具有神奇速度的黑白跑車，警方這邊加起來不會超過半打。

「班尼和斐德利克，你們兩個要坐在無線電控制車裡，設法走在車隊最前面，也就是防彈的禮賓車和警護的車隊之間。這樣你們可以追蹤廣播和電視的報導，同時監聽我們的無線電。除了司機，我還會派個無線電專家給你們，他是這領域數一數二的高手。」

「很好。」米蘭德說。

他們回到指揮中心。現在只剩下市警局局長一人了。他站在鏡子前，仔細梳著頭髮。接著他檢視領帶，他一向只打單色絲質領帶，今天這條是淺黃色的。

電話鈴響，史卡基去接。在一段聽不出頭緒的簡短對話後，他掛上話筒說道：

「是安全局的麥勒。他表示很驚訝。」

「有話快說，班尼。」馬丁・貝克說。

「他很驚訝，他有個手下竟然名列突擊小組的名單上。」

「他媽的哪來的突擊小組？」剛瓦德・拉森說。

「那人叫做維克特・包森。好像是麥勒今天早上過來的時候，拿走了那份CS名單。他說他要這個突擊小組擔任重要的近距離安全任務。包森這個人既然列在名單裡，那麼從現在開始，這個小組的人就要聽他指揮。」

「天上地下所有的神明和聖賢哪！」剛瓦德・拉森大叫。「這不可能是真的！他拿走了那張白痴名單，那個蠢蛋小組！那些只會玩圈圈叉叉遊戲的人！那個名單列的是只能坐在辦公室裡值勤的人！」

「無論如何，名單現在在他手上，」史卡基說，「而且他沒說是從哪裡拿到的。」

「你的意思是，他以為你CS那兩個字母的縮寫，代表的是Commando Section—突襲小組？」馬丁・貝克說。

「不會吧！」剛瓦德．拉森的拳頭敲著腦袋，「怎麼可能！他有沒有說他要拿那份名單做什麼？」

「他只說是要承擔重要的任務。」

「例如保護國王？」

「如果事關國王，那我們還有時間搞定，」馬丁．貝克說，「如果不是……」

「那他媽的我們也無法可想，」剛瓦德．拉森說，「因為我們現在就得走了。這個混蛋加三級！」

他們坐上車，經過市區時他又說：

「是我的錯。我為什麼不直接寫『蠢蛋小組』就好？為什麼不把它鎖進抽屜？」

護航的車輛陸續駛向機場。剛瓦德．拉森擇道國王街和西維爾路，這樣才能看到全貌。到處都是制服警察，便衣也不少，多半是從鄉下地方調來的幹員和警官。警察背後已經聚集了一大群舉著標語牌的示威者，還有更大一群好奇的普通老百姓。

市立圖書館對面、里亞多戲院前的人行道邊，站著一個馬丁．貝克熟悉的人。看到他出現在現場，馬丁嚇了一跳。就警察來說，那人的身形不算魁梧，風霜滿面的臉配上短短的八字腿。他穿著一件帶風帽的外套，灰、棕、綠三色條紋相間的細筒長褲，褲管就塞在綠色長筒橡膠靴裡，腦袋瓜後頭隨意戴著一頂說不出顏色的狩獵帽。沒有人會想得到他是警察。

「這邊停一下，可以嗎？」馬丁．貝克說，「停在那個頭戴獵獅帽的傢伙旁邊。」

「他是誰？」剛瓦德．拉森邊踩煞車邊問，「祕密情報員，還是哪個偏遠地區的特務頭子？」

「他姓郝萊，」馬丁．貝克說。「黑格特．郝萊，是安得斯勒夫的探員，一個位在馬爾摩和西達特之間、屬於特樂柏轄區的小地方。他出現在這裡到底是幹嘛？」

「說不定是打算到蛇麻花公園抓老鼠。」剛瓦德．拉森停了車。

馬丁．貝克打開車門，說：

「黑格特？」

郝萊看著他，面露驚訝。接著他把狩獵帽的帽緣往下一拉，把那雙骨碌碌的眼睛蓋住了一隻。

「黑格特，你在這裡做什麼？」

「其實我也不知道。我是今天一大早被一架包機載過來的，裡頭全是馬爾摩、西達特、倫德、特樂柏那些地區的警察。然後我就被放在這裡了。我連自己身在何處都不知道。」

「你在歐丁路和西維爾路之間的街角。」馬丁．貝克說，「如果一切順利，護衛車隊會往這個方向過來。」

「不久前還有個醉漢跑來，要我幫他去烈酒專賣店買酒。我想他是吃了閉門羹。我看起來一定像個鄉下土包子。」

「你看來很稱頭啦。」馬丁．貝克說。

「上帝保佑大家，你看看這是什麼天氣！」郝萊說，「還有，這是什麼可怕的地方。」

「你身上帶著傢伙嗎？」

「有，我們奉命要帶。」

他鬆開大衣，露出別在腰間的一支大左輪槍，剛瓦德．拉森也習慣這樣佩帶，不過他比較喜歡自動手槍。

「你是這個馬戲團的頭頭？」郝萊問。

馬丁．貝克點點頭說：

「你離開的時候，安得斯勒夫情況如何？」

「噢，還好。現在是艾維特．姚韓森在代我的班，反正大家都知道我後天就會回去，所以也沒有人敢搞鬼。自從一年前出了那檔子事之後，什麼事都沒發生。我是說你也在那裡的那時候。」

「你請我吃了一頓超棒的晚餐。」馬丁·貝克說，「今晚跟我一起用餐可好？」

「你是說我們去獵雉雞那次嗎？」郝萊大笑，接著才回答。「好，我很樂意。只是我老是接到一大堆奇怪的命令。今晚我得在某個空屋過夜，跟其他十七個弟兄。他們說那地方叫總部。老天，我也不確定。」

「那沒關係，我去跟保安警察的主管說一聲就好。目前他其實是我的手下。你有我的電話號碼和地址吧？」

「有，」郝萊拍拍後褲袋。「這位老兄是誰？」

他詢問的目光瞥向剛瓦德·拉森，可是拉森毫無反應。

「他叫剛瓦德·拉森，平常在制暴組工作。」

「可憐的傢伙，」郝萊說，「我聽說過他。可怕的工作，這麼大的塊頭擠在這麼小的車裡。對了，我叫黑格特·郝萊，名字傻氣，不過我也習慣了，在我老家安得斯勒夫已經沒有人取笑我了。」

「我們得走了。」剛瓦德·拉森說。

「好，」馬丁·貝克說。「那麼今晚我家見。要是有什麼事情耽擱，我們再互相通個電話。」

「太好了。不過，你認為會有什麼特別的事發生嗎？」郝萊問。

「勢必會有事發生，不過很難說是什麼。」

「嗯，」郝萊說，「只希望別發生在我身上。」

他們互道再見後，車子繼續前進。剛瓦德．拉森開得飛快，但這種車本來就是用來飆速的。

「那個人看來還不錯，」剛瓦德．拉森評論道，「我還以為像他那樣的警察都離開了。」

「我們還有幾個，不多就是。」

到了諾土爾路，馬丁．貝克說：「隆恩現在在哪裡？」

「藏得好好的。不過我有點擔心他。」

「隆恩不會有事的。」馬丁．貝克說。

這整個路線布滿警察，眾多示威者也四散在他們身後。當初警方估計會有將近一萬人上街抗議，但這個數字恐怕是低估了，三萬人還差不多。

他們開到了國際線班機的入境大樓，看到那架專機正準備降落。行動已經開始。

他們聽到警用頻道裡一個刺耳的聲音宣布：

「從現在開始，所有無線電單位都要遵守Q訊號。我再重複一遍：所有無線電都要調整到

Q訊號，除非聽到解除的命令。本台只傳達貝克組長的指令，而且不得回覆。」

Q訊號極不尋常。它代表警用頻道要完全消音，什麼聲音也沒有。

「媽的，我沒時間洗澡換衣服了，」剛瓦德·拉森說，「都是該死的海伊特的錯。」

馬丁·貝克覷了他同事一眼，注意到剛瓦德·拉森的模樣其實比他自己還好得多。

剛瓦德·拉森在機場大廈外頭停車。飛機尚未完全落地。即使發生這麼多事，他們還有很多時間。至少幾分鐘。

20.

亮閃閃的噴射機落地了，比預定時間提早了十二分又三十七秒。接著它滑行到一個艾瑞克·麥勒親自認可為不具危險性的地點。

活動梯放下，也是比預定時間提早了十二分又三十七秒，參議員踏出機艙。他身形高大，皮膚曬成古銅色，臉上帶著迷人微笑，一口潔白光亮的牙齒。

他環目四顧，看看荒涼的機場和周遭的矮樹叢，接著舉起白色的寬邊牛仔帽，開心地對著觀禮台上的示威群眾和警察揮起手來。

剛瓦德·拉森心想，這個人的視力大概很差，錯把寫著「美國佬滾回去」、「殺千刀的殺人兇手」等標語牌和橫幅看成是「下任美國總統萬歲」。說不定他還把那些毛澤東和列寧的照片看成是自己的玉照，雖然他們長得不太像。

參議員步下飛機，臉上依然掛著笑容，開始和機場主管及某個政府大臣握手。他身後的階梯上站著一個高頭大馬、穿著寬格紋大衣的男人。那男人的臉活像是花崗岩削出來的，而且石頭臉上還插著一支大雪茄，像是在四肢之外平白多出一肢。他的大衣雖然寬鬆，左腋下卻明顯鼓脹。這傢伙一定是參議員的私人保鑣。

瑞典首相也有一名私人保鑣，這在瑞典算是首開先例。這位地主國的政治領袖和另外三名政府官員一直待在貴賓室裡。

麥勒的精英探員將參議員和他的石頭臉保鑣護送進一部從陸軍借調而來的裝甲車內，開了幾百碼送往貴賓室。（麥勒絕不冒任何風險。）

為了嘉惠電視和媒體的攝影記者，參議員趨前和首相握手，一臉誠懇，而且久久不放，不過沒有像上回俄國人來訪那樣，吻來吻去亂親一氣。

首相有點侷促，他是個緊張型的人，五官帶點脂粉味和幾絲憂鬱氣質。無論他散發出何種特質，都絕非他的前輩那種眾所欽慕的陽剛之氣。有不少人分析他的相貌和舉止，都說那明顯是良心不安和心存失望的幼稚表現。

反觀那位參議員，在握手方面倒是快快樂樂。在美國大使館的翻譯員亦步亦趨下，他趨前和房間內的每個人握手。頭一個受到寵幸的是馬丁・貝克，而他的第一個反應是驚訝，這個人的握手力道如此堅定，令人對他信賴感油然而生。

只有剛瓦德・拉森怏怏不樂。他從頭到尾背對著這群人，只是看著窗外。窗外，麥勒的情報員在爛泥巴中跑來跑去，車隊的車輛忙著就位，防彈禮車就停在貴賓室門口。

沒多久，有人拍了他的肩膀，他轉頭一看，是那個口裡插著雪茄的石頭臉。

「參議員要跟你握手。」這位保鑣開口的時候，雪茄輕輕晃動著。

參議員露出更能收攏人心的笑容，眼神直直望進剛瓦德．拉森淡藍色的雙眼。他自己的眼眸是黃色的，像西藏虎。

剛瓦德．拉森猶豫片刻，隨後伸出毛茸茸的右手，用盡全力握下去。這是他在海軍時樂此不疲的遊戲，他緊握不放，直到那位政客的笑容僵成了極度緊繃的鬼臉才鬆開。這些全看在石頭臉的眼裡，但那根雪茄分毫未動。他顯然只有一個表情。

剛瓦德．拉森聽到參議員身後的翻譯員小聲說了「指揮官」和「特別幹員」之類的話。他鬆手時，這位貴賓的五官就像是凝固住了，彷彿它們的主人正蹲在一個戶外的茅房。

攝影記者到處跑來跑去，為了拍出好的角度，又是彎腰又是低首，有一個甚至躺在地上按快門。首相也跑來跑去，保鑣寸步不離地跟著。他急著要離開，可是得先喝完香檳才行，而且現場的電視製作人不斷提醒，他們的進度起碼超前了十二分鐘。

室外的摩托車隊開始轟鳴。那些騎士隸屬於警方的特殊編組，他們之所以加入警界，是因為認為騎著摩托車到處飆很好玩。他們常在警察節和類似的慶典中表演。

米蘭德和史卡基不認為自己有資格進入貴賓室，因此仍待在無線電控制車上。警用頻道目前是完全的靜默，但電視台和廣播電台都有評論員在進行現場播報，他們以莊嚴肅穆的口吻述說這位美國前總統候選人閱歷豐富的政治生涯。他們沒有提到他的意識形態，或是他在國內國外政策上的極端保守行徑，只告訴聽眾他住在哪裡、養的是什麼狗、差一點成為棒壇巨星、妻子也差一點當上電影明星、女兒就像鄰家女孩、他常常親自去超市購物、穿平價成衣（至少選舉期間如此）、私人財產多少（數目很大）、有一回差點因為逃漏稅而受到參議院委員會的審議，幸好因為正好是該委員會的主席而逃過一劫。他的妻子辦了一家慈善孤兒院，收容那些父親在韓戰中喪生的小孩。年輕時代，他曾勸杜魯門總統丟下第一批原子彈，及至年紀稍長，在許多行政部會裡已是不可或缺的大將。他每天早晨會騎上一個鐘頭的馬以迎接新的一天，平常每天也會游泳游個一千碼。一家電視記者——這人顯然不左傾，報導說參議員在「解決」泰國、韓國、寮國、越南、柬埔寨問題上，在在扮演著積極的角色，同時為普遍高齡化的世界政壇，注入了一股新鮮而年輕的氣息。

車隊現已排列就緒，人員也齊備了，比計劃早了一分鐘。

參議員、首相、翻譯員陸續坐進防彈禮賓車的後座。石頭臉也跟著上了車，首相看到他，顯露出幾分驚訝，等到石頭臉在他對面的活動座椅上坐下、雪茄幾乎碰到他的鼻頭，首相這才真的生氣——他自己的貼身保鑣都還得坐另一部車呢。

首相說得一口無懈可擊的英文，所以坐在車裡的翻譯員其實沒有多少事可做。

「好，我們走吧。」

剛瓦德·拉森說，隨即扭開引擎。保時捷開始滑動，馬丁·貝克半轉過頭，看其他車隊是不是和禮賓車保持著一段距離。沒錯。

藍色窗玻璃的車內，參議員饒有興致地看著外頭的鄉間風景，可是除了一堆警察和多得不可思議的示威者之外，他什麼也沒看到，只看到斯德哥爾摩和遙遠機場之間的單調鄉景。他坐了很久，試圖找些讚美的話來說，最後終於放棄，只好轉向首相，露出他最拿手的選舉笑容。

剛才在貴賓室，首相已經用光了所有的外交辭令和陳腔濫調，於是他回以微笑。

參議員不斷舒張他右手的五指。雖然和不計其數的人握過手，他可從沒碰過剛瓦德·拉森那樣的手勁。

過了一陣子，剛瓦德·拉森開進一個休息站停下車，車隊經過他們身邊，井然有序，速度也恰如其分。

「不知道麥勒到底想拿那份蠢蛋名單做什麼。」看著車隊經過時，他說。

「我們遲早會知道。」馬丁·貝克不疾不徐地回道。

剛瓦德・拉森再度發動引擎，油門一踩，一溜煙就趕過車隊。

在通行無阻的情況下，保時捷的時速可達一百四十英里。

「好車，這種車我們有多少？」剛瓦德・拉森說。

「一打吧，」馬丁・貝克說，「最多一打。」

「用來做什麼？」

「載署長到他的鄉間別墅。」

「每一部都是？那個渾蛋一個人要坐十二部車？」

「這些車其實主要是用來抓超速和運毒的人。」

他們離斯德哥爾摩越來越近，然而景色並沒有變得令人振奮一些。參議員再次透過玻璃向外張望，露出聽天由命的表情。

他指望看到什麼呢？首相心頭不懷好意地想著，臉上不自覺地保持微笑。穿著繽紛服飾、衣服上掛著銀鈴的拉普蘭住民？還是背著馴鹿、肩膀上棲著頭罩黑布的獵鷹的原住民？

他發現石頭臉的眼神稍微有了點變化，現在正看著他，所以趕緊開始思索重要的討論議題，例如收支平衡、石油危機、貿易協定。

未久，護航車隊停下，另一輛車身兩邊都印有「警察」大字的保時捷從後頭追趕上來，穿過整個車隊。除了剛瓦德・拉森和馬丁・貝克，只有極少數人知道接下來會發生什麼事。那輛黑白相間的跑車停在禮賓車旁邊，開車的烏莎・托瑞爾往旁一靠，打開左側車門。首相換了車。烏莎一個字也沒說，油門猛力一踩，繼續往斯德哥爾摩方向呼嘯而去。車隊隨即又開始移動。貴賓們興趣缺缺地看著這些程序。這一切前後只花了不到三十秒。

多得出奇的示威群眾聚集在哈加法院北側的大門邊，乍看像是有警民衝突。不過，仔細一瞧，只見警察呆若木雞地站著，反而是示威群眾和一小撮揮舞著美國、阮文紹政權和台灣國旗的反示威者在那邊對抗。

「埃拿在哪裡？」車開過諾土爾路的時候，馬丁・貝克問。

「他人就在那邊那個丹尼摩拉路的街角，」剛瓦德・拉森說，「街道兩頭已經被我們封鎖，不過誰也沒有百分之百的把握，例如萬一住戶起了疑心之類的。」

「他們頂多是打給緊急報案中心或警局總機吧。」

•

在教堂街上那間兩房公寓裡的雷哈德・海伊特很滿意，因為一切進行得非常順利。他和里華洛在所謂的行動中心內，兩台電視都開著，收音機也是，所有畫面和廣播播放的都是同一件事：長久以來，首度有美國知名的現任政治人物來訪。唯獨一件事讓海伊特不開心：

「為什麼我們聽不到警用無線電？」

「他們已經中止廣播，所有車輛也是。」

「有可能是我們的配備出問題嗎？」

「絕無可能。」里華洛說。

海伊特沉思片刻。Q信號代表電台消音，但他的資料上並沒有這樣的訊號，這很可能事有蹊蹺。

里華洛把所有裝備再檢查過一遍，雖然他已經檢查過無數次了。他也試遍各種不同的波長，最後搖搖頭，說：

「真是不可思議，他們真的完全沒有聲音。」

海伊特兀自笑了起來，里華洛好奇地看著他。

「太好了，」海伊特說，「那些白痴想要我們，所以把他們的無線電給關了。」

他的目光瞄向電視螢幕。車隊正經過羅特布魯的ＯＢＳ百貨公司。廣播也在做同樣的報導，還說示威群眾越聚越多。電視評論員則是話不多，只有當攝影機掃到警察和路線東側的人群時，才多說那麼一兩句。

一輛警車一馬當先，在護送隊伍前面五百碼處開道，另外一輛則開在後方五百碼處，以阻擋人車通行。

•

剛瓦德．拉森抬起頭，透過擋風玻璃向外望。

「天上有一架直昇機。」他說。

「對。」馬丁．貝克說。

「它不是應該在賽耶廣場上方嗎？」

「噢，它有的是時間。你要不要猜猜看，是誰坐在那架直昇機裡？」

「參議員，」剛瓦德．拉森開起玩笑，「如果真的是他，那這一招可真是漂亮，你說是吧？直昇機放下鉤子，把他從阿蘭達機場吊上去，最後在國會大樓屋頂把人給放下來？」

「是很漂亮，」馬丁．貝克附和道，「但你認為坐在直昇機裡的是誰？」

剛瓦德．拉森聳聳肩。

「我他媽的怎麼會知道？」

「是莫姆。我曾經告訴他，那是個理想的聯絡位置，他竟然就信了。」

「那當然，」剛瓦德・拉森說，「他迷直昇機迷瘋了。」

•

雷哈德・海伊特的開心時刻到了。他剛才看到哈加法院北側大門邊的打鬥場面，知道那一刻即將到來。

里華洛依然專注地看著那些裝備和線路。

「車隊目前正行經哈加宮南側的大門，」電台播報員說，「街上示威群眾的情緒已經到達沸點。他們大喊口號，現場一片混亂，情況比在哈加法院的時候還糟。」

海伊特看著電視螢幕，想親眼觀賞那個畫面。電視上的示威喊叫聲比較不清楚，而且播報員連提都懶得提，只說：

「參議員的防彈車目前經過斯陀馬斯特花園，也就是今晚政府將設盛宴款待貴賓的所在。」

那一刻很近了。

「目前載著參議員和首相的禮賓車離開了蘇納，正進入斯德哥爾摩市的邊界。」

非常、非常之近。

里華洛指指那個有白色按鈕的小黑盒。他自己則是兩手各持一根電線，以防萬一海伊特突然暴斃或是手指麻痺，自己可以馬上就讓某個系統短路。這個法國人絕對不冒任何風險。

海伊特的食指輕輕按在那顆白色按鈕上，一面緊盯著電視螢幕。

只剩幾秒了。他看著那輛黑白相間的保持捷，心想真是可惜了，這麼好的車。

就是現在。

他按下按鈕，分秒不差。

可是什麼動靜也沒有。

里華洛立刻把手上的兩條線接在一起。

還是毫無動靜。

電視螢幕上，車隊正經過諾土爾路，接著浩浩蕩蕩轉進西維爾路。接著鏡頭一轉，變換到一台固定攝影機攝取的畫面，是西維爾路和歐丁路相交路口的情形。在警方嚴密的警戒線後面，是數百名示威者和大批好奇的圍觀群眾。

海伊特注意到一個頭戴狩獵帽、腳穿長靴的警察，心想這人一定是個情報員。

他靜靜說道：

「我們搞砸了，炸彈沒有爆炸。我們今天顯然運氣不好。」

他笑著說，「參議員先生，我暫且把你的命還給你，不過我倒是要看你還能活多久。」

里華洛搖搖頭。他戴著一副超大耳機。

「不對，你按下按鈕的時候確實引爆了炸藥，就像我們當初的計劃。我還聽到泥土還是什麼東西崩落的聲音。」

「那怎麼可能？」海伊特說。

電視上，只見防彈車正經過市立圖書館，不久又經過一棟灰色大樓。他知道，那是商業管理學院。

示威群眾現在擠得是密密麻麻，可是警方似乎平靜如常，沒有人試圖驅散人潮，也看不到警棍飛舞、拔槍出鞘的畫面。

「好詭異。」里華洛說。

「不可能啊，」海伊特說，「我按下按鈕的時間分秒不差。這到底是怎麼回事？」

「不知道。」里華洛說。

雷哈德・海伊特的確在正確的時刻引爆了炸彈，但無人因此受傷。他爆掉的東西其實是兩千零九十一個沙包，外加一個以防火玻璃纖維堆成小山狀的絕緣牆。

唯一和人身有關的損失，就是埃拿・隆恩的帽子。那帽子被炸成了碎片，頓時化為烏有。

隆恩先前找來二十五部卡車，從瓦斯公司調來一部修理車，又從消防隊借來附有雲梯的水柱車、消防車各一，再加上三台救護車、兩部裝著揚聲器的車，一起停在丹尼摩拉路口。他又親自挑了三十名警察，這些警察有男有女，多半來自保安警察，他們一律戴上安全帽，其中一半的人還帶著一個由電池啟動的傳聲筒。

車隊經過後，他有十二到十五分鐘將街道可能放置炸彈的區域以沙包堆築成壩。除此之外，他必須封鎖所有道路，還要注意該地區的人是不是都已疏散到安全地區。要在十二分鐘內做完這麼多事，時間根本不夠，幸虧車隊休息時間延長了些，成為十四分鐘又三十秒。

隆恩的安全帽非常難戴上，所以直到最後一刻他才把帽子脫下來，結果一個分神，把它放在沙包堆的上頭了。

一輛卡車上的沙包沒有倒空，因為引擎一直啟動不了，不過還好沒有影響。炸彈唯一造成的破壞，是掀起一團巨大的漫天沙塵，和一團有如白色雲朵的玻璃纖維，外加一個尺寸可觀的瓦斯管裂口。這個裂口光是臨時修護也花了好幾個鐘頭。

爆炸發生的那一刻，市區內好幾條街道晃動得有如地震，可是參議員已經端坐在國會大樓裡喝著蘇打水。石頭臉頭一次露出人性的一面，將那支沒點燃的雪茄從口中取出，放在桌緣，就著自帶的酒瓶仰頭牛飲了一大口威士忌。喝完後，他又把雪茄往兩排牙齒中間一插，恢復了他的招牌表情。

參議員瞄了保鑣一眼，解釋道：

「瑞伊正在戒菸。所以他的菸從來不點火。」

房門打開。

「啊，是我們的外交部長和商務部長。」首相開心地說。

房門再度打開。這回進來的是馬丁・貝克和剛瓦德・拉森。首相不知感激地望著他們，說：

「謝謝，不過這裡不需要你們。」

「謝謝你自己吧。」剛瓦德・拉森說，「我們只是在找安全局的麥勒。」

「艾瑞克・麥勒？這裡也沒他的事。你有事的話可以轉告他的手下，反正他的人到處都是。我剛才聽到的巨大噪音是什麼？」

「有人企圖炸毀參議員的座車，不過沒有成功。」

「用炸彈？」

「對，算是。」

「務必要把那些搗蛋份子立刻抓起來。」

「好一個命令。」兩人走向電梯時，剛瓦德・拉森這麼說。

「這讓我想起莫姆。」馬丁・貝克說。

「我們是不是該回家了？」剛瓦德・拉森問道。

「是，的確是。我們可以在家裡待到星期一早上。」

•

雷哈德・海伊特怎麼也想不通是怎麼回事，就連讀完星期五的報紙後也一樣。

一頭霧水的不只是他。警政署長和史提格・莫姆立刻把馬丁・貝克和剛瓦德・拉森召去。

21.

參議員抵達國會大樓後不到半個鐘頭，馬丁．貝克和剛瓦德．拉森就被帶到了比拉多*面前。警用無線電台這時已打破靜默，緊急報案中心都快被報案電話給滅頂了。

還有一個人也快滅頂了——史提格．莫姆，而且是灰頭土臉、飽受羞辱。

「你這個聯絡指揮官還真他媽的稱職，」署長說，「事發當時，我簡直跟待在鄉下別墅時沒有兩樣。還有，到底發生什麼事了？」

「我不太清楚，」莫姆裹在鞋子裡的兩隻腳顯然在發抖，「親愛的——」

「我不喜歡被稱為『親愛的』，我可是這個國家的最高警察總長。我命令你把部署範圍內發生的事情一五一十告訴我。聽到沒？一五一十。既然你正好負責聯絡部分，這究竟是怎麼回事？」

* 比拉多（Pontius Pilate），古羅馬總督，據信耶穌是由他下令處死。

「我說過了，我實在不太清楚。」

「一個什麼都不知道的聯絡指揮官！」署長怒吼，「太妙了，你說是不是？那你知道什麼？別人拍你馬屁的時候你知不知道？」

「是，但是——」

不管莫姆打算說什麼，都立刻被打斷。

「我真不懂，保安局長、麥勒、貝克、拉森和派基還是麥基什麼的，為何就不能撥個時間過來跟我報告一下，打個電話也好啊。」

「除非是您夫人打來，不然總機從來不會讓人打進來給您。」稍微回神的莫姆話中有話。

「好吧，告訴我，這場暗殺未遂事件是怎麼回事。」

「我真的完全不知道。不過貝克和拉森應該在過來的路上了。」

「應該？你這個聯絡官連個屁都不知道，真是令人嘆為觀止。可是，你可知道最後誰會是頂罪羔羊？」

不就是和往常一樣的那個人嗎，莫姆心想。他接著說：

「我們那位探員名叫班尼・史卡基，不是麥基。而且那個成語是『代罪羔羊』，不是『頂罪羔羊』。還有，『嘆為觀止』這個詞彙通常是用來形容超自然現象。」

莫姆說得幾乎都快冒火了。

署長一個轉身，快步走到厚重的窗簾旁。

「誰都不准糾正我！」他氣呼呼地說，「我說『頂罪羔羊』就是『頂罪羔羊』。如果需要糾正，我自己來就好。」

他又去撩窗簾了，莫姆喪氣地想著，真希望窗簾掉到他頭上。

門口有人敲門，馬丁・貝克和剛瓦德・拉森走進辦公室。

馬丁・貝克的塊頭不小，可是和剛瓦德・拉森相比，簡直像是毫無縛雞之力。

剛瓦德・拉森盱衡了眼前的情景，說道：

「噢，我想也該是時候了。兩位儘管打吧，別讓我們妨礙你們。」

署長勉強打起精神。

「快，關於這枚炸彈，我要知道所有細節。」他說。

「打從一開始，我們就根據剛瓦德的推論和他先前的親身經驗開始部署。」馬丁・貝克開口說道，「有很多證據顯示他的推論完全正確。ＵＬＡＧ過去沒有在歐洲活動過，直到最近才開始突襲全球幾個大城，而且警方雖然嚴陣以待，他們還是每每得逞。所以，對各種恐怖組織來說，我們那位貴賓根本是自動送上門來的獵物。」

「各種？」

「正是。我們知道很多解放軍和左翼組織想對他那種反動的保守心態表達抗議。另一方面，某些右派份子也想攻擊他，但目的純粹是為了製造危機。某些鴿派組織也是，認為他是世界和平的一大威脅。他是那種太多人都害怕的政客——不是怕他這個人，而是怕他代表的心態。這些對ＵＬＡＧ來說都是莫大的吸引力。幾年前，他被提名為總統候選人，當時很多人就打算不論他的競選對手是誰，都要投給他的對手。他們害怕他的外交政策會導致全球的直接衝突，例如幾個超級大國和中國之間的對壘。越戰時期他一直是所謂鷹派當中最活躍的成員；在智利，他無疑也是站在那個要對阿葉德總統遭暗殺、和數千性命負責的法西斯主義者那邊。他唯一可說的優點，是他顯現了某種程度的道德勇氣，還有顯赫的學歷、翩翩的風度。」

「我還以為你對政治沒興趣。」署長聽完馬丁・貝克長篇的彙總報告後這麼說。

「我的確沒興趣，不過是在複述某些事實。我還應該補充一點：尼克森政權雖然垮台了，這個人的政治地位依然穩固，無論是在參議院、他的選區，還是全美。」

馬丁・貝克看著剛瓦德・拉森，他點點頭。

「現在，就要說到這次的刺殺未遂事件。」馬丁・貝克說，「我們很早以前就知道ＵＬＡＧ或是某個類似組織有可能出手，例如某個巴勒斯坦的不法團體。六月的暗殺事件、也就是剛瓦德目睹的那場突擊，雖然安全措施極為嚴密，但他們還是成功了。我們因此越來越相信，他們在這裡也會採取同樣的行動模式——莫姆，我這是套用你常用的詞彙。我們這個內部小組有五名經驗豐富的成員：從瓦斯貝加過來的班尼．史卡基和我、制暴組的剛瓦德．拉森及埃拿．隆恩，還有一位執行與評估能力兼具的優秀人才，竊盜組的斐德利克．米蘭德。我們五個人各自做了預測，分別指出最有可能埋下炸彈炸毀參議員座車的地點。結果我們不約而同全指向同一處。」

「諾土爾路？」

「正是。車隊如果轉換路線，還是有可能會經過其他的埋彈地區——順帶一提，我們還沒找到其他炸彈。因此，我們決定採取兩種不同的防範措施。」

馬丁．貝克開始覺得口乾舌燥。他看看剛瓦德．拉森，後者把話接了過去。

「六月暗殺事件之後，我得到兩個結論。第一，探測器絕對找不到那些炸彈。更重要的是，我認為引爆炸彈的人會離爆炸現場很遠，至少不在視線範圍內，而且他們不會有助手透過短波無線電告知目標車輛的所在。那麼，他怎麼知道何時該引爆炸彈？答案非常簡單，他只要收聽一般廣播和電視節目就可以。因為打從那位遇害總統抵達機場、乃至從機場到皇宮的過程，全程都有現場轉播；他同時也透過沒有消音的警用無線電播報得到更多資訊。如此一來，他邊聽著收音機，也就等於邊親眼看到車隊行進。」

剛瓦德・拉森清清喉嚨。看到馬丁・貝克無意接口，便又繼續說下去。

「以這些推論做為起點，我們採取了一連串的措施。首先，我們和負責廣播的人做了深入的長談，最後他答應不做任何現場轉播。一般民眾看到、聽到的都是十五分鐘後的錄影畫面和錄音。我們又找來幾名技術人員，他們抗議了一大堆之後才點頭。我們接著和那些派去報導該事件的新聞評論員懇談。他們說，就他們個人而言，現場不現場完全沒差別。」

這一回馬丁・貝克接了棒，繼續說下去。

「我們不斷向這些人強調絕對保密的重要性。至於警用頻道消音，我去找了斯德哥爾摩市警局的局長和鄰近地區的首長協調。雖然有人表達了一些反對意見，最後也都同意。」

剛瓦德・拉森插嘴道：

「我們把最困難的任務交給埃拿・隆恩。諾土爾路那個時段的交通非常繁忙，而我們得疏散整個地區，又得將炸彈的破壞威力盡量降至最低，甚至還要防範可能更危險的瓦斯爆炸——」

剛瓦德・拉森頓了頓。

「這執行起來不容易，因為全得在十五分鐘內完成。隆恩帶了三十名警察，其中一半是女警，守在丹尼摩拉路口。他還調來兩台有揚聲器的箱型車、兩部消防車、一大堆裝滿沙包、沙墊和防火絕緣材料的卡車。」

「沒有人受傷？」

「沒有。」

「物資損失呢？」

「幾扇窗玻璃。當然，還有瓦斯管線，修理需要一點時間。」

「這個叫隆恩的弟兄做得真漂亮。」署長說，「他現在人在哪裡？」

「在家睡覺吧。」剛瓦德．拉森說。

「為什麼首相換車我們都被蒙在鼓裡？」莫姆問。

「我們只是希望他和參議員不要一同經過關鍵地點。」馬丁．貝克說。

莫姆沒有答腔。

剛瓦德．拉森看看錶。

「三十三分鐘後，里達虹教堂的儀式就要開始了。我知道那是麥勒的心血結晶，我很想到場看看。」

「說到麥勒，」署長說，「你們有誰看到他嗎？」

「沒有，」馬丁．貝克說，「我們也在找他。」

「為什麼？」

「是特別的事情。」剛瓦德・拉森說。

「有可能發生另一次炸彈事件嗎？」署長問。

「機率非常小。但是全面安全戒備沒有理由鬆懈。」馬丁・貝克說。

「你可以說我們通過了第一階段的考驗，」剛瓦德・拉森說，「只是接下來的任務可能會更困難。」

「你是指什麼？」莫姆顯然極力想聯絡感情。

「親手逮到這些恐怖份子。」剛瓦德・拉森說。

22.

參議員設計的那只致敬花圈真是巨大無比，那不但是馬丁・貝克和剛瓦德・拉森今生見過最大的花圈，恐怕也是最傖俗的一個。

即使參議員的出發點是理性的，但那五顏六色的組合實在令人瞠目結舌。從遠處望去，整個花圈就像個碩大無比、被精神有問題的船員噴上油漆的救生圈。

花圈分為四大區塊，第一、第三區塊盡是紅、白、藍（或說土耳其綠）三色的康乃馨，第二、第四區塊則由矢車菊和黃色雛菊組成。四大區之間皆以星星亮片的旗幟和瑞典國旗做為分隔，除了混合五種鮮花之外，這裡那裡還插著已經開始枯黃的綠葉。整個花圈以塗上銀漆的雲杉嫩枝圍起來，再以精心編成流蘇狀的桂冠葉片做邊飾。

花圈最上邊插著一面斗大的金色盾牌，盾牌上端坐著一隻禿頂老鷹，圖案後頭冒出一個由美國和瑞典國旗組成的V字。花圈下緣繫有一條水藍色的緞帶，上頭以略為歪斜的金色字樣寫著：「瑞典偉大的國王阿朵夫・古斯塔夫六世，美國人民謹此致上由衷的懷念」。

一輛卡車停在屈克利街的一端，花圈就躺在卡車的載貨平台上，馬丁・貝克和剛瓦德・拉森抵達後站就在斯維亞上訴法院的台階上，寒風鞭笞著他們的臉。看到卡車後頭的花圈，他們「嘆為觀止」，隨即開始打量周遭的環境。

里達虹是個小島，上頭有十座左右的公共建築，是舊城最西邊的一區。一條鐵道和狹窄的里達虹隧道將這裡和舊城其他區域分隔開來，所以要經由陸路來到這裡，只有三個途徑：穿越鐵路橋上的人行道、從芒克伯魯港口沿著希比石階拾級而上，或是自行開車穿過橫跨在火車鐵軌和里達虹隧道之間的里達哈斯橋。

這三個地方都已被封鎖。對艾瑞克・麥勒和他的特別小組來說，封鎖這個區域、不准閒雜人等進入易如反掌。除了和致敬儀式相關的人之外，其他就只有在島上工作的人才能進入。示威者和觀禮群眾都必須留在里達哈斯廣場，也就是里達哈斯橋的另一頭。

車隊通過的十分鐘前，麥勒派了兩個人進入教堂檢查，同時下達一道命令：不准任何脖子上掛著相機的日本人在場觀禮。這兩個從「突擊小組」名單上選出的人，是克勒・克里斯森和助理幹員亞道・葛斯塔夫森。前者天生懶得出奇，後者也是個散慢的年輕人，而且自視甚高。

葛斯塔夫森進入大門，點燃雪茄，克里斯森則四處晃盪，觀賞著周遭神聖不可侵犯的歷史古蹟。他想起小學時老是被逼著去各種博物館和類似的地方參觀，那不但無聊得要命，回去還得交心得報告。他又想到，打從他受過堅信禮到現在，就一直沒進過教堂。

他回到同伴身邊。葛斯塔夫森還是靠門站著，腳跟不斷敲地，整個人籠罩在雪茄煙霧中。

「那個美國佬五分鐘後就到了，」葛斯塔夫森說，「我們最好趕緊就位。」

克里斯森點點頭，拖著腳步跟在葛斯塔夫森後頭。

這時，馬丁・貝克和剛瓦德・拉森依然站在刺骨的寒風中，遠眺著畢耶・加爾廣場。廣場四周都有安全警衛駐守，從花圈卡車到教堂門口中間這段路，也布滿了武裝警察。

剛瓦德・拉森突然將臉上的雨水一抹，以手肘碰碰馬丁・貝克。

「地獄的索魂鈴來了！」他說，「我就知道。你看──蠢蛋小組！」

馬丁・貝克看到葛斯塔夫森慢吞吞地走出教堂，後頭還跟著克里斯森，接著又看見理查・烏赫姆沿著藍格山丘匆匆走向里達哈斯橋。

馬丁・貝克看看時間。還有五分鐘。

「除了靜觀事情的發展，我們也別無辦法。對了，麥勒人到底在哪裡？」

剛瓦德・拉森先指指教堂，接著一隻手往額頭上一拍。

「他在那裡，」他說，「跟蠢蛋名單上的幾個王牌在一起。」

只見艾瑞克・麥勒正邁開大步，朝教堂入口走去，後頭跟著玻・薩克里森和肯尼斯・瓦思特莫。他們停下腳步，麥勒開始檢閱他的小小部隊。

馬丁・貝克和剛瓦德・拉森站在原地沒動，冷眼旁觀著麥勒輪番叮嚀他的四個手下。他似乎不若往常那麼沉穩，除了不斷看錶之外，還不時朝里達哈斯廣場方向不安地張望。車隊馬上就要出現了，他顯然在發布最後的命令。薩克里森和克里斯森在門口一邊站定，葛斯塔夫森和瓦思特莫則守在另一邊。

「我是連半根指頭都不會動的。」剛瓦德・拉森說，「這個爛攤子得由麥勒自己去收拾。我的老天，這種繁文縟節！還有，那個嚇死人的花圈。還好先王沒在這裡親眼目睹。」

馬丁・貝克豎起衣領，兩手插進口袋。

「如果他們把那東西放下去，那麼歷代先王在墓裡恐怕都要輾轉難眠了。」他說，「把那東西大老遠從那裡拖過來是什麼笨點子？」

剛瓦德・拉森的視線穿過雨雪，望向那四個趨近卡車的海軍軍官。

「我想，他們應該是認為有一列隊伍抬著它穿過廣場，看來比較莊嚴。」他說，「我們這裡可是包廂特別座呢。不知道該不該鼓掌。」

馬丁・貝克望向遠處。教堂過去，有一群媒體記者和電視台工作人員聚集在里達哈斯橋邊，把不斷比手劃腳的理查・烏赫姆圍在中間。艾瑞克・麥勒正朝著里達哈斯橋走去，一面檢查拒馬是不是已經放下，一面對電視轉播車的人員下達指示。

眾人的視線都轉到敏特街的方向，那裡傳來里達哈斯廣場上示威群眾的鼓譟叫喊聲，車隊也開始現身。

只見艾瑞克・麥勒來回奔忙、忽左忽右下達命令後，這才對那幾個早已立正站好、隨時準備待命的海軍軍官打了個手勢，將那個醜怪的花圈抬下來。

車隊慢慢爬過里達虹橋。一開始是摩托車警，接著是載著參議員和首相的防彈禮賓車，石頭臉保鑣也在車上，只是口中少了那根雪茄；繼而是安全人員的車陣、首相的私人保鑣、美國大使，和其他知名外交使節和政府官員。

年輕的新王先前也接到邀請，希望他能參加這場向他已逝祖父致敬的典禮，可是他正出訪鄰國，無法出席。

車陣浩浩蕩蕩地開向右方，最後在史坦巴克宮前停下，正好就在馬丁・貝克和剛瓦德・拉森佇立的位置對面。禮賓車的司機急忙由前座下車，在打開後車門之前先撐開一把黑色大傘。首相的保鑣也趕緊撐起另一把傘衝上前去。兩個大人物下了車，在雨傘的護翼下，開始走向廣場。緊跟在後頭的石頭臉只好淋雨，不過他好像不在意，臉上依然毫無表情。

參議員突然駐足，指著那尊巨大、潮濕、背對著他們的畢耶．加爾*的青銅雕像。跟在他身後的所有人也跟著止步，抬頭凝望雕像。

大雨傾落在那些沒有雨傘遮護、臉色越來越凝重的人群身上，首相開始解釋這座雕像代表的意義，參議員也饒有興趣地猛點頭，顯然很想聽到這位中古世紀政治家兼斯德哥爾摩市創建者的更多事蹟。

穿著正式服裝準備參加致敬儀式的貴賓，個個都成了落湯雞，頂著新吹整的頭髮的仕女們，也開始閃現絕望的眼神。可是那兩位赫赫之士在雨傘的護蔭下對這些都視若無睹，首相更開始他的長篇大論。

石頭臉就站在參議員身後，兩眼緊盯著老闆的頸後。他亦步亦趨地跟著參議員，彷彿被一根線牽著，而那兩個有傘撐護的名人則是慢慢地繞行雕像一圈，首相依然滔滔不絕，只是偶爾會被參議員的問題打斷。

「老天，別再談畢耶．加爾了。不如乾脆把花圈直接放在那座雕像上算了。」剛瓦德．拉森惱得直嘟噥。

他低頭看著自己那雙義大利製皮鞋，現在已經濕透，說不定永遠毀了。

還好參議員突然領悟到自己不是來觀光的，而且他的任務也不只是聽人演講。

一行人又開始聚攏，慢慢朝著里達虹教堂行進。首相和參議員走在最前面，兩旁是司機和保鑣，他們正專心控制著傘，以免雨傘開花或是被強風颳走。

「要是那兩人突然飄然遠颺，飄到上頭，那該多好。」剛瓦德．拉森說。

「就像瑪麗．波蘋絲**一樣。」馬丁．貝克說。

兩個大人物後面十呎處，是抬著花圈的軍官，再後面則跟著其他人，皆成雙成對地走著。花圈上的藍絲帶在風中翻飛，金色的老鷹盾牌搖搖欲墜，驚險萬分；兩面原本摺疊得很美麗的國旗，現在像是兩條用得又殘又舊的破抹布；而那四名軍官顯然被壓得不勝負荷。

「可憐的傢伙，」剛瓦德．拉森說，「要是我，絕對不會接下這麼蠢的差事。我一定會覺得自己像個大白痴。」

「說不定他們是被酷刑所逼，不得不為。」馬丁．貝克說。

「說到白痴，」剛瓦德．拉森說：「我們最好開始行動，這樣才能看清楚那個蠢蛋小組在做什麼。」

等到隊伍全部走過——殿後的是四名安全人員——他們才在上訴法院的轉角站定，從這裡可

---

* 畢耶．加爾（Birger Jarl, 1210-1266），瑞典歷史人物，據信他在一二五〇年建立起斯哥爾摩作為瑞典首都。

** 瑪麗．波蘋絲（Mary Poppins），《歡樂滿人間》中的管家仙女。

以清楚看到教堂入口的動靜。薩克里森和克里斯森仍然站在入口右側，就像兩座石雕，充滿這個場合應有的肅穆。入口左側是瓦思特莫和葛斯塔夫森，瓦思特莫立正站著，像個木頭人。維克特・包森站在教堂對面、稅務局的外牆邊上。他或許是安全局中最顯眼的一個，因為他習慣以怪異的偽裝融入周遭背景。今天他戴著一頂大禮帽，大滴的雨水順著帽緣而下，落在他西裝的天鵝絨衣領上，而他腋下夾的那份報紙看來也快解體了。

四處不見艾瑞克・麥勒的人影，不過理查・烏赫姆依然忙著維持秩序，要媒體記者和電視工作人員留在適當位置。

莊嚴的行伍慢慢走近教堂大門。正入口處，首相的保鑣和參議員的司機停下腳步，將雨傘收攏後退後一步，走到在貴賓主人後面的石頭臉旁邊。

一干人等正待踏上台階，這時突然從教堂內衝出一個人來——是個年輕女孩，金色長髮、褐眼圓睜，雙唇緊抿，小臉則是蒼白、嚴肅。她穿著一件小牛皮夾克及綠色的天鵝絨長裙，腳下一雙皮靴。

她兩手之間握著一把亮閃閃的小左輪槍。她在教堂門口停下腳步，舉起雙手就開了槍。

左輪槍口和首相眉心之間的距離不到八吋，子彈在他額頭上打出一個洞。首相身體往後仰，倒在他的保鑣身上，保鑣也跟著往後倒，雨傘依然抓在手上。

女孩被後座力彈得往後一震，不過她現在站穩了，雙臂慢慢放下。

教堂牆壁激起槍響回音，眾人好幾秒過後才回過神來，開始出現不同的反應。

唯一沒有反應的人是首相——他當場死亡，那顆子彈射穿了他的腦袋。

「該死加三級！」馬丁．貝克說。

維克特．包森一個箭步穿越馬路，走到半途，手槍卻從折起的報紙掉進一個小泥坑，濺起一陣水花後不見了。他衝到教堂那群人身邊，手上還拿著那份濕透的《瑞典日報》。

參議員冷靜地將鎳製武器從女孩手上取下，他的保鑣也從寬大的外套裡拔出一支巨大的左輪槍。參議員把凶器交給剛好離他最近的薩克里森，兩眼依然緊盯著女孩。

石頭臉將手中武器指向那個未婚媽媽。那把槍即使在他的大手掌裡看來還是巨大無比，有如為搭配懷爾德．厄普*或是約翰．韋恩的手特地打造的。玻．薩克里森舉起女孩的小左輪，打算把石頭臉的武器打落，可是參議員的保鑣動作快如閃電，他臉上表情絲毫沒變，手上的柯特槍已經擊中薩克里森的手，只聽見薩克里森一聲慘叫，手上的左輪掉落在地。

一直立正站著的瓦思特莫現在撲向女孩，一個快動作就把她的雙手反扭到背後。對於瓦思特

---

* 懷爾德．厄普（Wyatt Earp, 1849-1929），美國邊境執法官。

莫粗魯的對待，她完全沒有反抗，只是屈身前傾，臉上帶著苦澀的表情。

首相的保鑣顫巍巍地站起身，驚恐地看著在他腳邊死去的首相。那把傘依然握在手上。

隊伍中驚叫聲此起彼落，記者和攝影師由理查・烏赫姆帶頭，紛紛飛奔過來。

正當馬丁・貝克和剛瓦德・拉森趕到，艾瑞克・麥勒也不知從教堂內什麼地方一陣風似地出現了。他邊對著他那些不知所措的手下咆哮下令，邊將那些圍聚在死者身旁震驚而哀戚的群眾推開。

馬丁・貝克望著被瓦思特莫抓住、依然屈身前傾的黎貝卡・林德。

「放開她。」他說。

瓦思特莫還是揪著女孩不放，正要開口抗議，只見剛瓦德・拉森走上前來，一把將他推開。

「我帶她上我們的車。」

剛瓦德・拉森說完，隨即護衛黎貝卡穿越騷動的人群。

馬丁・貝克撿起石頭臉從薩克里森手上擊落的那把左輪槍。他最近才看過這樣的武器，就在柯柏的陸軍博物館。

他記起柯柏說的話：這樣的小左輪槍能打中十英吋範圍內的一顆包心菜，如果那顆包心菜動也不動的話。

馬丁．貝克低頭望向死去的首相，再看看他碎裂的額頭，心想，這大概是黎貝卡唯一做成功的事。

情勢混亂到達極點，唯一冷靜以待的人是參議員、他的保鑣和那四名海軍軍官，他們現在已經把花圈放在首相腳下。

臉色紅如豬肝的理查．烏赫姆對還在試圖維持秩序的艾瑞克．麥勒說：

「我會報上去的，這是不折不扣的瀆職！我非報上去不可，醜惡的瀆職行為。」

「閉嘴。」麥勒說。

烏赫姆的臉更紫了，紫到不能再紫，接著他轉向還愣在原地的克里斯森。

「我也會把你呈報上去，」烏赫姆說，「我會把你們通通報上去。」

「我又沒做什麼。」克里斯森說。

「就是因為這樣！」烏赫姆大吼，「我要呈報的就是這個，你等著看。」

馬丁．貝克轉頭對烏赫姆說：

「別站在那裡說廢話，趕緊回到工作崗位。要大家盡快離開，克里斯森，你也是。」

接著他走到麥勒身邊，說：

「這裡你可得好好收拾收拾，我會把那個女孩帶回警局。」

麥勒已經驅散了圍聚在首相屍體旁邊的群眾，現在，首相仰面躺在濕漉漉的教堂台階上，腳邊是那個醜怪的花圈，花圈近旁站著高大的參議員，古銅色的臉上神情苦惱，那把牛仔槍依然握在手上。

警笛聲從里達哈斯廣場那一端傳來。

剛瓦德・拉森和黎貝卡・林德在車旁等著，馬丁・貝克把那支閃著光亮的小左輪放進自己的口袋，慢慢朝他們走去。

23.

對馬丁．貝克來說，如此情景並不新奇——自己坐在桌旁，對面的椅子上坐著一個剛殺了人的兇手。這是他工作的一部分，這種情形他見得多了。

然而，話說回來，在犯行之後一個小時內就能偵訊兇手，或是行凶過程有一大堆警察目睹、犯案者又是個十八歲的女孩，這樣的情形可就不常見了。他要偵訊的問題，例如行凶地點、時間、手法等等皆已釐清，如今只剩下「為什麼」。

他當警察這麼多年，見過三教九流的行凶者，也遇過各種階層的受害者，可是從來沒有哪樁命案的受害者是政府首長這樣重要的人物。

他也不記得曾經處理過正放在他眼前桌上的那種凶器。鎳製小左輪槍旁邊放著一個淺綠色紙板做的老彈藥盒，它的四角削圓，還附著一個字跡難以辨識的標籤。穿過首相腦袋的子彈就來自那個盒內，是女孩在他們搭車返回警局的途中從肩袋裡拿出來交給他的。

剛瓦德．拉森也進入訊問室，不過沒多久就離開了。他知道這種對話由馬丁．貝克獨自處理最適當。兩人交換一個心照不宣的眼神後他就走了，留下馬丁·貝克和黎貝卡兩人。

她坐在馬丁·貝克對面，眼神警戒地望著他。她挺直腰桿，雙手在膝蓋上合握著，依然稚氣的臉龐蒼白又緊張。他問她要不要吃點什麼還是抽根菸，她一概搖頭。

「我曾經去找過你。」馬丁·貝克說。

她訝異地看著他。片刻後，她說：

「找我做什麼？」

「我向布萊欽先生要你的地址，可是他不知道你住在哪裡。自從去年夏天那場審判後，我有時在想，不知道你過得怎麼樣。我想你可能不太順利，也許會需要幫忙。」

黎貝卡聳聳肩。

「沒錯，但不管怎麼說，現在都太遲了。」

馬丁·貝克立刻後悔自己說了那些話。她說的對，太遲了；而且他那種有心無意的找尋對這當下的她來說，也稱不上安慰。

「黎貝卡，你現在住在哪裡？」

「我上星期住在一個朋友家。她先生要外出好幾個星期，所以卡蜜拉跟我可以待在那裡，直到他回來。」

「卡蜜拉現在在她家？」

她點點頭，焦急地問：

「你覺得他們會讓她留在那裡嗎？至少目前暫時住一下？我的朋友願意照顧她一段時間。」

「我相信這不會有問題。」馬丁．貝克說，「你要我打給她嗎？」

「還不要。如果可以，等一下再打。」

「當然。你也有權請個律師來。我想，你會希望找布萊欽先生？」

黎貝卡又點點頭。

「我只認識他，而且他一直對我非常好，可是我連他的電話號碼都不知道。」

「你希望他立刻趕來嗎？」

「我不知道。你得告訴我該做什麼。我不知道事情通常該怎樣做。」

馬丁．貝克拿起話筒，請總機接線生轉接輾壓機。

「他幫我寫過一封信。」黎貝卡說。

「我知道，」馬丁．貝克說，「我在他的辦公室看過副本，就是前天，希望你不介意。」

「介意什麼？」

「我看了你的信。」

「不會，我為什麼要介意？所以你也知道他們的答覆，對不對？」她看著馬丁・貝克，眼神黯然。

「對。不太令人振奮，也沒什麼幫助。你接到他們的答覆後做了什麼？」

黎貝卡垂著肩，低頭看著自己的雙手。她默默坐了好一會，這才開口回答。

「什麼都沒做，我不知道該怎麼辦，我沒有人可以問。我本來想，我們國家最重要的人可以想點辦法，可是他連……」她做了一個無可奈何的小小手勢，繼續以有如耳語的聲音說道，「現在也無所謂了。什麼都無所謂了。」

她坐在那裡，看來是如此弱小、孤單、頹棄，馬丁・貝克真想走過去摸摸她平滑光亮的長髮，或是將她擁入懷裡給予安慰。可是他沒有，反而問道：

「過去這幾個月你都住在哪裡？我是指住進你朋友家之前？」

「噢，我到處住。有一段時間我住在瓦克斯姆的一個避暑小屋，一個朋友的爸媽出國，他讓我們借住的。後來他爸媽回來了，他不敢再讓我們住下去，所以就跟他女朋友搬進去，讓我們住進他家。可是幾天後他的房東開始囉唆，所以我們只好又搬家了。呃，後來我們又在好幾個朋友的家裡住過。」

「你從來沒想過找社會福利局幫忙？」馬丁・貝克問，「他們可能可以幫你找到地方住。」

黎貝卡搖頭。

「我不相信他們。他們會叫兒童福利處的人來找我，接著就會把卡蜜拉從我身邊抱走。我認為這個國家什麼機構都不能信任。如果你是個沒錢又沒名的普通人，他們根本不會管你死活，而且他們所謂的幫忙根本不是幫忙，只會騙你。」

她的語氣又酸又苦，可是馬丁・貝克知道，跟她理論是沒有用的，而且也沒有道理，因為她說的大致沒錯。

「嗯。」他只能這麼回說。

電話鈴響。總機回報道，布萊欽先生不在辦公室也不在法院，他的住家電話沒有登記。

馬丁・貝克心想，輾壓機或許是以辦公室為家，所以只有一個電話；也或許他另有電話，只是沒有登記。他囑咐接線生繼續找。

「其實要是找不到他也無所謂，」黎貝卡在馬丁・貝克放下話筒時這麼說，「反正這次他也幫不了我。」

「噢，他幫得了。」馬丁・貝克說，「你絕對不能放棄，黎貝卡。無論如何，你一定會有個辯護律師，而且布萊欽是個好律師，是世界上最好的。不過在找到他之前，也許你可以跟我談談。你願不願意告訴我發生什麼事了？」

「可是你已經知道發生什麼事了呀。」

「沒錯，但我的意思是在事情發生之前。你事前一定考慮過一段時間。」

「你是說我要殺他這件事？」

「對。」

黎貝卡沉默半晌，只是低頭看著地板。接著，她抬起頭，眼中盡是絕望，馬丁・貝克還以為她隨時會哭出來。

「吉姆死了。」她的聲音低得幾乎聽不見。

「怎麼會……」

看到黎貝卡彎腰拾起背袋，開始在裡頭摸索，馬丁・貝克止住沒再多說。他從外套口袋拿出自己的手帕默默遞過去，那手帕雖然有點皺，不過很乾淨。她抬頭看著他，搖搖頭，眼眶是乾的。他將手帕放回口袋，耐心等她找到她在袋裡摸索的東西。

「他是自殺的。」她將一封印著紅白藍邊的航空信件往他面前一放，「這是他媽媽寫來的信，你可以看看。」

馬丁・貝克從信封中取出信來。信是打字機打的，只有一頁，語氣冰冷而做作，字裡行間完全不見吉姆的母親對黎貝卡、甚至對自己兒子有任何哀戚之情。事實上，那封信沒有一絲感情，因此讀來甚是冷酷。

她寫道，十月二十二日，吉姆死於獄中。他用床單編成繩索，繫在牢房上鋪上吊身亡。就她所知，他對父母、黎貝卡或是任何人都沒有留下任何解釋、理由或遺言。她之所以通知黎貝卡，是因為她知道她很擔心吉姆，又有一個「父親可能是吉姆」的小孩。柯斯圭太太最後說，吉姆的死法——不是他的死，而是他的死法——對他父親的影響重大，使得他老父已經孱弱的健康更形惡化。

馬丁．貝克將信摺好，放回信封內。郵戳日期是十一月十一日。

「你是什麼時候收到信的？」他問。

「昨天早上。」黎貝卡說，「她只有我去年夏天借住的那個朋友家的地址，信擱了好幾天，我朋友才找到我。」

「這封信不太友善。」

「對。」

黎貝卡默默坐著，望著眼前那封信。

「我沒想到吉姆的媽媽會是這個樣子，」她終於開口，「那麼冷漠。吉姆以前常常提到他爸媽，他好像非常愛他們，尤其是他爸爸。」她聳聳肩，又說，「只是做父母的不見得喜歡自己的孩子。」

馬丁・貝克知道她意指自己的父母，然而他個人也深有同感。他自己也有個馬上就要二十歲的兒子洛夫，兩人的親子關係向來很差。直到他離了婚，也許是遇到黎雅之後，她教他要有勇氣，不但對別人、也要對自己誠實，他這才敢承認，自己其實並不喜歡洛夫。如今他看到黎貝卡那張憤恨而僵硬的臉，心想，自己對兒子欠缺關愛，不知對兒子的情感生活造成了什麼影響。

他把關於洛夫的思緒拋到一旁，開口對黎貝卡說：

「所以你那時就做了決定？收到信的時候？」

她躊躇片刻後才回答。馬丁・貝克認為她之所以猶豫，多半是因為想要誠實作答，而不是因為不確定。他自認很了解她。

「對，那時候我就決定了。」

「這把左輪槍是哪裡來的？」

「我一直都放在身邊。幾年前我的姨婆去世，她留給我的。她很喜歡我，我小時候常常跟她相處，所以她死後我就繼承到幾樣東西，這把左輪槍就是其中之一。可是我在昨天之前從來沒想到那把槍，我甚至不記得有沒有子彈。因為到處搬家，我一直把槍包得好好地放在箱子裡。」

「你以前用這把槍射擊過嗎？」

「沒有，從來沒有，我連它能不能用都不確定。那把槍應該很老舊了。」

「確實，」馬丁．貝克說，「至少有八十年了。」

馬丁．貝克對槍枝不太感興趣，對槍枝的了解只限於真正的必要。柯柏要是在場，他就會告訴他們，那把槍是一八八五年哈林頓暨理查森公司出廠，雷米敦型三二口徑單動式。他還會告訴你，那種子彈是包在銅殼裡的鉛彈，適合短距離發射，是一九〇五年出產的。

「你怎麼沒被發現？警方封鎖了整個里達虹島，每個去島上的人都要檢查。」

「我知道首相會去，而且是隨著一個……一個……那叫什麼名字？我忘了。」

「車隊，」馬丁．貝克說，「就是一列行進隊伍，像這次就是一長排的車子。」

「對，跟著那個美國人。所以我看了報紙知道他們要去哪裡、打算做什麼。看來看去，我覺得教堂最合適。昨晚我就跑過去先躲起來。我整個晚上都在，今天白天也是，直到他們抵達。躲藏不難，而且我帶了一些優格，所以不會餓也不會渴。有很多人進來過教堂，可能也有警察，但他們都沒看到我。」

真是蠢蛋小組，馬丁．貝克心想，他們當然不可能看到她。

「將近二十四小時，你只吃了這點東西？」他問，「你現在真的不吃點什麼嗎？」

「不用，謝謝，我不餓，我吃得不多。這個國家大多數的人都吃太多了。如果我要吃，我袋子裡還有芝麻鹽和甜棗。」

「好吧，不過要是你需要什麼，儘管告訴我。」

「謝謝。」黎貝卡禮貌地回道。

「我想，過去這二十四小時你睡得也不多吧。」

「對，不多。我昨晚在教堂裡睡了一下，不過睡不久，頂多一個小時。裡頭很冷。」

「我們今天不必多談，」馬丁・貝克說，「可以等你休息夠了，明天再繼續。如果你願意，我可以拿點東西讓你好睡一點。」

「我從來不吃藥。」黎貝卡說。

「在教堂裡待那麼久，一定很難熬。你在等待期間都在做什麼？」

「我在想事情，多半是關於吉姆。我很難相信他已經死了。不過其實我早就知道，他不可能受得了被關在牢裡，他受不了被關。」

「吉姆被判入獄是根據他國家的法律——」

「他在這裡就已經注定要完蛋了，」黎貝卡打斷他的話，激動得身子往前傾。「當初他們騙他回家，保證他不會受罰，他就注定要完蛋。你什麼都別說了，因為我不會相信的。」

馬丁・貝克什麼也沒說。黎貝卡沉陷在椅子裡，將一綹落在臉頰上的頭髮往後撥。他等著她繼續說，他不想用問題或自以為是的評論打斷她的思路。一陣子後，她再度開口，這次語氣緩慢許多。

「我剛剛說我是在得知吉姆的死訊後，才決定射殺首相的，這是實話。不過我想我其實以前就有過這個念頭。我也不確定。」

「可是你剛說，昨天之前，你從來沒想到自己有一把槍。」

黎貝卡皺起眉頭。

「沒錯，我直到昨天才想到那把槍。」

「如果你以前就有過想射殺他的念頭，那麼，你可能以前就會想起那把槍。」

她點點頭。

「對，可能是，我也不知道。我只知道吉姆死了，什麼都無所謂了。我不在乎我會怎麼樣，我唯一在乎的是卡蜜拉。我愛她，可是除了愛，我什麼都給不了她。活在一個大家互相欺騙的世界裡很可怕。我們怎麼能容許一個卑鄙下流、背信忘義的人替整個國家做決定？他就是那樣的人，一個爛透的賣國賊。倒不是說不管誰去接替他的位置都會做得比他好，我沒那麼笨。可是我想讓他們看看，每一個管理國家、決定事情的人，都不能永遠欺騙百姓。我想很多人非常清楚，自己老是被欺騙、被出賣，可是大部分的人只是太害怕，要不就是過得太舒服，所以一聲都不吭。更何況，抗議或抱怨也沒用，因為那些掌權者根本不會注意。除了自己的重要地位，他們什麼都不關心，他們根本不關心普通老百姓。我殺他就是因為這個。這樣他們也許會害怕，知道人民不像他們以為的那麼脆弱。他們不在乎人民需不需要幫助，要是人民沒有得到幫助而抱怨或大聲嚷嚷，他們也不在乎，可是他們總會在乎自己的性命吧。我——」

電話鈴聲打斷了她，馬丁・貝克很後悔剛才沒有吩咐不准打擾。黎貝卡如此滔滔不絕是極不尋常的事，他以前見到的她都是害羞而沉默的。

他拿起話筒。接線生告訴他，他們還在找布萊欽，只是目前一無所獲。

馬丁・貝克放下話筒，這時有人敲門，希德伯・布萊欽走進房間。

「你好。」他對馬丁・貝克簡潔地打了招呼，隨即走到黎貝卡身邊。「原來你在這裡，蘿貝塔。我聽到廣播說，首相被人射殺，根據他們對所謂犯案者的描述，我知道那人就是你，所以馬上趕了過來。」

「你好。」黎貝卡說。

「我們一直在找你。」馬丁・貝克說。

「我跟某個客戶在一起，」輾壓機說，「是個很有意思的人，懂得許多非常有趣的東西。他的父親是法蘭德斯地區編織的專家，很有名，我就是在他家聽到廣播的。」

布萊欽穿著一件黃綠色的斑點大衣，緊緊扣在他那令人印象深刻的肚子上。他好不容易脫掉大衣，順手往椅子上一扔，接著將公事包放在桌上，一眼就看到那支左輪槍。

「嗯，」他說，「不壞，用那個射中人並不容易。我記得有一回——大概就在大戰開打前吧，有一對雙胞胎兄弟被提起公訴，那樁案子裡也有一個這類的武器。如果你問完了，我可不可以跟黎貝卡談一下？」

輾壓機在公事包裡摸索，拿出一個銅製老舊雪茄盒，打開取出一截嚼過的雪茄。

馬丁．貝克從辦公桌後的座椅站起來。

「交給你了，我等會兒再來。」他說。

他走到門口，聽到輾壓機說：

「噢，黎貝卡，親愛的，這件事不大妙，不過我們會想出辦法。頭抬起來。我記得以前在克利斯琛市有個跟你一樣年紀的女孩，那是一九四六年的春天，同一年還發生了……」

馬丁．貝克嘆了口氣，帶上房門。

24.

馬丁．貝克曾告訴署長，恐怖份子二次暗殺參議員的機率微乎其微。他的判斷其實沒錯，以迅雷不及掩耳的速度出擊，之後消失得無影無蹤，這一向是ＵＬＡＧ的原則。如果因為計劃沒有成功而立刻進行二度嘗試，會被視為嚴重違反這項原則。

在教堂街那間兩房公寓裡，里華洛已經開始打包裝備，心想出境機會還是很大的，只要他動作快。就他所知，自己只要設法逃到丹麥就算安全了。事情究竟為何失敗，這個法國人倒是沒有多想，他不是那種人。

對雷哈德．海伊特來說，情況就截然不同了，因為警方知道他的相貌，勢必會四處搜捕他。屋內很暖和，他仰躺在床上，身上只有內衣和內褲，因為他才剛洗過澡。他還沒開始認真思索應該如何逃出瑞典。他很可能必須在這間屋子裡沉潛許久，靜候適當時機。

兩個日本人接獲的指示大同小異。他們必須待在色德蒙的公寓，直到風頭過去再離開——意思就是直到警察不再搜索他們，一切歸於平靜為止。他們和海伊特一樣，事前就先買了一大堆罐頭，起碼吃一個月沒問題。唯一的差別是，海伊特如果靠日本人那些古怪的食物維生，大概活不過幾天。他買的都是自己喜歡的食物，足夠自己吃很久，必要的話吃一整年也沒問題。

此時此刻，他腦海裡想的是別的事情。他們怎麼可能會失敗？他早先在訓練營裡就學到，結果不如預期和人員傷亡在所難免，不過，即使事情沒有成功或是有人犧牲，最重要的是不能留下任何蛛絲馬跡，以免讓人追蹤到組織。話說回來，里華洛很篤定炸彈已經引爆，這個人是從不失手的。至於說是那兩個日本人把炸藥放錯了位置，可能性更是幾近於零。

海伊特一向擅長推斷，也長於複雜的思考。他躺在床上不到二十分鐘就恍然大悟事情的前因後果。他起身走進行動中心。里華洛這時已經打包好了僅有的幾件隨身行李，正穿上外套。

「我知道怎麼回事了。」海伊特說。

法國人看著他，眼神帶著問號。

「非常簡單，他們把我們給耍了。收音機和電視根本沒在做實況轉播；那中間大概有半個鐘頭左右的時間差。我們行動時，車隊早就經過了。」

「嗯，」里華洛說，「聽起來很有道理。」

「這也就是警用頻道為什麼從頭到尾都要消音，因為廣播和電視台作假，警用頻道會讓它露出馬腳。」

法國人露出微笑。

「你得承認，這一招夠漂亮。」

「我低估了這些警察，」海伊特說，「顯然他們並非全都是笨蛋。」

里華洛看看房間四周。

「噢，這種事常有。我現在要走了。」

「你可以把車開走，」海伊特說，「我現在用不到了。」

法國人考慮了一下。這時候，整個瑞典、尤其是斯德哥爾摩周圍地區，警察的崗哨作業應該還頗為寬鬆，只是車子儘管不大可能被追蹤到，但終究還是個風險。

「不了，我坐火車離開。再見。」

「再見，」海伊特說，「後會有期。」

「希望。」

•

里華洛的盤算沒錯。隔天早晨他到達安卓爾摩，一路上沒有任何阻難，接著他搭巴士到了托瑞卡夫，漁船已經依約在港口等著。他立刻上船，不過一直等到夜幕低垂才出海。

他隔天早上就來到了哥本哈根，這時他已經相當安全了。他直奔火車站，在候車之際才看到早報的頭條新聞。

•

里華洛離開後，雷哈德・海伊特依舊躺在床上，雙手交握枕在腦後。他漫不經心地聽著廣播，思索著自己第一次的重大挫敗。雖然他們事前準備得盡善盡美，執行也完美無缺，但某個人還是耍弄了他。是誰這麼狡猾，能用如此高招矇住他的眼睛？

廣播節目插播了一則特別新聞快報，他在床上坐直身體，訝異萬分；別的不說，他們等於鬧了一場笑話。海伊特發現自己大笑起來。

比較沒那麼好笑的是：他沒辦法冒險出門了，而且還得比以往更加小心。海伊特很慶幸自己很有遠見，帶了一堆好書過來，而且都是那種引人深思、可以反覆細讀的書。他可能要很久之後才會再見到彼得馬利茲堡*，對他這種典型的行動者來說，這段漫長的等待可能會很難熬。

對馬丁．貝克來說，這是令人瞠目結舌的一天，而它的高潮是黑格特．郝萊打來的一通電話。他說他現在有空了，但不知自己身在何處。

「你那裡都沒人知道？」馬丁．貝克說。

「沒有，大家都是從斯堪尼省來的。」

「那你們是怎麼過去的？」

「我們是搭警察專車來的，」郝萊說，「可是專車現在開走了，而且要到明天一大早才會來接我們。我只知道附近有鐵道，這裡的火車都是綠色的。」

「是地下鐵，」馬丁．貝克思索後說道，「是某處的郊區。」

「不對不對，這些火車不走地下。」

「叫他走出去到最近的街角，看看那條街叫什麼名字。」一向愛側耳偷聽的黎雅說。

「那是鬼在說話嗎？」郝萊邊說邊笑。

---

* 彼得馬利茲堡（Pietermaritzburg），南非城市，位在南非東部。

「不完全是。」

「我聽到她說的了。」郝萊說，「你等我一下。」

整整四分鐘後他才回來。

「利維斯賈街。你可有什麼概念？」

馬丁・貝克對這個街名毫無概念，不過黎雅立刻再度插手。

「他在法斯特區。你要他想辦法找到這裡，跟殺了他其實沒兩樣——那裡的街道密密麻麻。你叫他在街角等，我二十分鐘後會去接他。」她說。

「我聽到了，我聽到了。」郝萊說。

黎雅穿上紅色橡膠雨靴，邊開門，邊扣好身上的帶帽風衣。

「再會。要是你敢碰爐子的開關，那就祝你渾身被烤焦。」她說。

「你那邊那位小姐還真有禮貌呢，」郝萊大笑，「她叫什麼名字？」

「你自己問她吧。」馬丁・貝克說，「等會見。」

整整四十四分鐘後，她帶著郝萊回來了。這兩人顯然是相見歡，馬丁・貝克聽著他們又說又笑地走進電梯。她一進屋就把身上的外出服一把甩開，朝壁鐘瞄一眼就往廚房裡衝。

郝萊細細打量這房子，終於開口說道：

「住在斯德哥爾摩也不壞嘛。」又說，「今天究竟是怎麼回事？貴城的警察連個屁也不知道，我們也只知道杵在他們要我們站的地方。」

他說的沒錯。每每遇到這種情況，街上的警察就跟下了田的士兵一樣，什麼事都不知道。

「一個女孩射殺了首相。她躲在里達虹教堂裡，負責檢查該地區的安全人員失職，沒看到她。」

「我實在不是他的粉絲，」郝萊說，「但說這個好像也沒什麼意義。他們不到半小時就能再找出一個跟他一模一樣的人啦。」

馬丁・貝克點點頭，接著問：

「安得斯勒夫那裡有沒有事？」

「很多事，」郝萊說，「不過都是好事。比如說，克勒跟我拯救了那間酒行。有人想讓它關門，可是跟牧師和警察首長這樣的強敵對抗，大部分的人只能以卵擊石。」

「佛基・班特森還好嗎？」

「噢，我想還可以吧，他好像永遠都是老樣子。不過有個從斯德哥爾摩來的神經病買下了席布麗・莫德的房子當避暑小屋。」他縱聲大笑，「還有，柏諦・莫德也發生了怪事。」

「什麼事？」

「我本來要問他關於那塊土地的問題，結果發現他竟然把房子、酒吧和所有家當全都賣掉，又出海去了。真不知道是什麼促使他那麼做。」

馬丁・貝克沒有回答，他就是促成柏諦・莫德那麼做的原因。

「噢，我們發文到處詢問，最後接到台灣台北一家航運公司寄來一封非常漂亮的信。他們說他們四個月前在賴比瑞亞雇用了莫德船長，他現在是『台灣太陽號』貨輪的船長，目前正在海上運送一批茅草，要從突尼西亞運往里約熱內盧附近。我這才放棄。不過有件事我很納悶。莫德向來是爛醉如泥，健康檢查從來沒有合格過，他媽的怎麼會變成一艘大商船的船長呢？」

「如果你塞個五百美金給賴比瑞亞的醫生，說不定也拿得到一張證明，說你有條木腿、一個玻璃眼珠。」馬丁・貝克說，「我只是很驚訝，為什麼他之前自己都沒想到。」

「他自己？」郝萊說，「原來是你……」

馬丁・貝克點點頭。

「席布麗命案的偵訊過程有好幾處讓我很吃驚，」郝萊繼續說，「比如，他們說兇手——管他叫什麼名字——有心臟病，警察來抓他的時候暴斃死了。」

「所以？」

「普通人不太可能那樣恰巧心臟病發。後來我在特樂柏偶然見到了那個兇手的醫生，他提到那傢伙有嚴重的心臟病。他不能抽菸、喝酒、爬樓梯，不能受刺激和興奮，他甚至不能搞——」

黎雅走進房間，郝萊立刻住口。

「他不能什麼？」黎雅問。

「搞女人。」郝萊說。

「可憐的傢伙。」黎雅說完又鑽回廚房。

「還有一件事。」郝萊繼續說，「他的車被偷的時候連鎖都沒上，車庫門也大開。為什麼？當然是因為他希望引人來偷他的車，因為他知道那部車就是席布麗．莫德命案的證據。自從命案發生後，那部車就一直那樣放著，但之前可不是。要不是他家那個該死的老女人，說不定他永遠也不會去報失竊。」

「你應該來我們凶殺組才對。」馬丁．貝克說。

「什麼，我？你瘋啦？我根本連想都不去想這種事，這點我向你保證。」

「是誰在說『該死老女人』？」黎雅從廚房高聲問道。

「她該不會是女權解放運動者吧？」郝萊壓低嗓門問道。

「我想不是。」馬丁．貝克說。

「是我說的！」郝萊高聲喊回去。

掉了。」

「很好，」黎雅說，「只要不是指我就好。東西準備好了，過來廚房這裡，動作快，免得冷

黎雅非常喜歡煮菜，但她也非常討厭只顧狼吞虎嚥、照單全收，卻連一句評語也沒有的客人。

而這位來自安得斯勒夫的幹員是個模範客人。他自己就是個老饕，每一樣菜都仔細品嘗後才發表高論；而不管他說什麼，都是正面的好話。

幾個鐘頭後，他們送他上了計程車。他看來更滿足了。

•

十一月二十二日星期五，黑格特・郝萊又在圖書館對面的西維爾路口站崗。車隊行過之際，馬丁・貝克揚起手向他敬了個禮。

「你是在跟那個麋鹿獵人揮手嗎？」剛瓦德・拉森刻薄地說。

馬丁・貝克點點頭。先前他和剛瓦德・拉森擲骰子決定誰該去參加當晚的餐宴，幸運之神頭一次站在馬丁・貝克這邊。他和郝萊在大快朵頤黎雅的巧手廚藝之際，剛瓦德・拉森卻在受苦受

難。

斯陀馬斯特的晚宴是一片愁雲慘霧，可是參議員和倉卒安排的代位首相還是高調不斷。兩人的正式演說都提到那場「悲劇」，可是兩人都沒有再深入。演說內容依舊是友誼、和平、機會平等、互敬互重這些陳腔濫調。剛瓦德．拉森心想，這兩人用的好像是同一個文膽。

麥勒的安全措施這一回毫無差池，但他的「突擊小組」也毫無蹤影。

剛瓦德．拉森覺得這場晚宴無聊得讓他四肢乏力，因此從頭到尾只開過一次金口。望著夾克底下大大隆起的石頭臉，他對當時正好也在衣帽間的艾瑞克．麥勒說：

「那傢伙在國外怎麼可以帶武器？」

「他有特准令。」

「特准令？是誰發給他的？」

「發給他的人已經不在人間了。」麥勒面不改色地說。

安全局長離開後，剛瓦德．拉森兀自深思。他的法律知識不算淵博，不知道一個死人核准的非法特准令還算不算有效，效期又是多長。他百思不得其解，於是開始打量起石頭臉來。不久他就發現，自己其實相當同情這個人。好慘的工作，他心想，尤其還得在臉上插一根不點火的雪茄。

參議員的笑容淡了許多，整場宴會也黯淡不少，宴會因此沒有開到深更半夜。

隔天早晨，大家揣測紛紛，不知道國王會不會取消午宴。前一天發生這種事情，而他又剛從友邦芬蘭訪問歸國，取消其實也無可厚非。可是宮廷裡什麼消息也沒有，所以馬丁・貝克的人馬還是依照先前已為這個特殊場合部署好的複雜計劃行事。

一如國王的特別助理所說，國王並不害怕。他走出宮外，來到羅格階台，親自向那位參議員致意，歡迎他來到皇宮。唯一顯示出宮廷和美國大使館之間有過聯繫的跡象，是石頭臉奉命必須一直待在防彈車內。等到參議員毫髮無傷地踏上安全人員所謂的「敏感地帶」後，那部車才終於在皇宮廣場上停車。馬丁・貝克經過它淡藍色的玻璃窗，看到那個保鑣將雪茄放在一旁，拿出一瓶啤酒和一樣東西——毫無疑問，是午餐盒。

除了這個小細節，沒有任何始料未及的意外發生。午宴是國王私人安排的，除了參與盛宴的人，旁人沒有置喙或做主的餘地。皇宮外的示威群眾大大不如預估，主客雙方在羅格階台會面時，有人叫「我們要我們的國王」，也有人喊「美國佬滾回家」，聲量旗鼓相當。

對警方來說，時間是個重要的考量，尤其是對與保安局長合作，共同負責整個遠距安全的剛瓦德・拉森而言。剛瓦德・拉森不斷看錶，每一回都覺得驚訝——所有的行動都一如排定的行程，分秒不差。位居要津的政治人物和高官大老，大體而言都按照既定的時間表行事，而國王和那位參議員也都中規中矩，沒有偏離安排。參議員在準確的預定時間步上北側台階走到羅格階台，已經迎在那裡的國王立刻趨前問候。兩人握手後，一道由東側入口進入皇宮，完全依照先前的計劃。

主客雙雙踏進皇宮。關鍵時刻已過，馬丁．貝克和若干人等都大大鬆了一口氣。

午宴準時結束，參議員比預定時間晚了十五秒步入防彈禮車。一如往常，四下完全不見麥勒的蹤影；不過他人就在附近，這點毫無疑問。車隊排好隊形，開始長途跋涉前往阿蘭達機場。麥勒已經找了些手下尖兵——他麾下是有不少幹才——將皇宮廣場封鎖住，這一回整個地區的搜查工作倒是徹徹底底，滴水不漏。

瓦斯管線工人正在昨天爆炸的地區進行修理，離完工還早得很。車隊為了避開這一區，做了一個小小的轉向，行進速度反而比前一天加快許多。

剛瓦德．拉森和先前一樣開著飛快的保持捷，不按牌理出牌地在行列當中來回穿梭。他很沉默，腦中想的多半是海伊特和他的黨羽。他敢確定，那些人潛伏在暗處好一段時間了。

「有幾條不錯的線索，」他對馬丁．貝克說道，「就是那部車，以及海伊特的相貌特徵。」

馬丁．貝克點點頭。

過了半晌，剛瓦德．拉森又開口，這次有如自言自語：

「這一回諒你們插翅也難飛。有兩件事要做。先查出那部車是哪家公司賣掉或租出去的，接下來就等他們現身。我們得立刻找幾個人開始行動。可是要找誰呢？」

馬丁・貝克思考良久，終於開口說道：

「隆恩和史卡基。這差事不容易，不過史卡基頑固得像頭驢，而隆恩對這種例行事務最拿手。」

「你以前可不是這麼想的。」

「過了這麼多年，人是會變的，連我自己也是。」

沿途有不少示威者，不過數目遠比前一天少。大部分的示威群眾在惡劣的天候裡搭帳篷熬過一夜，後來那始料未及的發展似乎讓大多數人洩了氣。這一回沒有任何意外發生，只有一大堆橫幅布條，而這些東西過不久也會被這種爛天氣給毀掉。

機場的貴賓室裡，香檳酒再度斟上。剛瓦德・拉森再度把自己那杯倒進最近的花盆裡。參議員現在比較放鬆，笑容也不再那麼黯淡，開始逐一和在場的人握手。輪到剛瓦德・拉森時，這位美國來的貴賓將手插進褲袋，只是點頭微笑，而且是他最迷人、最燦爛的競選式笑容。他身後的石頭臉望著剛瓦德・拉森，眼神有種哀戚的理解，難得顯露出幾絲人性。

參議員照例來了個中規中矩的感謝演說——寥寥幾句、言簡意賅，而且再次提到那場「悲劇」。他接著走進安全局為他準備好、即將載他去搭飛機的吉普車。那輛車先前停在老遠的田野間，受到嚴密的保護。隨行的人除了馬丁・貝克和麥勒，還有昨天也參加了迎賓儀式，但現在已被匆忙推上部長寶座的那位政府大臣。最後上車的是石頭臉和他的雪茄。

「齷齪、該死的豬玀！」參議員登上活動台階、準備進入機艙時，旁觀席上一個黑人逃兵大叫。

參議員抬頭望了那人一眼，開心地微笑招手。

十分鐘後，飛機已經離開地面。

它陡然升起，旋出一條熠熠生輝的曲線，接著進入正常航道，不到一分鐘就不見蹤影。

回去斯德哥爾摩的途中，剛瓦德．拉森在車上說：

「我希望那個混帳東西搭的飛機撞毀。不過，我想這個要求實在太過份了。」

馬丁．貝克側眼望望剛瓦德．拉森。他從來沒見過他這麼正經。剛瓦德．拉森猛踩油門，車速立刻升到一百三十哩，相形之下，外面的車陣有如靜止一般。

兩人都沒開口說話，直到保時捷停在警局的停車場。

「真正的工作現在才要開始。」剛瓦德．拉森說。

「找到海伊特和那部綠色的車？」

「還有他的同黨。海伊特這種人絕不會單獨行事。」

「也許你說的沒錯。」馬丁．貝克說。

「一部綠色的老爺車，車牌有GOZ字樣。」剛瓦德・拉森說，「事情隔了這麼久，你認為她的記性可靠嗎？」

「沒有把握的事情她不會說出口，」馬丁・貝克說，「但這種事誰都可能弄錯。」

「她沒有色盲之類的吧？」

「沒有。」

「如果那部車不是偷來的，那就是買的或租的。無論如何，一定追蹤得到。」

「沒錯，」馬丁・貝克說，「這對史卡基和隆恩而言是個輕鬆愉快的差事。如果他們需要出外訪查，米蘭德可以接電話。」

「那我們要做什麼？」

「等，等著看動靜，就像ULAG那幾個傢伙。現在他們知道事情出了差錯，很可能會步步為營，靜靜潛伏在某處。」

「對，非常可能。」

他們估計的沒錯，不過只對了百分之七十五。

•

十一月二十二日星期五這天下午的情況是這樣的：

雷哈德·海伊特在蘇納的寓所，而那兩個日本人也在色德蒙的公寓裡，同時想著眼前的處境。

參議員在飛機躺椅上熟睡，他的私人飛機雷鳴般越過大海往西行。

石頭臉再也忍不住了。他拿出火柴盒，點燃了他的雪茄。

馬丁·貝克和剛瓦德·拉森正在對同事下達指令。隆恩打著哈欠；米蘭德將菸灰敲出來，接著以堅忍的神情看著錶；至於不斷尋求記功機會的史卡基則是專心聆聽。

幾百碼外，黎貝卡·林德再度步上法庭。這是正式拘提的必要程序，不過已幾經延誤，因為這起案子分配到了推土機手上，他覺得這案子太簡單了；另一方面，他想到輾壓機的疲勞轟炸就害怕，因此突然說自己生病，其實他人就在辦公室。代替他的是個女檢察官，立刻要求將犯人監禁，並且要為「徹底檢查被告的心理狀態」，這個過程往往要耗上好幾個月。

黎貝卡什麼都沒說。她看來一副孤苦伶仃的模樣，雖然左邊有個看來頗為仁慈的女警，右邊是希德伯·布萊欽。

檢察官結束發言後，在場眾人都不耐地等著布萊欽開口，因為法院那些官員想要下班回家，記者們也心急如焚，等著衝向最近的電話。

可是要等布萊欽開口，他們還有得等。他先是語帶憂傷地對他的客戶問候一番，接著打了兩個飽嗝，把皮帶挪鬆一格。

他這才開口說話：

「檢察官剛才的發言完全不正確。關於這起案件，唯一沒有疑問的事實，是首相被黎貝卡・林德射殺身亡。現在，這個國家的每一個人大概都在電視上目睹了事情經過。它不斷重播，一個小時前已經播出第十六遍了。身為黎貝卡的辯護律師和法律顧問，我很了解她，我深信她的心理狀態比起在場的所有人、包括我在內，不但健全得多，而且更不偏頗。我希望將來在審判庭上能證明這一點。換句話說，我希望她會獲得審判的機會。

「事實是：黎貝卡・林德在她短短的人生當中，一再和一個人人都必須臣服的專斷體制產生了衝撞。而這個社會、或是這個社會據以建立的理念，沒有一次曾向她伸出援手，也未曾給予諒解。檢察官以罪行缺乏動機的理由促請庭上准予檢查她的心理狀態，這怎麼看都是一個不折不扣、愚蠢至極的建議。事實上，黎貝卡的舉動有其政治上的基礎，雖然她本人並不屬於任何政黨，而且過著一種對宰制一切的政治體系完全無知的快樂生活。我們不要忘記，政治引發戰爭是無可避免的，這種荒謬的教條直到今日依然盛行，而且這個座右銘的創造者都是一些拿了大把酬勞、為這個資本主義社會效命的理論家。這個年輕女孩昨天的行為其實是個政治行為，雖然她或許沒有這個自覺。我認為，相較於其他數以萬計的年輕人來說，黎貝卡·林德更清楚看到了這個社會的腐敗。她因為對政治沒有接觸，對這個實施混合經濟的政府毫無概念，因此她的目光也更為清晰。

「最近——不，打從我有記憶以來，那些資本主義陣營的強權大國的統治者，若是根據一般法律規範來看，根本全都是罪犯。由於這些統治者的權力慾望和金錢慾望，他們的人民被帶進了一個自我主義、自我放縱的深淵，同時塑造出一種完全以物質主義為基石、對待人類同胞無情寡義的人生觀。這樣的政客受到懲罰的例子寥寥可數，而且懲罰也只是意思意思，因此這些罪人的繼承者依然受到同樣的動機指引，前仆後繼。我可能是這個法庭上唯一年紀大到記得哈定、柯立芝和胡佛的人。他們的所作所為受到了譴責，然而從那時到現在，情況可有任何明顯的改進？我們都走過希特勒、墨索里尼、史托斯納爾、佛朗哥、薩勒沙、蔣中正、依昂·史密斯、沃斯特、維伍德*及智利軍事將領等這些獨裁者的時代，他們不是帶著人民走向危難，就是為了私利而虐

* 史托斯納爾（Alfredo Stroessner, 1912-2006）巴拉圭總統，軍事獨裁者。薩勒沙（António de Oliveira Salazar, 1889-1970）為擁護獨裁體制的葡萄牙第二共和國總理。依昂·史密斯（Ian Smith, 1919-2007）為羅德西亞（辛巴威舊名）首任總理，期間剝奪黑人權益以滿足白人利益。維沃爾德（Hendrik Verwoerd, 1901-1966）和沃斯特（John Vorster, 1915-1983）為前後任南非總理，前者在任內以立法建立種族隔離政策，後者當時對此亦有協助。

待自己的人民，這和以軍事力量壓迫被占領的國家沒有兩樣。」

法官帶著惱怒望著壁鐘，但輾壓機無動於衷，兀自繼續說下去。

「有人曾說過，我們國家是個很小、但是很飢渴的資本國家。這樣的論斷是正確的。對於一個純粹以心靈來思考的人，就像這位不久就要被收押、人生已經毀了的年輕女孩，我們這樣的體制在他們看來勢必不可思議，而且令人義憤填膺。可是她知道，這種事一定有人要負責，而當這個人無法以正常途徑接觸到時，絕望和缺乏理性的恨意就把她沖昏了頭。

「我之所以說了這麼多，是因為根據我對法律的經驗，黎貝卡・林德絕對不會得到審判的機會，而我方才所言會是唯一為她辯護的話。她的情況其實已是無解，可是她這輩子第一次對那些毀了她一生的人還擊，這個動機是可以理解的。」

輾壓機稍停片刻，接著說出結辯：

「黎貝卡・林德犯下一樁謀殺案，當然我不能反對法律逮捕她。本人也請求庭上准予檢查她的心理狀態，然而我抱持的理由和檢察官截然不同。我抱著一絲微弱的希望，希望負責檢查她的醫生會得到與我相同的結論和信念：她比我們大多數人更有智慧，思維也更正確。若是如此，她就會在公平的狀態下接受審判。遺憾的是，我這個希望頗為渺茫。」

他再度坐下，打了個飽嗝，哀傷的眼神望著自己不太乾淨的指甲。

法官不到三十秒就宣判了結果：正式逮捕黎貝卡・林德，責令她進入國立精神醫療中心進行長期觀護。

希德伯・布萊欽的估計沒有錯。這段評估過程花了將近九個月，結果是將她轉至某精神病院做精神治療。

三個月後，黎貝卡了結了自己。她撞牆自盡，力道之大，連腦殼都撞碎了。

她的死因被歸為意外。

25.

埃拿・隆恩和班尼・史卡基花了一個多星期才找到那家租車公司。海伊特當初租車沒找知名的大公司，他找的是一家小小的私人車行。

他租來的車是一般款式，事實上是歐寶的Rekord車款。車是綠色的，原本的登記號碼是FAK 311。可想而知，他拿到車子後立刻就換掉了車牌。他用的仍是安德魯・布萊克這個假名，地址當然也是假的。不過，算他倒楣的是，他對斯德哥爾摩的街道認識不清，選的假地址恰好正是他和日本人暫居的那一區。因此，當史卡基和隆恩挨家挨戶查訪該區住戶時，意外地沒多久就有了線索。

「對不起，請問你有沒有看過這個人？」班尼・史卡基拿出證件，把這個問題問了第八百五十遍。

「噢，看過。」開門的女人說，「他有一輛綠色的車，以前就住在這裡，十一樓，跟兩個日本人同住。那兩個日本人其實現在還在這裡。一個個頭矮小，一個則是虎背熊腰，塊頭大得可怕。不過照片上這個男人大概三個星期前就離開了。有時在電梯裡剛好遇到，他們都非常客氣有禮貌，是做生意的，這裡是公司替他們租的房子。」

「所以那兩個日本人現在還住在這裡，是嗎？」隆恩說。

「是啊，不過他們已經很久很久沒出門了。他們之前曾經從公車站旁那間超級市場買了好幾大箱的食物。」

這個女人顯然是觀察入微的那種人，說得精確些，就是那種超愛管閒事的雞婆型。史卡基眼見機不可失，立刻追問：

「你能否告訴我，最後一次看到那兩個日本人出門、或是進電梯是多久以前？」

「打從里達虹發生那起可怕的命案後，我就沒見過他們了。」她的手往額頭一拍，立刻興致盎然地問道，「你該不會認為——」

「不不，完全不是這樣。」隆恩立刻否認。

「犯案兇手不是當場就被逮了嗎？」史卡基提醒她。

「確實，」女人說，「那女孩也不可能易容成兩個日本人，可不是嗎？」她笑起來，接著又說：「我對那兩個黃種人可沒任何偏見，對照片裡的男人也是。他其實是個很帥的男人啊。」

爆炸案和那宗震驚全國的命案發生至今已經十七天了，警政署現在正面對兩個難題。第一，海伊特是不是仍在國內，還是已經潛逃出境？第二，他們該如何處理那兩個勢必從頭到腳帶著武器、說不定還奉令頑抗到底的日本人？或許他們寧可把自己和突擊者炸得粉碎，也不會投降。

「我要活捉這些惡魔。」剛瓦德．拉森沉著臉望著窗外。

「你認為整個恐怖組織只有這些人？」史卡基問，「兩個日本人，外加海伊特？」

「很可能有四個，」馬丁．貝克說，「第四個無疑已經遠走高飛。」

「你為什麼這麼認為？」史卡基問。

「我不知道。」

馬丁．貝克的揣測往往很準確，許多人稱之為直覺。不過依照他自己的看法，直覺在實際警務中扮演的角色並不重要；他甚至懷疑這世上是否真有直覺這種東西。

埃拿．隆恩此刻正在譚多區一棟差點兒就得以武力徵用的屋子裡。還好他們終於賄賂成功，條件包括讓那家住戶住進城裡的豪華旅館，而且食宿全包。

隆恩的掩蔽物是一層紗網窗簾，只要他不點燈或點燃火柴，就不會被人看見，而這兩件事他都不會做。隆恩不抽菸，口袋裡時時揣著的丹麥牌香菸，純粹是為了服務那些對尼古丁飢渴的嫌犯。

在這六個小時裡，他透過一副精良的雙筒望遠鏡，看到對面公寓裡的日本人現身過兩次，兩人身上都扛著機關槍。兩棟樓相距大約四百碼，如果隆恩是個神射手，又有一把配有遠視鏡的來福槍，他至少能撂倒一人，而且可能是第一個掀起窗簾的那個大塊頭。只可惜他不是神射手。

十個小時後，史卡基過來接班，隆恩已經筋疲力盡。史卡基對接獲的指示不甚滿意。

「剛瓦德‧拉森說我們要活捉那些傢伙，」他語帶挖苦，「我們哪辦得到啦？」

「噢，剛瓦德不喜歡殺人。」隆恩邊說邊打哈欠，「四年前我們到達拉街那棟大樓屋頂上出任務時，你還沒來，對不對？」

「對，那時候我還在馬爾摩。」

「馬爾摩，」隆恩說，「那個城市連警察首長都腐敗，還真是個好地方。」他趕緊又說，「當然，我不是說你跟那種事情有關係，你跟那種事當然沒關係。」

他穿上外套，走到門口，又轉過身來。

「記住，千萬別碰窗簾。」他警告道。

「不會，我當然不會去碰它。」

「有什麼重要的事，馬上撥紙條上這個號碼，電話會直接轉給貝克或拉森。」

「好好睡。」

史卡基知道自己即將面對十個小時毫無目的的跟監。

夜更深了，對面窗戶裡的燈光黯淡下來。史卡基一開始以為那兩個日本人睡覺去了，可是有盞燈始終亮著，他因此想到，這表示那兩人可能是輪流睡覺。他的想法在午夜過後未久果然得到證實，他頭一回看到其中一人。是矮小的那個，正撩開窗簾向外張望，顯然沒看到值得注意的東西。史卡基有一副極好的夜用型雙筒望遠鏡，所以清楚看到那人的右手肘邊懸著一把機關槍。史卡基暗忖，那兩人必須監視兩個方向，那麼警察就可以鎖定大樓的某一邊攻堅，也就是前門和地下室入口的那一邊。

過了一會，史卡基看到一群越來越常見的不良少年沿街走來，砸爛了所有街燈的燈泡，使得整個地區陷入一片黑暗。這群小暴民有男有女，但從遠處看很難分辨。日本人之一，還是那個小個頭，再度向外張望，看外頭發生了什麼事。

隆恩早上七點鐘過來接班時，史卡基告訴他：

「我只看過其中一個人，不過看到了兩次。他有武器，但跟我們那些小流氓同胞比起來，似乎冷靜得多。」

聽到「小流氓」這個字眼，隆恩不禁陷入沉思。芬蘭的孟納海陸軍元帥曾經在廣播中說過這個字，不過之後他就沒再聽過。想必是很久很久以前了。

班尼・史卡基離開了，埃拿・隆恩接替他，躲在紗網窗簾後面。

•

國王島街警局裡的人也不見得輕鬆。斐德利克・米蘭德午夜過後沒多久終於回家了，不過因為他就住在附近，所以很容易——呃，其實不太容易——被召回來。

馬丁・貝克和剛瓦德・拉森下班後也沒走，埋首在各種影印圖片、譚多區地圖和各大樓的平面圖裡，直到灰撲撲、看了令人難過的晨曦開始爬上屋頂。

米蘭德離開前曾經拋下一句話：

「那是一棟典型的公寓建築，有救生梯的那種，是嗎？」

「沒錯，」剛瓦德・拉森說，「所以？」

「救生梯就接在那間公寓後面，對不對？」

這一回是馬丁・貝克開口問：

「所以？」

「我一個小舅子住的正好也是這種大樓，」米蘭德說，「我知道這種樓房的構造。有一回我去幫他裝鏡子，那面鏡子好大，結果鏡子把牆壁戳破了，一半落在救生梯裡，一半跑進他鄰居家的客廳當中。」

「那個鄰居有說什麼嗎？」剛瓦德．拉森說。

「他有點驚訝，當時他正在看電視，足球賽。」

「你的重點是什麼？」

「我的重點是，說不定我們可以從這裡想點辦法，尤其是如果我們打算從三、四個方向攻堅的話。」

米蘭德說完就回家去了，顯然急著開始他那不可缺少的夜晚睡眠。

趁著國王島街還算是安靜的時刻，馬丁．貝克和剛瓦德．拉森開始將米蘭德的想法化為一個——姑且客氣點說，就稱之為「計劃」的雛型吧。

「他們的注意力會特別放在前門，因為那是唯一的門。」馬丁．貝克說，「他們會預料某人、比如說你，衝進大門，後頭一堆武裝警察跟著蜂擁而入。要是我對這些傢伙的策略猜得沒錯，他們會是來多少殺多少。而一旦大勢已去，還會把自己炸成碎片，免費帶走幾個我們的人。」

「我還是想活捉他們。」剛瓦德・拉森陰沉地說。

「可是要怎麼活捉？把他們餓到不得不出來？」

「好主意，」拉森說，「然後耶誕前夕，我們讓署長扮成耶誕老人，帶著一大盆布丁上門。他們會驚訝萬分，立刻投降，尤其莫姆要是也來參一腳，派出十二架直昇機和三百五十名帶著警犬、身穿盔甲和防彈衣的弟兄的話。」

馬丁・貝克以老姿勢倚牆而立，一支手肘撐在老舊的金屬檔案櫃上。剛瓦德・拉森則是坐在辦公桌後，用一把拆信刀剔著牙。

隨後的一個鐘頭裡，兩人說不到一句話。

•

班尼・史卡基是個射擊好手，他不但有機會在射擊場上表現這個優點，在工作上亦然。如果他是個人頭獵人，當初那個黎巴嫩人的醜陋頭顱勢必會為他的收藏品增添光采。那人曾經被列為全球十大危險人物。

史卡基的夜視能力也是一流。儘管屋外伸手不見五指，而且日本人用燈非常儉省，他還是看得到兩人正在用餐。他們的晚餐顯然謹守儀式，兩人一身白衣，很像是柔道服，一左一右跪坐在一面方巾的兩旁，而方巾上擺滿了小碗小碟。

那個畫面看來悠閒而寧靜。但是他發現，兩人伸手可及處各有一把機關槍，就藏在雜誌下頭。

他自己的來福槍則是放在走道上，是一支布朗寧。史卡基很有自信可以把那兩個人射倒，讓他們根本來不及找掩護或還擊。

但是接著呢？還有，這樣該怎麼向上面交代？

史卡基不甘願地放棄了突擊的念頭，在黑暗中怏怏地盯著窗外。

•

馬丁·貝克和剛瓦德·拉森面對的是一個非常棘手的難題。不過，他們得先睡幾個鐘頭再說。他們分別在兩間空辦公室躺下，吩咐任何人都不得打擾，除非有大規模的屠殺或是非常嚴重的犯罪事件發生。

六點鐘不到，他們就起身了。剛瓦德・拉森打給隆恩，隆恩剛睡醒，聲音聽來有點含糊。

「埃拿，你今天不必去譚多。」

「呃，真的嗎？為什麼？」

「我們得在這裡跟你談談。」

「那誰去接史卡基的班？」

「史托葛林或是伊克會去接班，那種差事又不是很難。」

「你們要我什麼時候過去？」

「等你看完報紙，喝完咖啡，或是做完平常早上會做的事就過來。」

「好，好的。」

剛瓦德・拉森掛上話筒，直盯著馬丁・貝克看。

「三個人應該夠了。」最後，他終於說道，「一個從陽台，一個從大門，一個從緊急逃生梯。」

「破牆而入。」

「完全正確。」

「你是破門而入的高手，」馬丁・貝克說，「可是對牆壁怎麼樣？」

「不管是誰要破牆而入，勢必得有個氣壓鑽孔機和滅音器。光是偽裝的音效或許概不掉噪音，而且他們從頭到尾都會守著大門，所以我的看法是，從陽台上攻堅的人機會最大。你認為我說的對不對？」

「話是沒錯，但我們要用哪三個人？」

「有兩個是理所當然的人選。」剛瓦德．拉森說。

「你跟我。」

「這是我們的點子，而且執行起來難度很高，難道我們能把責任推給別人？」

「是不能。可是，誰……」

「史卡基如何？」剛瓦德．拉森躊躇半晌後提出建議。

「他太年輕了，」馬丁．貝克說，「而且他的孩子還小。他學得很快，可是還是太嫩，尤其實務上。我光是想像他躺在那間公寓裡死掉的景象就受不了，就像我當初看到史丹斯壯死在那輛公車裡。」

「那你受得了看到誰躺在那裡死掉？」剛瓦德．拉森的語氣透著不尋常的嚴厲。

馬丁．貝克沒有回答。

「米蘭德太老了，」剛瓦德．拉森說，「他當然會自告奮勇，可是他都快五十五了，而且他做的已經超過他的職責。再者他的動作也慢了點。就事論事，雖然我們動作不慢，畢竟也不年輕了。」

「所以只剩下——」

「埃拿。」剛瓦德・拉森說完，長嘆了一聲。「我想了好幾個鐘頭，埃拿有哪些缺點我們都很清楚，但他有個很大的優點：他跟我們合作那麼久，懂得我們的想法。」

馬丁・貝克深深懷念起柯柏。隆恩無疑懂得剛瓦德・拉森的想法，可是他也可以篤定地說，隆恩不懂得馬丁・貝克的想法——也或許他懂，只是從來不形於色。

「我們得跟他談談，」馬丁・貝克說，「這種任務不是你可以直接下令說『你就這樣那樣做』的。」

「他不久就會到。」剛瓦德・拉森說。

就在兩人等待的同時，史托葛林被派往譚多區的公寓。史卡基累得連表現驚訝都省了。他將那把精良的來福槍放進像是某種樂器盒的槍盒裡，接著便離開大樓，踏入他新買的車，回家睡覺去了。

直到快要九點，隆恩的紅鼻子才出現在門口。他確實是慢慢來，主要是剛瓦德・拉森的口氣聽起來不像會有驚喜，另一方面也是因為他長久以來都沒有機會放輕鬆，因此他好整以暇地搭乘地鐵進城，因為基本上他討厭開車。

和兩人打過招呼後，他帶著戒備的神情坐下，望著兩位同事。馬丁．貝克認為剛瓦德．拉森和隆恩是多年好友，決定由他開口。剛瓦德．拉森也這麼想。

「貝克跟我想了好幾個鐘頭，看要怎麼逮到譚多區的那兩個傢伙。我們現在總算想出了一個可能的對策。」

「可能」這個字用的真好，馬丁．貝克心想。剛瓦德．拉森將攻堅計劃大致說了一個梗概。

隆恩一語不發地坐了好久，這才抬眼看著他們。他對馬丁．貝克只是迅速瞄了一眼，彷彿已經看過他好多次，所以深知他在想什麼；他接著對剛瓦德．拉森凝視良久。那股靜默令人難以忍受。由於他們一開始就交代米蘭德擱下所有來電，所以連靠電話鈴聲打破緊繃氣氛的希望都沒有。

終於，應該過了好幾分鐘，隆恩說話了：

「在我的家鄉，他們把這種事情叫做自殺。」他接著又說，「你們把這個所謂的攻堅計劃告訴米蘭德了嗎？」

「說了，」馬丁．貝克說，「事實上，基本的想法就來自於他。」

「什麼叫基本想法？所以這樣他就能置身事外？」

隆恩對這個計劃的看法竟然是這樣，馬丁·貝克和剛瓦德·拉森簡直掩飾不了他們的失望。然而隆恩突然快步走到窗邊，望著窗外的風雪，以憂傷的口氣說道：

「好，我想我就接受吧。把那鬼東西拿到這裡來，讓我好好看個仔細。」

大約半小時後，他說：

「我想，你們的想法是你從門口衝進去，馬丁從他們樓上的陽台空降而下。」

「沒錯。」剛瓦德·拉森說。

「而我則是轟轟隆隆，破牆而入。什麼時候攻堅？」

「他們通常什麼時候吃飯？」馬丁·貝克問。

「九點。」隆恩說，「第一餐準時九點開飯，而且通常吃得很久，有一大堆菜。」

「那我們就在九點零五分下手。」

26.

這一天是十二月十三日，星期五，可是沒有人敢拿這個日期開玩笑。

如果他們三個人中有人曾經懷疑，在一個密閉空間裡，十台氣壓鑽孔機能否製造出難以忍受的噪音（尤其還有兩個轟隆作響的挖壕機、四個聲嘶力竭的鋪路機當背景），那麼那天早上八點五十八分，這股懷疑立刻變成了百分之百的肯定。

隆恩和三個弟兄在樓梯間開工。他們鑿出了好幾個頗深的洞，屆時只要輕輕一推，牆壁就會倒塌。在場沒幾個人用過氣壓鑽孔機，但隆恩正好是其中之一。大樓外那台笨重機器的操作員也都是警察，他們的連身工作服是從公路局借來的。

站在公寓外電梯旁的剛瓦德・拉森當下就知道鑽洞不是自己的專長。即使他用力用得臉色發青，鑽子還是不斷滑落，徒然發出可怕的噪音。

這時候，馬丁・貝克則是俯臥在樓上的陽台，身旁有個輕型的鋁梯。原本住在這一戶的人家已被警方請到另一層樓，他們並沒有嚴重抗議。至於和日本人同一樓層的另一戶，現在正好是空的。這棟大樓偷工減料得很厲害，房租又貴得離譜，所以很多付得起這個價錢的住戶後來都寧可搬去別處。事實上，擁有這棟大樓的那家國際企業，最近還把那個承包建築的跨國大集團告上法院。控訴的罪名包括毀約、疏忽、偷工減料、詐欺等。總而言之，大規模住宅開發計劃中的謬誤在這裡應有盡有。

透過水道口的一條裂縫，馬丁·貝克可以看到樓下的陽台。兩個日本人曾經出來兩次，探看樓下的挖土機和鋪路機是怎麼回事。

馬丁·貝克這個小組估計過，內部的準備工作需時八分鐘，而它也確實耗時八分鐘。準九點過五分，剛瓦德·拉森踢開屋子大門，旋風似地衝進室內。那一扇仿木材的大門立刻坍塌，變成一堆難以辨識的垃圾。

大塊頭日本人拋開早餐一躍而起，雙手捧著機關槍，轉頭面向剛瓦德·拉森。說時遲那時快，他右側的整面牆此時應聲而倒。大塊大塊的牆壁碎片倒落在房內，埃拿·隆恩也一起衝了進來，手中握著華瑟手槍的他看來凶猛無比。在此同時，馬丁·貝克也分秒不差地踢開陽台門，他發現踢門其實很有趣，雖然這道門只是玻璃和硬質纖維做的。

這兩個日本人不但勇氣和所受的訓練無可挑剔，對於策略戰術也非常清楚。他們雖然防備周全，還是吃了一驚。三面受敵的他們如果企圖抵抗，眼前三個身穿橘色工作服、但應該是警察的人勢必會立刻將他們擊斃。他們一語未發，可是大塊頭側身轉向隆恩和那道碎裂的牆。剛瓦德．拉森抓住這個機會，在他身後以一把點三八口徑的槍托猛敲下去，這個武器可是他自掏腰包買的，不過從來沒對人發射過。

幾乎是同一時間，兩個尺寸和外形與一般雪茄菸盒相仿的小木盒，從那條充當早餐桌巾的白色方巾內掉落在地。每個小盒子上都有一根線，各自繫在兩人的手腕。

不難知道那兩個盒子裡是什麼——兩個袖珍炸彈，那兩條繫在兩人腕上的線就是引信，只要其中一人有時間把線一拉……

可是他們為什麼沒有時間？只要快速拉一下，炸彈就會爆裂，大家同歸於盡。

剛瓦德．拉森迷惑了，接著他注意到，他對面那個巨無霸逐漸恢復了神智，正準備去拉他的那根線。生死之間似乎只是五或十秒鐘的事。

剛瓦德．拉森幾近氣急敗壞地大叫：

「埃拿！那根線！」

接下來，隆恩做了一件他自己或任何人都不敢置信的事——他將自己的華瑟槍舉高一、兩吋，以幾乎不是人做得到的精準，射斷了那根連在引信上的線。要知道，他的射擊技術在整個小組裡是最令人扼腕嘆息的。

那條線攤在地上，變成了毫無作用的一團線。這時候，剛瓦德・拉森大喝一聲，整個身子往體格和他不相上下的大塊頭撲了過去。

兩人纏鬥之際，隆恩轉向馬丁・貝克和另一個日本人，冷靜說道：

「馬丁，那條引爆線。」

小個子日本人手上的機關槍早已被馬丁・貝克踢掉，身無寸鐵的他面對兩名敵手，做了一件他剛才來不及做的事。他一面以怪異的理解眼神看著隆恩，一面將繫在右手的引信餘線往回收，打算來個最後一扯。他看著隆恩和那把槍，心裡似乎在想：他為什麼不殺我？

眼看那日本人的眼神定在隆恩身上，馬丁・貝克從內袋取出一把辦公室剪刀，喀嚓一聲就把那根線剪斷了。趁著小日本人驚訝地轉頭望向馬丁・貝克時，隆恩冷冷地用左輪槍托往他頭上一敲，日本人身體一癱，連聲嘆息也沒，隆恩再屈膝將他銬住。馬丁・貝克用腳將盒子踢到一旁，這東西現在應該沒有殺傷力了，不過誰也不敢保證。

大塊頭日本人比剛瓦德・拉森起碼年輕個二十歲，不但壯碩無比、動作靈活，還是柔道、柔術、高段空手道的高手。

可是靠這個來對抗剛瓦德・拉森盲目的憤怒怎麼會有用？拉森覺得胸中有股仇恨在奔騰，那是一股狂烈、失控的仇恨，因為他最恨那些為錢殺人、完全不管對象是誰、為何而殺的人。經過幾分鐘的纏鬥，剛瓦德．拉森占了上風，開始將對手的臉和胸猛往牆上砸。砸到最後，那個日本人已經不省人事，衣服被血浸透，可是剛瓦德．拉森依然不肯鬆手，抓起大塊頭已經麻痺的身軀，準備再度攻擊。

「剛瓦德，夠了，」馬丁．貝克靜靜說道，「把他銬起來。」

「好。」剛瓦德．拉森淡藍色的眼眸恢復了澄明。「我不常這樣的。」他道歉道。

「我知道。」馬丁．貝克說。

他低頭看著那兩個已陷入昏迷的人。

「活捉，」他口氣輕得像是自言自語，「終究還是成功了。」

「對，成功了。」剛瓦德．拉森抵著最近的門柱，揉搓著自己痠痛的肩膀，口中也像是自言自語，「這傢伙還真是他媽的壯。」

接下來發生的事，只能說是一場荒謬的反高潮。

馬丁．貝克走到陽台，打手勢要下頭的噪音停止。回到室內後，他看到隆恩和剛瓦德．拉森正忙著掙脫身上的橘色連身工作服。

一個他們不認識的警察從毀掉的大門探頭進來，隨即對他身後的人比了個「安全」的手勢。電梯門打開，推土機頭垂得低低的，以小碎步衝進屋內。

他先看看昏迷不醒的日本人，接著望望滿目瘡痍的房子，快樂的眼神最後才掃到馬丁・貝克、剛瓦德・拉森和埃拿・隆恩身上。

「幹得好，兄弟們，真沒想到你們會成功。」他說。

「真沒想到？」剛瓦德・拉森語帶嘲弄，「那你他媽的來這裡做什麼？」

推土機的手指在他巨大的領帶上來回順了幾次，他今天打的是美國某政黨的領帶，綠底襯著白色的大象圖案。接著，他清清喉嚨說道：

「Hitadichi以及Matsuma Leitzu，本人在此宣布，你們因為謀殺未遂、恐怖主義、持械拒捕等罪名遭到逮捕。」

個頭較小的日本人已恢復神智，他彬彬有禮地說：

「抱歉，先生，但那不是我們的名字。」他頓了頓，又說，「如果您以為您剛叫的是我們的名字的話。」

「噢，名字這檔子事遲早會弄清楚。」奧森開心地對身後的警察做了個手勢。

「好了，把人帶回國王島街。把他們的權利唸給他們聽，告訴他們明天會被正式拘提。如果他們沒有律師，我們會指派一個。」他又補上一句，「但最好不是輾壓機。」

推土機的幾個手下進入屋內帶走了那兩個日本人，其中一個自己走了出去，另一個則是用擔架抬出去。

「沒錯，」推土機說，「弟兄們，真是一流的表現。我就說嘛，做得漂亮極了。不過我還是不懂，這種事你們為什麼要親自上陣。」

「也是啦，」剛瓦德・拉森說，「這種事你不會明白的。」

「拉森，你是個怪人。」推土機說。

話聲才落，這位檢察官和他身上那套皺不拉幾的藍色西裝早已飄然遠去。

「這怎麼會……」等到推土機不見蹤影，剛瓦德・拉森說。

馬丁・貝克也有同樣的疑問，不過他什麼都沒說。

其實非常簡單。推土機到處都有耳目，他在任何地方都安插了眼線，然後盡量尋找機會邀功。馬丁・貝克以前很確定推土機不可能在凶殺組裡有眼線，但現在看來，他在制暴組裡還是有個人。

會是誰？

是伊克？還是史托葛林？

史托葛林似乎比較可能，雖然他絕對不會承認。

「噢，」隆恩說，「好玩的結束了，對嗎？」

「好玩？」剛瓦德・拉森瞪視隆恩良久，硬是把下一句話吞回肚子裡。

馬丁・貝克仔細端詳那兩個炸彈盒。這東西犯罪實驗室三兩下就能解決。

四百碼外，史托葛林正坐在紗網窗簾後面吞雲吐霧。打從一個鐘頭前和推土機通話後，他除了吐菸圈外，幾乎什麼都沒做。他心想，自己終於可以得到求之若渴的升遷機會，調到推土機的特別小組去了。

班尼・史卡基則在家中床上。他正在做的事屬於個人隱私。

「他媽的，海伊特人在哪裡？」剛瓦德・拉森的語氣頗為沮喪。

「你就不能想點別的事嗎？」隆恩說，「至少目前別想這個？」

「那要想什麼，你說說看？」

「噢，比如我射斷了那條線，那簡直是神乎其技，匪夷所思。」

「上回的訓練競賽你得幾分？」

「零分。」埃拿・隆恩的脖子都紅了。

「那傢伙真是他媽的壯。」剛瓦德・拉森揉著自己的後腰，又說了一遍。

十五秒後，他又對自己問了一遍：

「他媽的，海伊特人到底在哪裡？」

27.

十六日早上，起訴兩名日本人的程序正式開始，但那也成了斯德哥爾摩法院有史以來最滑稽荒謬的一場戲。

在瑞典，負責辦案的檢察官照理說是以抽籤決定，這是為了某種維持公平的假象。不過要是抽籤不可行而必須以提名決定，那麼推土機會想盡辦法讓自己的名字出現在所有籤條上，因為他誇張的行徑、勢在必得的氣勢，加上自然流露的睥睨神情，會讓人覺得由其他人來扮演這個角色都未免荒謬。他的西裝才剛燙過——其實就是當天早上；鞋子擦得雪亮，紅色鑽油平台圖案的鮮綠色領帶是伊朗國王私人贈送的禮物——他自己是這麼說的。

推土機特別要求馬丁・貝克、剛瓦德・拉森和埃拿・隆恩列席。法庭上也擠滿人，有的純粹是出於好奇而來，有的則是以知悉最新進展為己任。坐在旁聽席最前排的警政署長和史提格・莫姆就屬於此類。知名度稍低的，則是禿頂上有一圈狐紅色亂髮的安全局長。據知，這是麥勒在十一月二十一日那件事情之後的首次公開露面。

法院為這兩個日本人指派了一個公設辯護人，希德伯・布萊欽與此人相比，簡直就是丹諾*和林肯總統的混合體。飽受剛瓦德・拉森老拳招待後，大塊頭日本人看來有如老電影裡的木乃伊，而那個小個頭則是彬彬有禮、面帶微笑，無論是誰無意間瞄到他，他都是又鞠躬又哈腰的。兩個日本人開始裝瘋賣傻，事情變得很複雜。他們不得不召來口譯員。

推土機偵辦本案最大的弱點，是他其實並不知道這兩名被告的姓名。在介紹案情始末時，他從國際刑警組織的通緝要犯名單中唸了十四個不同的姓名，而他每唸出一個，那個木乃伊和他那位比較親和的朋友就搖搖頭。

法官終於失去耐心，於是要翻譯員直接問那兩個日本人的姓名和出生日期。

和氣的日本人回答，他們的名字是回天和神風，同時道出出生年月日。木乃伊則是完全沒開口。

馬丁・貝克和剛瓦德・拉森面面相覷，驚訝萬分，但其他人卻毫無反應。顯然，他們是現場唯一知道「回天」代表人肉魚雷、「神風」代表自殺飛行員的人。而且那兩人托出的生日其實是東鄉平八郎和山本五十六兩個日本名將的出生日期，認真算來，年紀早就破百了，但誰都看得出這兩人絕對沒超過三十歲。

然而不但法官照章全收，書記員還勤奮地將之全記了下來。

推土機接著宣稱兩名被告在眾多罪行上涉有重嫌，例如謀反、意圖殺害首相、國王、美國參議員和另外十八個有名有姓的人，包括馬丁．貝克、剛瓦德．拉森和埃拿．隆恩。他繼續陳述起訴的罪名，包括武裝顛覆、損害斯德哥爾摩的瓦斯管線、非法持有槍械、非法入境、破壞譚多區的公寓住宅、竊盜、偷運武器進口、頑強抗警、企圖犯下菸毒法（警方在他們的屋內發現一瓶含有些許鴉片成分的咳嗽藥水）、違反食品法（冰箱裡有隻遭到肢解的小獵犬）、非法養狗、偽造文書、違反公平遊戲法則——最後一項罪名之所以被提出，是因為他斷定那些奇怪的木頭棋子是某種賭博遊戲。

說到這裡，推土機突然沒有半句解釋地衝出法庭，眾人目瞪口呆。幾分鐘後他回來了。他志得意滿地踩著小碎步在前頭帶路，後邊跟著六、七個氣喘吁吁的工人，抬著一個棺材形狀的板條箱和一張碩大的折疊桌。

他從板條箱裡拿出大量的具體事證——炸彈的零組件、手榴彈、軍火槍械等。每一樣都讓觀眾和法官先過目，然後才攤放在桌上。

板條箱還是半滿的，推土機這時拿出一個以玻璃紙包裹的小獵犬的狗頭，他先拿給警政署長

---

* 丹諾（Clarence Darrow, 1857-1938），美國名律師及社會改革家。

看，再來是史提格・莫姆。莫姆立刻吐了一地。受到這個效果卓然的激勵，推土機乾脆拿掉包裝紙，將那顆狗頭湊到法官鼻頭下。法官立刻從上衣口袋抽出手帕掩住口鼻，以嗆住的聲音說到：

「夠了，檢察官，夠了。」

推土機接著要拿出無頭狗的其他屍塊，只見法官厲聲說道：

「我說了，夠了。」

推土機用領帶將臉上的幾絲失望抹去，接著全場走了一遍，最後在木乃伊日本人前面停步說道：

「本人謹要求庭上正式拘捕回天和神風兩位先生。本人還要補充一句：我還在等國外傳來更多證據。」

翻譯員照實翻譯，木乃伊點點頭，另一個日本人依然帶著禮貌的微笑，一面鞠躬哈腰。

接著是辯護律師上場。他是個又乾又瘦的男人，外貌活像是一截被人踩熄的雪茄，而且早已被丟棄多時，毫無生氣。

推土機漫不經心地看著板條箱裡的東西。他拿出還連著尾巴的狗後腿，又將這個證據拿去給警政署長看，只見後者的臉色越來越紫。

「我反對這項拘捕。」辯護律師說。

「為什麼？」法官的聲音裡有一絲真實的詫異。

辯護律師默默坐了半晌，這才說道：

「我也不知道。」

這句智慧名言一出，程序至此告終。兩名日本人被判正式受到拘捕，旁觀人潮蜂擁而出。

•

在蘇納區教堂街上那間兩房公寓裡，躺在床上的雷哈德．海伊特正思索著。

他剛洗過澡，從浴室到臥房的走道地板上攤著好幾條白色大毛巾。他自己卻是一絲不掛。他在浴室裡曾對著鏡中的自己注視良久，結果有兩點發現：第一，他曬紅的皮膚正在慢慢褪色，第二，他對皮膚褪色卻束手無策。

這是ＵＬＡＧ首度的徹底挫敗。他們不但砸了鍋，兩個成員更是活生生落入敵人手中，其中一個甚至還是個一等一的高手。

里華洛顯然已經脫身，不過這也不是多大的安慰。

他們有無數的敵人，這一回敵方的主要代表似乎是瑞典警察。他在電視上看過那個據說是

「逮捕了兩名日本恐怖份子的智囊」——首席檢察官史丹・羅伯特・奧森。那男人似乎有個圓滾滾的腮幫子，繫著驚人的領帶，一副志得意滿的神情。

這當中必定有蹊蹺。這個他們稱為「推土機」的奧森檢察官，難道真是他們挫敗的主因？海伊特難以置信——事實上，他幾乎可以確定，這是個不折不扣的漫天大謊。

不對，別的地方一定另有其他人正躺在床上，想著他目前的下落和下一步的行動。不管那人是誰，那才是他最大的威脅。

也許是那個在電視上為了十一月二十一日的怪事露過面的組長。海伊特特別注意過那人的長相和姓名，貝克組長。要不要把貝克誘出來跟自己碰個面、交個手？海伊特憑經驗知道，死人是最不危險的敵人。

不過，這個貝克果真是他最大的敵人嗎？

海伊特將前因後果想了一遍，越想越是確定，他的主要對手另有其人。搞不好十一月二十一日那天耍了他和里華洛的人就是那個推土機。

不對。他仔細看了那兩人，越發相信這兩者都不是——再怎麼說都不可能是奧森——他不可能在無人喪生、甚至無人重傷的情況下，奇蹟似地活逮回天。那個大塊頭曾經和海伊特在同一個訓練營受訓，論體魄可是一等一，光是要壓倒他根本就連想都別想。海伊特自己就不敢嘗試，他認為要勝過他的機率微乎其微。雷哈德・海伊特是個危險人物，這點他有自知之明，也引以為傲。他在那期訓練營中名列前茅結業，即使如此，他在體力項目上還是差回天一大截。

更何況，據說回天和那個小個頭是在屋內被制伏就逮的，這根本不可思議。可是有人硬是做到了，而且似乎沒有動用大量警力。一共就只有三人左右，貝克是頭頭，而另外一個把回天扁到不省人事，不但沒有傷他性命，自己也沒受傷。

那個人才是真正的威脅，可是那個人是誰？是貝克嗎？還是美國中情局的頂尖探員？這也不無可能。

或者，真的是某個瑞典警察？

從海伊特見識過的瑞典警察看來，這似乎絕對不可能。他曾經在電視上看過該國的警察署長三回，也見過市警局的首長一次。在他看來，那兩人如果不是典型的低能，就是只會吹牛的官僚小丑，對自己的工作觀念模糊不說，還很會做毫無意義、天花亂墜的演說。

這個國家的安全局長沒有公開露過臉，這當然好理解，不過他們似乎普遍受到嘲笑，雖然他們不大可能像老百姓所說的那麼無能。這次美國參議員來訪，安全局似乎只插手了部分——以警方觀點來看，最慘不忍睹的就是那部分。可是除此之外，整個計劃的部署倒是聰明絕頂，這點海伊特承認得很乾脆。有人耍了他。

會是誰？

有可能就是把回天捧扁、還讓他啷鐺入獄的那個人嗎？此人是不是對他雷哈德・海伊特有充分的了解，所以能對他構成威脅？

看來是這樣。

海伊特翻身俯臥，將斯堪地那維亞的地圖攤在眼前。他再過不久就要離開瑞典，目前已初步決定首先要去的地方：哥本哈根。里華洛和幾個同路人都在那裡。

不過，他要如何到達哥本哈根？

有好幾個可能的路徑。有一些他早就決定不用，例如搭飛機，因為管控太容易了。里華洛的方法也不列入考慮。那個方法對里華洛或許適用，因為這個法國人花了五年才建立起必要的聯絡網，可是海伊特就沒有這種人脈，被出賣的風險太高了。

取道芬蘭似乎很危險，一方面是該國的通訊管控良好，另一方面則是因為據說芬蘭警察比其他北歐國家的同行更具威脅性。

剩下的出路就不多了，不過都有望成功。就他個人而言，他最躍躍欲試的是搭火車或開車到奧斯陸，再從當地搭上客船前往哥本哈根。船隻本身是個理想的避難所，說不定還會有舒服的艙房和典雅的交誼廳可以享用。

只是，這條路真的最安全嗎？海伊特有時認為如此，有時又覺得從安全觀點來看，從瑞典的赫爾辛堡搭渡輪到丹麥的赫爾辛格更可取。這條路線在耶誕節前總是人山人海，馬爾摩和哥本哈根之間的水翼艇更是如此，每逢這個季節總是一片混亂。

還有其他的路徑，例如從藍茲克羅那搭乘渡輪和小船到丹麥的圖堡和哥本哈根。或是從赫爾辛堡、馬爾摩、特樂柏搭汽車渡輪到西德，或是從西達特搭到斯溫納穆德（Swinemünde），不過它現在是波蘭領土，名稱頗為怪異，叫斯溫諾歐金（Swinoujscie）還是什麼的。只是波蘭和東德的護照警察可是一絲不苟。不行，他只有三個選擇：從奧斯陸到丹麥的大客輪、赫爾辛格的渡輪，或是馬爾摩與哥本哈根之間的通勤水翼艇。而且要趁耶誕假期秩序最亂的尖峰時刻。

雖然他還沒真正做出決定，不過為了安全起見，他已經在從奧斯陸開出的「歐拉夫國王五世」遊輪上預定了一間豪華艙房。

他邊研究地圖，邊伸展四肢，把關節弄得咯咯作響。

有那麼一會兒，他想到回天和神風，不過心裡並不焦慮。不論警方如何逼供或嚴刑拷打，他們都不會吐露半個字的。

另一方面，要是能永遠除去馬丁・貝克這傢伙，倒也不壞。警方有腦筋的本來就屈指可數，要是少了幾名大將，恐怕會吃不消。海伊特有一把帶有夜視鏡的來福槍，他幾天前就組好了，現在就立在衣櫃裡，隨時可用。

不過，制伏了回天和神風，又企圖逮捕他的人真的是馬丁・貝克嗎？他很懷疑。話說回來，這誰也說不準。

裸身的海伊特走到衣櫥邊拿出來福槍，將零件拆解後又徹底檢查了一遍。萬事俱全，井然有序。他將來福槍重新組裝好，從行李箱的假箱底中取出一盒子彈，將槍上膛後放到床底下。

•

海伊特想的沒錯，儘管那個看不見的敵人和他相距得遠比他想像的更遠。

即使以城市的標準來看，從西北的蘇納到城南偏東方向的波莫拉郊區，也就是剛瓦德・拉森的寓所所在，也是一段漫漫長路。

剛瓦德・拉森剛從超級市場回來，店裡每個人好像都因為耶誕節而變得有點精神分裂。《紅鼻子馴鹿魯道夫》這首歌在播放機裡唱個不停，等它唱到第五遍，剛瓦德・拉森一個分心買錯了起司——把丹麥的布里起司買成瑞典的卡門貝爾，最糟糕的是他還買錯了茶——要買 Twining 的正山小種紅茶，卻錯買成伯爵茶。他終於掙脫了結帳長龍，逃出店外，身心俱疲之外還一肚子火。

吃完飯後，他在浴缸裡躺了許久，思索各種可能。接著他把擦乾身體，換上乾淨的絲綢睡衣、拖鞋、浴袍，這才把一大張斯堪地那維亞的地圖攤在地板上。他面朝下俯臥在床上，先和枕頭摩搓了好一陣子——那天跟回天纏鬥時，他的胸部和屁股挨了好幾拳，留下好幾處瘀痕——接著便全神貫注在地圖上。

有很長一段時間，事實上有好幾年了，剛瓦德．拉森從來不帶工作回家，也常常一進家門就忘記自己的警察身分。只不過，那段日子已經過去了。

現在，他腦海裡只有雷哈德．海伊特。此時此刻，他覺得自己像是知道那人的想法，也確定海伊特一定還在境內。拉森也相當確定，海伊特會藉耶誕節的混亂潛逃出境。

剛瓦德．拉森先前已在地圖上劃了好幾個紅色和藍色箭頭。紅色箭頭占了多數，是他認為海伊特最可能、也最難控制的脫逃路線，藍色箭頭則是他需要周密計劃的可能路徑。有不少藍色箭頭指向東邊，大部分是芬蘭，有幾個是蘇聯，另外一些則分別指向南方的波蘭、東德和西德。也有往西走的，三個藍色箭頭從哥登堡開始，分別指向泰晤士河口的提爾貝瑞碼頭、伊明翰和丹麥日德蘭半島的佛利科許凡，還有一條則是從瓦伯格通向葛萊納。

國際機場以藍色圓圈表示，幸好不太多。這些地方容易監控，尤其近年來拜劫機事件頻傳之賜，這幾個點都已經建立起嚴密的掌控措施，只要稍微加強即可。

真正的熱線是其他方向。幾個紅色箭頭往下走，分別接到挪威南部的主要公路、歐洲六號和十八號公路，還有一條進入挪威首都的火車路線。除了這些，剛瓦德・拉森還從奧斯陸畫出一條海上路徑，粗大的紅線指向哥本哈根。他盯著這條線思索良久。

接著他眼神一低，瞄向瑞典南部。從赫爾辛堡畫到海森格的粗大紅線代表的是丹麥的火車渡輪、瑞典的汽車渡輪以及沿途較小的客船。這是瑞典和丹麥之間交通最頻繁之處，通常只要十五分鐘就有一班，有時甚至更短。

從藍茲克羅那出發，有兩條不同的路線到達丹麥首都，一條是搭乘汽車渡輪到圖堡港，另一條則是搭較小的客船到這個內陸港。不過小客船開船時間間隔較長，而且即使是耶誕節的高峰期，乘客也不會多到無法進行正常檢查。他認為，這條路線用藍色箭頭表示就夠了。

至於馬爾摩的情況就大不相同了。從這裡要到哥本哈根這個自由港，除了搭火車渡輪和兩家公司的中型客輪外，還有著名的水翼艇。在特殊情況下，例如國定假日，水翼艇的來回班次不但會加倍，而且沒有特定的時間表。最重要的是，從林漢到阿馬格的崔格爾，有一條汽車渡輪的航線，這條航線在耶誕節前夕往往會有不下五艘的輪船來來往往。

空了。

剛瓦德．拉森伸了個懶腰，又思索了一陣子。如果他和海伊特易地而處，他不會猶豫那麼久。他會自己開車到奧斯陸，或是搭火車更好，接著繼續搭船到哥本哈根。那裡是丹麥警方的轄區，他想在那裡攔阻海伊特有如痴人說夢。換句話說，一旦海伊特到了哥本哈根，就算是海闊天空了。

不過，海伊特或許有不同的想法，也許他不喜歡海上航行。要是這樣，他可能會利用人潮最多的路線，也就是赫爾辛堡或馬爾摩。

剛瓦德．拉森站起身，將地圖折好。

管制必須集中在三方面：通往奧斯陸的道路，以及馬爾摩、赫爾辛堡的港口。

隔天早上，剛瓦德．拉森對馬丁．貝克說：

「我昨晚整夜沒睡，一直在研究地圖。」他說。

「我也是。」

「你有得出什麼結論嗎？」

「我的結論是，我們應該去問米蘭德。」馬丁．貝克說。

兩人進入隔壁辦公室，米蘭德正要點燃雪茄。

「你昨晚是不是整夜沒睡，一直研究地圖呀？」剛瓦德．拉森問。

這是個蠢問題，因為大家都知道米蘭德從不熬夜。他有更重要的事要做，那就是睡覺。

「不是，」米蘭德說，「當然不可能。不過莎嘉今天早上在做早餐時，我看了地圖，吃完後又看了一會。」

「所以你的結論是？」

「奧斯陸、赫爾辛堡，或馬爾摩。」米蘭德說。

「嗯。」剛瓦德・拉森說。

兩人離開摸弄著菸斗的米蘭德，回到馬丁・貝克還在使用的臨時辦公室。

「他說的與你的結論相符嗎？」馬丁・貝克問。

「完全符合，」剛瓦德・拉森說，「和你的呢？」

「也符合。」

兩人沉默了一陣子，馬丁・貝克還是站在檔案櫃旁的老地方，右手大拇指和食指捏著鼻梁，剛瓦德・拉森則站在窗邊。

馬丁・貝克打了個噴嚏。

「上帝保佑你。」剛瓦德・拉森說。

「謝謝。你認為海伊特還在國內？」

「我很篤定。」

「篤定，」馬丁．貝克說，「是個很強烈的字眼。」

「或許吧，」剛瓦德．拉森說，「但我很篤定。他就藏匿在某處，而我們找不到他。連他媽的那部車都找不到。你怎麼看？」

馬丁．貝克久久沒有答話。

「好吧，」他終於說，「我也認為他還在國內，只是我沒那麼篤定。」他搖搖頭。

剛瓦德．拉森沒說話，只是繃著臉望著窗外就快完工的大廈。

「你很想會會雷哈德．海伊特，對吧？」馬丁．貝克說。

「你怎麼知道？」

「我們認識多久了？」馬丁．貝克反問一句。

「十或十二年吧，大概更久一點。」

「完全正確。這就回答了你的問題。」

又是一陣靜默，很長的靜默。

「你常常想起海伊特。」馬丁．貝克說。

「除了在睡夢中，我無時無刻不想。」

「可是你不可能同時出現在三個地方。」

「的確。」剛瓦德・拉森說。

「那你得做個選擇。你認為哪個地點最有可能？」

「奧斯陸。」剛瓦德・拉森說，「有個神祕客在那艘開往哥本哈根的客船上，預訂了二十二日晚上的艙房。」

「那是哪種船？」

「豪華客輪，『歐拉夫國王五世』。」

「聽起來沒什麼問題。」馬丁・貝克說，「預訂的是什麼人？」

「一個英國人，羅傑・布萊克曼。」

「挪威一年四季都有一大堆英國遊客。」

「確實，但英國人很少這樣旅行。還有，這個叫布萊克曼的人完全無跡可尋，至少挪威警方找不到他。」

馬丁・貝克想了想，接著說道：

「我帶班尼去馬爾摩。」

「史卡基？」剛瓦德・拉森說，「你為什麼不帶隆恩去？」

「班尼比你想像的能幹。再說，他對馬爾摩瞭若指掌，那裡還有不少好手。」

「真的？」

「比如說，裴爾．梅森就很不錯。」

剛瓦德嘟噥一聲，這是他在不想說好、也不想說不好時的反應。他只說：

「這表示埃拿和米蘭德得去赫爾辛堡。赫爾辛堡難守得要命。」

「沒錯，」馬丁．貝克說，「所以他們需要強力的後援，我們必須好好安排。你要不要史托葛林跟你一起去挪威？」

剛瓦德．拉森固執地望著窗外，說：

「我連跟史托葛林一起尿尿都不願意，就算荒島上只有我和他也一樣。我照實告訴過他。」

「難怪你人緣這麼好。」

「是啊，可不是嗎？」

馬丁．貝克看著剛瓦德．拉森。他花了五年時間學習忍受他，之後又花了同樣時間才慢慢了解他。或許再過個五年，他們會開始互相喜歡對方。

「哪幾天最為關鍵？」

「二十日到二十三日。」剛瓦德．拉森說。

「也就是星期五、星期六、星期日和星期一？」

「大概吧。」

「為什麼耶誕夜那天不算？」

「好吧，把耶誕夜也算進去。」

「我們必須全面戒備。」馬丁・貝克說。

「我們已經是全面戒備了。」

「全面戒備，從明晚開始再加上我們五個——」馬丁・貝克說，「要是耶誕節之前毫無動靜，還得戒備到耶誕假期過後。」

「他會選在星期天動身。」剛瓦德・拉森說。

「依照你的想法是這樣，但海伊特會怎麼想？」

剛瓦德舉起雙臂，兩隻毛茸茸的大手放在窗框上，繼續凝視著低迷、灰暗的窗外。

「他媽的很奇怪，不知為何，我好像懂得海伊特似的，我覺得我知道他會怎麼想。」

「真的嗎？」馬丁・貝克的語氣並不覺得意外。接著他想到另一件事。「想想看，米蘭德會有多高興，」他說，「在赫爾辛堡的渡輪站被凍僵，而且是耶誕夜。」

斐德利克・米蘭德很儉省，調職會讓他無法加薪也難以升遷，可是他還是先後自願請調過兩次，第一次從凶殺組，第二次從制暴組，都是為了避免離家。

「他非得忍受不可。」剛瓦德．拉森說。

馬丁．貝克沒說話。

「馬丁，你知道——」剛瓦德．拉森說，連頭也沒回。

「怎麼樣？」

「如果我是你，我會很小心，尤其是今天和明天。」

馬丁．貝克似乎很驚訝。

「你這話是什麼意思？我應該害怕嗎？害怕海伊特？」

「對。」

「為什麼？」

「你最近常上報，也常在廣播和電視上發聲露面。海伊特這種人不習慣被人耍。而且，他可能會想轉移我們的注意力，就在這裡，斯德哥爾摩。」

「噢，屁話。」馬丁．貝克說完就離開房間。

剛瓦德．拉森深深嘆了口氣，瓷藍色的眼睛依然凝視著窗外，雖然他視而不見。

28.

雷哈德·海伊特站在浴室鏡子前。他剛刮完鬍子，現在正在梳理他的鬢角。他一時想到或許應該剃掉鬢角，不過隨即打消念頭。這個念頭以前也出現過，只是情境不同。他的上司曾經這麼建議——幾乎是以命令的語氣。他仔細端詳自己在鏡中的臉，曬紅的皮膚每天都更褪一點，但他的外表依然無可挑剔。他打理相貌向來是自己做主，沒有人能有相反的意見，誰有膽就試試看。

他從浴室走到方才吃早餐的廚房，接著經過臥室，進入一個月前被他和里華洛當作行動中心、現在顯得空蕩蕩的大房間。

這一個月來他足不出戶，對報上新聞一無所知，不過電視和收音機的報導，有很大比重都放在兩名恐怖份子的拘捕和法庭審理過程上，而且不斷重複這個主題。現在看來，那個叫奧森的人頂多是個官員，真正的危險人物似乎是那個常被提到的警察：馬丁·貝克。一個月前破解暗殺行動的一定是貝克。瑞典這種國家竟然會有這種人才，似乎不可思議。

在稱不上寬敞的公寓裡，海伊特邁著安靜而大步的步伐，從一個房間走到另一個房間。他光著腳，身上只有一套白色內衣褲。他沒帶多少衣物來，而且反正現在根本就不出門，沒必要穿衣服。他每天晚上都在浴室裡洗內衣。

海伊特眼前有兩個問題亟待解決。第一，如何逃到境外。他很清楚自己要離開的時間，但是要走哪條路徑仍然舉棋不定。今天是十二月十九日，他一定得做個決定了。或許會經由奧斯陸和哥本哈根出境，也就是他最初就想到的路線，不過，也不排除其他的可能性。

第二個問題更棘手，在回天和神風被捕之前，他原本都還沒有這個打算。

他該不該把貝克給做掉呢？

這樣有什麼好處呢？

海伊特從來沒想過報復這種事。第一，他完全沒有感情可言，失望、嫉妒、屈辱、恐懼，在他身上一概付之闕如。第二，他是個百分之百的務實主義者，所有行動無不以現實為考量。他在訓練營裡學到要自己做決定，仔細衡量各種得失後就要付諸行動，毫不遲疑。他還學到一點：做好周密的計劃，仗就打勝了一半。

尚未決定的他從書架上取下一本電話簿，坐在床上逐頁翻閱，直到翻找到那一頁。就這麼簡單。他唸出來：

「馬丁・貝克，刑事組長，科曼街八號，電話：二二八〇四三。」

他從衣櫥架上拿出市區街道藍圖。他的記性很好，記得大約六個星期前，自己曾經走過這條街。那地方離皇宮很近。市區圖很詳細，他馬上就找到了那棟建築。它在巷弄裡，沒有面對大街，就周遭建築來看，下手的希望頗大。

他將市區圖攤在地板上，接著從床底拿出來福槍。一如ＵＬＡＧ所有的裝備，這把槍也是精良無比，英國製，還帶有夜視鏡。他將槍枝拆解，裝進公事包裡，接著再坐回床上，深自思索。取馬丁．貝克性命的目的有二：第一，讓警方痛失英才，尤其是一個最具威脅性的頂尖好手。第二，警方的注意力會因此集中在斯德哥爾摩。

不過，此舉也有壞處。別的不說，警方的行動勢必會如火如荼地展開。其次，所有可能的出口一定會受到更嚴密的防範。話說回來，唯有馬丁．貝克被殺的消息立刻被發現，警方才會及時採取這樣的措施。

有件事是確定的：要消滅貝克組長，地點一定要在他的住所。海伊特做過調查，他知道馬丁．貝克離了婚，目前獨居。

這是個困難的決定。海伊特看看手錶。要對這兩個問題做出明確的決定，他還有幾個小時可以斟酌。

他繼而又想，不知道警方找到那部車了沒有？新聞報導完全沒有提及，所以它可能還在里華洛當初丟下車的地方。之後替代那部車的米白色福斯則是停在公寓不遠處。

他想了幾秒鐘，又開始在房間踱步。

•

同一天早上，馬丁·貝克派班尼·史卡基先前往馬爾摩。史卡基自己開車過去，因為他想趁機累積哩數報公帳，不過馬丁·貝克對長途開車一向很反感，所以決定搭夜間火車。如此決定或許還有一個更主要的原因：雖然耶誕節泡湯了，至少他還有半個晚上可以和黎雅共處——如果她有所表示的話。他永遠拿不準她到底是想還是不想。

隆恩和米蘭德已經搭火車前往赫爾辛堡，馬丁·貝克從來沒見過他們的臉色那麼難看。至於喜歡開車的剛瓦德·拉森，一大早就駕著他那部搶眼的東德豪華車離開了。那個廠牌其實是EMW，只是幾乎每個人都以為那是BMW拼錯了字。

如果說隆恩和米蘭德的表情酸得像醋，剛瓦德·拉森是雀躍期待，史卡基則是快樂明顯寫在臉上。班尼·史卡基最愛找能夠記功敘獎的差事，這一回說不定又是一個探囊取物的好機會。

馬丁·貝克一直聯絡不到黎雅，不過他在社會福利局的總機留了話。他正想回家，外套還沒來得及穿上，電話就響了。在職責和人性本能之間掙扎一番後，他回到辦公桌旁，拿起話筒。

「我是貝克。」

「我是哈瑪格倫。」是個帶有哥登堡口音的人。

這個名字對馬丁·貝克毫無意義，不過他想此人一定是個警察。

「有什麼事？」

「我們找到你們在找的那部車。一部綠色歐寶Rekord，車牌是假的。」

「在哪裡找到的？」

「斯堪地亞港口，就在我們哥登堡這裡，『北歐傳奇號』繫錨的地方。它是怡和洋行的船。車搞不好在那裡放了好幾個禮拜，只是都沒有人注意到。」

「還有呢？」

「噢，上頭連個指紋都沒有，我想是被擦掉了。所有證件都放在置物箱裡。」

馬丁·貝克一陣沮喪，不過聲音依然正常。他說：

「就這樣？」

「還有。我們問了『北歐傳奇號』的船員；先從艾那·諾曼開始，他是那艘商船的船長，接著問了所有主管。我們又去問他們的財務官哈吉德，然後就直接問員工，尤其是服務生和管艙房的人。可是沒有人認得照片裡那個叫海伊特的人。」

「財務官？」馬丁・貝克說，「他們不再稱為事務長了？」

「呃，『北歐傳奇號』和那些大遊輪畢竟不一樣，對吧？他們現在管事務長叫財務官，管餐室的服務生叫領班。我看再過不久，他們會開始把艙壁叫牆壁，把起錨叫離港。還有……」

「還有什麼？」

「我要說那些船可以下地獄去，以後大家乾脆用飛的算了。附帶說一句，艾那・諾曼說他已經六個月沒有戴他的船長帽了。那些船長沒多久就會因為缺少新鮮空氣而昏死過去。」

馬丁・貝克很同情這位哥登堡的同事，不過他覺得自己還是應該把對話導入正題。

「關於海伊特……」他說道。

「毫無線索，」哈瑪格倫說，「我認為他根本沒上船。否則憑他的長相，一定有人會記得。可是那部車卻停在那裡。」

「實驗室的檢驗結果呢？」

「也是一無所獲，什麼都沒有。」

「好吧，謝謝你打來。」

馬丁・貝克猛搔頭。那部車可能是個轉移警方注意力的餌；海伊特說不定已經搭乘某一艘不像「北歐傳奇號」那麼顯眼的船離開了瑞典。哥登堡的港口大，每天離港的船隻不知凡幾。有些船隻會載客出海，他們有執照可以這麼做。其他沒有執照的船也不在少數，尤其是小噸數的船隻，也會搭載一些希望隱藏身分、又出得起錢買特權的旅客。

總之，海伊特很可能幾個星期前就離開了，如今已遠走高飛。馬丁．貝克看看時間。把同事召回來還言之過早。再說，召回他們說不定是個錯誤。要是那部車純粹是用來轉移警方注意力，而海伊特根本沒有離開瑞典呢？那個警察不知道那部車在爆炸案發生前是不是就在那裡，這一點實在太可惜，否則他們就可以確定了。現在，一切都是一個大問號。馬丁．貝克用力甩上臨時辦公室的門，回家去。管他找到車了沒，或許堅持原計劃才是上策。火車要到午夜才會離開斯德哥爾摩中央車站，他還有很多時間。

•

屋頂上有層薄冰，不過天氣不是特別冷。雷哈德．海伊特動也不動地趴伏著，他的體溫足以溶化他腹下和身體周遭的那層冰。

他穿著一襲黑色高領套頭緊身衣，黑色毛帽拉低，罩住了雙耳和前額。除了黑色燈芯絨長褲、黑鞋黑襪、塗了黑色鞋油的鞋底，他還戴了一副黑色的長薄手套。

那把來福槍有黑色的槍身和深咖啡色的槍托，唯一可能讓他曝光的是夜視鏡的反光，不過鏡片經過噴霧處理，還特別加上一層護膜以防反光。

當然，這些全都是為了不要讓人看見，只是他自己並不知道，就算有哪個一般視力的人突然現身在屋頂上，六呎之外就根本看不到他了。

藉由幾呎外的一個天窗，他輕而易舉就上了屋頂。他的福斯車停在史洛特貝肯街，走在街上時他套上一件淺色雨衣。雨衣現在放在他的公事包裡，而他將公事包塞在他身體下頭那個骯髒閣樓的一個小洞口內。

情勢非常完美。他看得到馬丁·貝克住處所有的窗戶，因為那些窗戶全是東向。不過屋內到目前始終是一片漆黑和寂靜。

那把來福槍是專門為暗夜狙擊而設計的，他發現自己甚至看得到各個房間的細部，雖然屋內連一盞燈也沒開。他背後是史克邦街，惡魔般喧囂的車潮正好為他形成一個絕佳的背景。那把英國製的來福槍相對而言靜默得很，槍響勢必會被汽車引擎的轟隆聲、震耳欲聾的剎車聲、不斷冒氣的排氣管聲所淹沒。

他離那四扇窗不過五、六十碼，即使是十倍遠，他還是有把握可以擊中目標。

海伊特不再靜止不動。他開始稍稍活動手指和雙腿，以免凍僵。這是他很早以前就學到的——人要靜臥不動，但小肌肉必須稍微活動，以免在關鍵時刻失靈，功虧一簣。他也時不時檢查視線，那把槍確實是先進科技的傑作。

他在屋頂上起碼待了四十分鐘後，電梯間的燈光突然亮起，四扇窗最遠的燈光也隨即綻放光亮。他將槍托抵住肩膀，手指放在扳機保險上，輕輕扣住扳機。他對自己的武器瞭若指掌，深知壓力點在什麼位置。

他的計劃很簡單：隨時行動，一等貝克現身就射殺，接著迅速離開現場。

有人經過第一扇窗，第二扇窗，最後在第三扇窗前停下。一如所有的一流狙擊手，海伊特開始放鬆，一股快樂而滿足的暖流充塞全身，那把來福槍已神祕地和他渾然結為一體。他的右手食指靜靜扣在扳機上，不帶一絲顫抖。不管是生理或心理，他的自制力都是百分之百。

有人停駐在第三扇窗前，背對著他。

但那是不是他要的人。

這人是個女人。

她個頭嬌小，肩膀寬大，平直的金髮，短短的脖子。她穿著一件淺色襯衫，長及膝蓋的粗呢裙子，照理說應該還穿著緊身束褲。

她突然轉過身子，仰頭望向天空。

在還沒看到她平直的金黃色瀏海和好奇的藍眼眸之前，海伊特就認出她來了。初見到她已是六個星期前。當時她穿著黑色帶帽的風衣，褪色的牛仔褲，紅色橡膠雨靴。連見到她的地點他都記得一清二楚；一開始是在科曼街，接著是一條巷道，路名他已經忘了，不久他又在史洛特貝肯街瞥見她。

他不知道她是誰，可是他一眼就認出是她，如果他沒有這樣的稟賦，這時看到她可能會大感意外。可是他沒有。他透過夜視鏡觀察著她的頭髮，心想她或許沒有染髮，這是他頭一次見到她時也曾閃過的念頭。

之後，一個男人進入他的視線。那人身材高大，額頭寬闊，鼻梁直挺，寬嘴薄唇，還有個堅毅的下巴。海伊特立刻認出他來。此人就是他的對手馬丁・貝克。就是這個人使得那場暗殺行動變成慘不忍睹的挫敗，之後又把ＵＬＡＧ組織裡體型最壯、堪稱頭號危險人物的回天敲得不醒人事。現在，一定要消滅此人，海伊特才有機會逃出瑞典。

那男人張開雙臂環住女人，將她轉個身擁入懷裡。

海伊特心想，這個人看起來不像特別危險，他將槍身稍稍舉高，讓夜視鏡的十字標線對準那名幹員的眉心。此刻要殺他易如反掌，可是這樣他就得把那女人也給殺了，而且必須在電光石火之間。這一切都要看她的反應。他見過她沒幾次，可是直覺告訴他，這女人的反應可能很快。如果她動作夠快，射出第一槍後就有時間找掩護，同時還會提高警覺，如此一來，他在屋頂上這個位置就不那麼有利了。要是附近警察夠多，就算夜色深濃也保護不了孤軍奮鬥的他，屆時他就會落入死亡陷阱，不但插翅難逃，連想安全脫身都難。

海伊特的思路又快又清晰，分析情勢之後，他判斷目前時間還夠，不妨靜觀其變。

•

黎雅．尼爾森踮起腳，調皮地在馬丁．貝克臉頰上咬了一口。

「我現在有固定的工作時間，」她說，「也有個老闆。但離下班還有四十五分鐘時，卻有個警察來找我，還把我接走，這有點怪怪的。」

「情況有點特別，」馬丁．貝克說，「而且，我不想回到家時只有自己一個人。」

「什麼情況？」

「今天晚上我得出城去。」

「去哪裡？」

「馬爾摩。其實我現在就該走了。」

「那你幹嘛還不走？」

「我想有些事情先處理完比較好。」

「什麼事？在哪裡處理？床上？」

「那可以考慮。」

兩人離開窗口。她的手指輕輕劃過他的模型船，詢問的目光斜覷著他，說：

「會去多久？」

「還不確定，說不定要三、四天。」

「會包含耶誕夜嗎？該死，我還沒時間幫你買禮物呢。」

「我也沒買。不過耶誕夜我可能就回來了。」

「可能？對了，你看我今天漂亮嗎？我穿了裙子、襯衫、束腹、真皮鞋子、性感胸罩，還有搭配的內褲。」

馬丁・貝克大笑。

「你笑什麼？笑我有女人味？」

「你的女人味不在你的衣著上。」

「你嘴巴真甜。」她突然冒出一句。

「你真的這麼想？」

「是呀，我真的這麼想。如果要讓我解讀你的心思，我看我們應該趕緊上床。」

「你確實能看透我的心思。」

她一面踢掉皮鞋，兩隻鞋往不同的方向飛，一面說：

「要是這樣，我最好先檢查冰箱和儲藏櫃，免得事後有人餓得要暴動。」她一頭鑽進廚房。

馬丁・貝克走到窗邊往外看。天空清朗，星星都出來了；在這樣的季節裡，這簡直是天文奇蹟。

「這隻龍蝦哪裡來的？」她喊叫道。

「甘草市場。」

「我可以用龍蝦做出不少好菜。我們有多少時間？」

「那要看你想花多少時間在廚房張羅，」他說，「其實我們有的是時間。幾個小時吧。」

「好啦，我來了。你有酒嗎？」

「有。」

「很好。」

黎雅邊脫衣邊往臥房走去，一開始就把襯衫甩在廚房地板上。
「穿起來好癢。」她這麼解釋。
等她走到床邊，身上除了胸罩外已經別無他物。
「你來脫，」她顯然在賣弄風騷，「這機會可是難得，因為我一向不穿胸罩的。」
他們沒有放下窗簾，因為通常不可能會有人看得到屋內裡的動靜。

•

從海伊特屋頂上的位置看不到床，可是他觀察到臥房燈光暗了，因此猜到發生什麼事。一陣子後，燈光再度亮起，女人走到窗口。她沒穿衣服。
透過夜視鏡，他不帶感情地凝視著她的左胸。十字標線正對著她的乳頭上方，在夜視鏡的放大作用下，她的乳頭大得塞滿他整個視野。他甚至看得到那上方有一根約莫半吋的金色汗毛。他腦海閃過一個念頭：她該拔掉那根毛才對。
接著他將槍身放低，十字標線瞄準在她左胸正下方，她的心臟處。他將扳機往後扣了個半公釐，感覺到那股一觸即發的壓力。只要再多扣半公釐，子彈就會擊出，打進她的心臟。憑這把超高速度的武器，她會震得整個人往後彈過房間，而且不等碰到對面那面牆，便會氣絕。

黎雅依然站在窗邊。

•

「好漂亮的星星！你非去馬爾摩不可嗎？因為那個有鬢角的傢伙，海伊特？」

「對。」

「你知道嗎，我在想他這時候會在做什麼。他正在峇里島上釣魚，懷裡還擁著一個呼拉圈女郎。來吧，我們來煮龍蝦。」

五十碼外，雷哈德．海伊特開始覺得這整個計劃既乏味又沒意義。他從藏身處蠕動而下，將來福槍解體，把零件放進皮箱。接著他套上淺色雨衣，離開屋頂。

當他冷靜地走過布爾哈斯巷時，內心也決定了離境的時間、地點和方法。

29.

打從馬丁・貝克那一代的童年時期開始，耶誕節已經從一個美好的傳統家庭節日，變成一種大叫賣或是瘋狂的商業行為。早在耶誕夜的一個多月前，各式商品廣告就開始無孔不入地敲打眾人的神經，想榨乾大家口袋裡最後一毛錢。耶誕節照理說是屬於兒童的節慶，可是很多兒童在這個大日子來臨前的好幾個星期，就已躁動不安、興奮過度。

耶誕節也成了旅行的節日。舉國上下都被一股瘋狂的需求攫獲，非得出外走動走動不可。除了無止無盡的車陣外，飛往甘比亞、馬爾他、摩洛哥、突尼斯、馬拉加、以色列、加拿大、加納利群島、阿爾加夫、法羅群島、卡布里島、羅德島的班機都被預訂一空，甚至連一些不合季節的旅遊地點也是機位難求。國營鐵路紛紛開出加班車，坐得讓人渾身不舒服的長途巴士也不畏顛簸，遠赴最陌生的地方。就連開往獵苑島的渡輪和維斯比的船隻也都人滿為患。

馬丁・貝克在開往馬爾摩的夜車上睡不著。身為資深警官的他，差旅時可以搭乘頭等艙，不過他會失眠有部分是因為睡他上鋪的男人會打呼、磨牙、說夢話，而且常常下床去——呃，用比較文雅的說法，就是小解。在火車轆轆穿過馬爾摩的調車場時，馬丁・貝克的旅伴已經上了第十四次的小號，顯然深受膀胱無力之苦。

然而，馬丁・貝克的思緒卻飄向別處——主要圍繞在雷哈德・海伊特身上。幾個鐘頭前，當黎雅裸身站在朝著科曼街的窗前，而他躺在床上欣賞她的背影和結實的肌肉時，他突然想起剛瓦德・拉森的警告，於是立刻一躍而起，將她從窗邊拉開。剛瓦德・拉森幾乎從沒那樣說過話，至少沒有重大原因他不會說。不久後，趁著黎雅絮絮叨叨、鏗鏗鏘鏘地準備把龍蝦變成一盤獨門好菜之際，他在屋子裡從頭走到尾，拉上所有的窗簾。

海伊特當然是危險人物，可是他真的還在瑞典境內嗎？而這個問號足以讓馬丁・貝克四個忠實同事的耶誕假期泡湯嗎？更何況其中三人都有小孩？答案終將揭曉，但或許也永遠不會，至少關於雷哈德・海伊特的事不會。馬丁・貝克內心希望海伊特會選擇奧斯陸那條路線離境，如此一來剛瓦德・拉森就有機會打爛他的下巴。對剛瓦德來說，沒有比這個更好的耶誕禮物了。

接著他又想，赫爾辛堡警方說不定會被冷靜的米蘭德和隆恩傳染，變得水波不興。不過他們都是佼佼者，米蘭德一直都是，而隆恩也已變成好手，雖然那跌破了很多人的眼鏡——如果海伊特試圖從這條路出境，成功機會非常渺茫。

可是馬爾摩……唉，馬爾摩的邊界管制簡直糟糕透頂。瑞典所有的毒品都是從這條路徑闖進來的，其他的違禁品多半也是。

那個膀胱有問題的男人雙腳踏下地，馬丁·貝克連身子都懶得轉，乾脆樂得瞇著眼看那人穿衣。而他還沒來得及穿好自己的衣服，那人的襪子、內褲、內衣下擺已一晃而過，接著匆忙套上長褲和吊帶，一溜煙跑了。

他漫步穿過街道，走到對面的薩伏大飯店，他來馬爾摩出差時一向下榻此處。雖然久久才來一次，但他還是受到穿著長大衣的門房熱情地歡迎。

他登樓來到自己的房間，刮鬍子、洗完澡，隨即搭計程車到了警局，也立刻就被請到裴爾·梅森的辦公室。馬爾摩的警察這一年日子不好過，甚至可說相當壓抑，不過從梅森的臉上看不出來，他的嘴裡永遠咬著一根牙籤，只是現在人安靜多了。

「班尼不在辦公室，」梅森說，「他根本就是住在飛魚的棧站裡。」

在馬爾摩，大家都把水翼艇稱為「飛魚」。

「其他方面呢？」

「其他方面我們已經到處搜查過，而且相當徹底。」梅森說，「當然，這時節旅行的人太多了，南來北往的都有，根本就是兵荒馬亂。不過……」

「怎麼樣？」

「他的長相對我們的搜查相當有利。這個叫海伊特的長得高頭大馬。要不是丹麥那邊不准狗入境，說不定他會四腳著地，扮成狗潛逃出境——那邊的狐狸有狂犬症。」

「嗯，」馬丁・貝克說，「高頭大馬的人很多，舉個例子，海伊特的個頭就比不上剛瓦德・拉森。」

「可是拉森那副長相，會讓小孩子把小命都給嚇掉。」梅森邊說邊從筆盒裡拿出另一根牙籤。

「你了解目前的交通狀況，有什麼想法？」

「嗯，」梅森說。「有時我在想，其實我是不是什麼都不知道。火車渡輪『馬爾摩赫斯號』最容易檢查，他毫無機會。然後是所謂的大船，這樣的船有三艘。林漢的汽車渡輪就沒那麼容易了，叫『哈姆雷特』和『奧菲黎雅』還是什麼的。最糟糕的是飛船的棧站，那才叫水深火熱。」

「水翼艇。」馬丁・貝克說。

「好吧，反正就跟地獄一樣，隨時有人進進出出，總站裡永遠人擠人，你連鼻子都插不進去。」

「我了解。」

「除非你親眼見到，不然你啥都不會了解。檢查船票的海關被人潮踩在腳下，還好護照警察有個房間可以躲，否則只要十分鐘就會扁得像煎餅。等到他們下班回到家，直接從門縫裡塞進去就可以。」梅森沉默下來，牙籤依然插在齒間。接著他又加上一句，「這是個老掉牙的笑話。」

「那史卡基在做什麼？」

「你說班尼？他站在碼頭外面臉色發青，被風吹得快凍僵了。而且，他昨晚人一到就杵在那裡了。」

•

剛瓦德．拉森也快凍僵了，雖然他會這樣有重要的原因，也有不重要的原因。挪威、瑞典的邊界比馬爾摩還要冷個幾度，但他特地穿上長衛生衣（他最痛恨這個）、厚重的燈芯絨長褲、滑雪褲、厚襪、羊皮外套和毛帽。

他站的地方就是邊界的實際位置，他背抵著一棵松樹，一邊專心看著川流不息的車潮、海關哨站、邊界障礙物和臨時的路障，一邊漫不經心地聽著汽車駕駛對問話的警察破口大罵：這裡不是可以自由出入嗎？難道挪威突然變得跟沙烏地阿拉伯一樣，入境難如登天？北歐國家的合作關係是怎麼了？因為北海的石油而生變？還是因為瑞典警察都是白痴？我的名字要是剛好就叫海伊特，那他媽的我能怎麼辦？還有，我叫什麼名字干你警察什麼屁事？只要我是瑞典公民，我叫巴洛瓦、叫勞萊或哈台都不關你的事。你自己看看，交通被你們搞成什麼鬼樣子！

剛瓦德·拉森嘆了口氣，看著眼前的車陣。出關這邊早已拖成一條長龍，從挪威方向過來的車輛卻呼嘯而過，暢行無阻。還有，某些站在路障邊的警察實在笨得離譜。他們每個都帶著一張海伊特的照片和長相特徵描述，知道海伊特的瑞典話說得很差，丹麥語還過得去，也知道他年約三十歲，身高六呎。可是，有些警察就是纏著一個滿口鄉下口音的六十歲老頭不放，整整盤問了十分鐘。拉森又嘆口氣。他這輩子已經花去不少歲月在為瑞典警察的天生愚蠢贖罪，現在，該由唐吉訶德接手了。

幾乎所有的車輛車頂架上都裝著雪橇、雪鏟和馴鹿角，那些鹿角都是瑞典邊界這頭的奸商用拉抬灌水的價格賣出去的。剛瓦德深惡痛絕地看著這一切。

他確實非常喜歡拉普蘭——不過只喜歡它的夏天。

隆恩和米蘭德沒有在寒風中受凍，他們置身在赫爾辛堡警方撥給他們的小哨站裡，四面有玻璃牆圍繞，座椅相較於他們那幾個同事也是舒服得多。兩台高級電暖爐讓室內保持著宜人的溫暖，時不時還有年輕警員拿裝著熱咖啡的保溫壺、塑膠杯、蛋糕和丹麥捲進來。所有車流都要通過小哨站的玻璃牆，如果哪個旅客需要特別盤檢，兩副一流的望遠鏡就近在手邊任他們取用。另外，他們隨時也會用無線電與檢查車輛及火車乘客的警察保持聯絡。

即使如此，隆恩和米蘭德的臉色還是一樣難看，因為他們雖然比另兩位同事舒服，但耶誕假期眼看就要泡湯了。除了逮到機會打個私人電話給太太吐吐苦水外，他們沒有說過幾句話。

•

這是十二月二十日星期五的情形，耶誕夜的前四天。到了星期六，情況更糟，因為有更多的人不用上班，行經奧利聖橋過境的人潮多得數不清。

馬丁·貝克走到水翼艇棧站外的碼頭邊，好不容易才從那些瘋狂搶搭下一班船的臨時船客中奮力開出一條路，卻碰到一個對那些拿不出證件的刑事幹員極具敵意的丹麥籍剪票員。馬丁·貝克已經換過外套，證件當然就留在旅館裡。所幸已經和剪票的海關人員混熟了的史卡基救了他。

馬丁・貝克踏出關口，走進刺骨、無情、濕冷的寒風中，這就是瑞典南部典型的冬天，尤其是馬爾摩。他看著史卡基、他盡忠職守的屬下，就那麼站著，身後是一排正在發放廣告傳單的耶誕老人。丹麥首都雖然陷於經濟危機，又遭受通貨緊縮的威脅，畢竟還是不乏可以打廣告的商品。

史卡基看來跟鬼一樣，兩頰紫白，額頭和鼻頭則是死白，羊毛圍巾以上的皮膚幾乎是透明的。

「你在這裡站了多久了？」馬丁・貝克問。

「從五點十五分開始，」史卡基邊說邊發抖，「事實上，就是第一艘船開航以後。」

「立刻去吃點熱食，」馬丁・貝克嚴厲地說，「現在就去，馬上去。」

史卡基一溜煙跑走，但十五分鐘後又回來了，氣色稍稍恢復了些。

星期六除了一堆爛醉如泥的酒鬼打架之外，沒有什麼大事。馬丁・貝克想到他最近讀過的一篇文章，說瑞典人、美國人或許還有芬蘭人，比其他民族更愛打架。這觀點或許是以偏蓋全，不過有時似乎確實如此。

晚上十點，馬丁・貝克回到旅館。勤奮過度的史卡基依然堅守崗位，堅持要等到最後一班船駛離。他對馬爾摩的警察同僚顯然沒有信心。

馬丁・貝克拿了房間鑰匙，正準備走向電梯，突然心念一轉，走進酒吧。裡頭客人不少——耶誕節前夕一向如此，不過吧台前的高腳凳有個空位，他走過去坐下。

「晚安，你好。」酒保說，「還是老樣子，威士忌加冰水？」

這個人的記性好得要命。

馬丁・貝克遲疑了。在碼頭吹了好幾個鐘頭的風，冰水似乎沒那麼誘人。他瞄了一眼旁邊客人的大酒杯，金黃色的飲料，看來挺不錯的。接著他又看了那人一眼，五十餘歲，蓄鬍，一頭亮髮。

「試試這個，」那男人說，「美國人管它叫『金鉤』，是這酒吧的獨創酒飲。」

馬丁・貝克接納了他的建議。很好喝，不過這酒飲是什麼成分，他也猜不出個所以然。他又朝推薦的人瞄了一眼，突然說：

「我認得你。你是去年秋天在波靈傑湖畔發現席布麗・莫德的那位植物學家兼記者。」

「嗯，別談這種事情，總之別在這裡談。」那人說。

一會兒過後，他看了馬丁・貝克一眼：

「難怪，你就是當時從斯德哥爾摩過來問我話的幹員。這回又是為了什麼？」

「例行公務而已。」馬丁・貝克聳聳肩膀。

「噢，好吧，」發現屍體的那男人說，「反正也不干我的事。」

三分鐘後，馬丁・貝克道了晚安，回房睡覺。他實在太累了，連打起精神撥個電話給黎雅的力氣都沒有。

•

十二月二十二日星期天，水翼艇棧站的情況更為混亂。商店依舊營業，因為耶誕老人們和他們手上的廣告單更多了。蜂擁的乘客中還有無數的小孩。除了天氣差強人意之外，一切都是巔峰狀態，旺季、尖峰時刻、又是大白天。酷寒又帶著濕氣的風從北方吹來，直直吹進港灣入口，無情地吹掃著無所遮蔽的碼頭。

兩艘船正待啟航，一艘是丹麥籍的「菲維費斯肯號」，一艘是瑞典籍的「達南號」。船上人潮洶湧，個個迫不及待想趕快出海。

丹麥船離港後，一直站在舷門處的班尼・史卡基開始朝向瑞典籍的達南號走去。馬丁・貝克站在棧站出口處剪票員的後頭，這位瑞典籍的海關一面用閃電般的速度剪票，另一隻手還得同時按下機械計數器，計算旅客人數。

強風凌厲得可怕。馬丁・貝克撇頭想避點風，這時聽到有人以丹麥語在對剪票員說話。他轉過頭。

毫無疑問，就是他。

雷哈德・海伊特已經通過剪票口和外頭警察的關卡，和馬丁・貝克相距只有一碼，正朝舷門走去。他唯一的行李是個牛皮紙袋，外頭印有耶誕老人的圖樣。史卡基人在二十五碼外，正走在剛開航的丹麥船和即將啟航的瑞典船中間，他一抬頭，同樣一眼就認出了那個南非人，他立刻止步，伸手摸向自己的警槍。

可是海伊特已經先看到史卡基，立即明白眼前是個便衣警察。在史卡基抬頭看了他一眼、並隨即將右手伸進外套內的那一刻，海伊特已經將情勢摸得清清楚楚。隨後幾秒內，勢必會有人性命不保，而海伊特確信那不會是他。他會射殺這個警察，接著跳過欄杆，跑上街道，混在人群中逃逸。他把紙袋一丟，一手飛快摸向夾克裡的槍。

班尼・史卡基訓練有素，而且動作很快，但雷哈德・海伊特比他快上十倍。馬丁・貝克從沒見過這麼迅速的動作，連在電影裡都沒看過。

不過馬丁・貝克的腦筋也動得夠快。他往前一步，口中喊道「等一下，海伊特先生——」同時抓住海伊特的右臂。那南非人的柯特槍已經握在手上，雖然手臂被馬丁・貝克拚命壓住，依然用盡全力要舉槍。

史卡基眼看馬丁・貝克在千鈞一髮之際給了自己一線生機，他舉起華瑟槍，一瞄準就射。子彈打進海伊特的嘴裡，卡在他的脊椎頂端。他當場就死了——他在斷氣那一剎那同時扣下扳機，子彈打中班尼・史卡基的右臂，讓他像陀螺般整個身子反轉了一圈，直直摔向那一排耶誕老人。

史卡基俯趴在地，鮮血不斷湧出，但他的意識依然清醒。馬丁・貝克在他身旁屈膝跪下，史卡基立刻說：

「怎麼樣了？海伊特人呢？」

「你射中他了，他當場就死了。」

「要不然我該怎麼做？」史卡基說。

「你做得對，那是你唯一的機會。」

裴爾・梅森不知從哪裡衝了過來，渾身冒著新鮮咖啡的香味。

「救護車馬上就到。」他說，「躺著別動，班尼。」

對，躺著別動，馬丁・貝克心想。要是海伊特多活個十分之一秒，班尼・史卡基就會永遠躺著不動了；或者他多活個百分之一秒，也會讓班尼一輩子癱瘓。現在，他不會有事了。馬丁・貝克看看史卡基受傷的位置，子彈口離臀部很遠。

一群警察出現，開始驅離在死者身旁探頭探腦的圍觀者。當救護車的嗚笛響起後，馬丁‧貝克走去看海伊特。他的臉有點扭曲變形，可是整體來說，他即使死了還是相當好看。

•

歐洲公路十八號邊哨站那個接電話的人好像有點不高興。電話來個沒完，而車陣越排越長，想好好檢查一下根本是緣木求魚。

「是，」那個邊境警察說，「他在這裡沒錯，等一下。」他用手蓋住話筒，「剛瓦德‧拉森？」他問，「是不是那個身穿百萬華服、一直在那棵樹下晃盪的大塊頭？」

「是啊，」他的同僚說，「我想就是他。」

「有人打電話找他，該死的渾蛋海伊特。」

剛瓦德‧拉森進來接了電話。他的回話都是單音節字眼，很難聽出他到底說了什麼。

「噢，好……嗯……死了？……受傷？……誰？……史卡基……他還好嗎？好。再見。」

他放下話筒，看著邊哨站的警察弟兄說：

「你們可以讓車子過去了。把障礙物拿掉，不需要了。」

剛瓦德・拉森突然覺得他已經好久沒睡覺。他開到卡斯泰德就不再繼續開了，在市區一家旅館歇腳。

•

在赫爾辛堡，斐德利克・米蘭德放回話筒，露出滿意的微笑，接著就去看時間。一直在旁邊側耳靜聽的隆恩也露出無限滿足的表情。

他們可以回家過耶誕節了。

一九七五年一月十日星期五，是一個令人回味無窮的夜晚。每個人都很放鬆，和自己、也和周遭的世界契合無間。每個人都吃飽喝足，知道隔天放假——只要沒有發生太特殊、太恐怖或太意外的事情。

如果「每個人」的意思是一小撮人的話。

說得精確些，是四個人。

馬丁・貝克、黎雅及萊納・柯柏夫婦共度了這一夜，一起創造了任何人都會欣羡的美好時光。

沒有人多說話，主要是因為他們在玩一種「填字謎」的遊戲。這種遊戲看似非常簡單，每個人拿一支筆、一張紙，上頭劃好二十五個方格，接著每人輪流說一個字母。玩家必須將這些字母填入格內，設法用這些字母來造詞，橫寫或直寫都可以；還有，不可以看別人的紙。

「X。」柯柏說。這個字母他在同一場遊戲裡已經說了第三次，每個人都深深嘆氣。

馬丁．貝克心想，這個遊戲要是有什麼缺點，那就是柯柏玩五回贏四回——另一回是黎雅贏。不過，既然是遊戲，他和葛恩也早就習慣當輸家，所以也無妨。

「X，ex-policeman，前任警察。」

柯柏說得滿面春風，彷彿其他人不知道從這個難搞的字母又擠出一個詞語有多不容易。

馬丁．貝克對著自己的紙瞪了半晌，接著聳聳肩，宣布放棄。

「萊納？」

「嗯？」柯柏說。

「你還記得十年前嗎？」

「你是說我們追捕佛基．班特森，還有警察剛剛國家化那時候？記得，我記得，我想那是一段值得記住的時光。可是之後的一切——去他的，就甭提了。」

「你還記得，事情就是從那時開始的吧？」

柯柏搖搖頭。

「不，我不記得了。更糟的是，我不認為這狀況會就此打住。」

「Y。」黎雅說。

這讓眾人好一會兒都啞口無言。

沒多久，該算分數了。兩個字母的字算兩分，三個字母算三分，以此類推。馬丁・貝克在紙上迅速算出自己的分數。還是一樣，敬陪末座。

「不過有件事很確定，」柯柏說：「那就是，他們當時犯了一個嚴重的錯誤。讓警察去當防堵暴力的先鋒部隊，那就像把馬車放在馬前面。」

「哈！我贏了！」黎雅說。

「你還真贏了。」柯柏說。

接著他對馬丁・貝克說，語氣甚是超然：

「別一整晚都在想這個好嗎？過去十年來，暴力就像雪崩一樣，橫掃整個西方世界。你不可能靠一己之力讓雪崩停止或改道。暴力事件就是日增一日，這不是你的錯。」

「不是嗎？」

大家都把紙張翻到背面，劃上新的空格。柯柏畫好，看著馬丁・貝克說：

「馬丁，你的問題是，你沒選對工作。時間不對，地點不對，體制也不對。」

「就這樣嗎？」

「大致如此。」柯柏說，「該我起頭？那我就選X——馬克思Marx的X。」

馬丁・貝克 刑事檔案 10

恐怖份子

Terroristerna

作者	麥伊・荷瓦兒 Maj Sjöwall 及 培爾・法勒 Per Wahlöö
譯者	平郁
社長	陳蕙慧
副總編	林家任
行銷	陳雅雯、尹子麟、洪啟軒
封面設計	井十二設計研究室
地圖繪製	Emily Chan
排版	宸遠彩藝
印刷	通南彩色印刷股份有限公司

讀書共和國 出版集團社長	郭重興
發行人兼出版總監	曾大福
出版	木馬文化事業股份有限公司
發行	遠足文化事業股份有限公司
地址	231 新北市新店區民權路 108-2 號 9 樓
電話	(02)2218-1417
傳真	(02)2218-0727
客服專線	0800-221-029
Email	service@bookrep.com.tw
法律顧問	華洋國際專利商標事務所　蘇文生律師

出版日期	2020 年 9 月　初版一刷
定價	420 元

國家圖書館出版品預行編目

恐怖份子 / 麥伊 . 荷瓦兒 (Maj Sjöwall), 培爾 . 法勒 (Per Wahlöö) 合著 ; 平郁譯 . -- 初版 . -- 新北市 : 木馬文化出版 : 遠足文化發行 , 2020.09

464 面 ; 14.8 X 21 公分 . -- (馬丁 . 貝克刑事檔案 ; 10)

譯自 : Terroristerna.

ISBN 978-986-359-833-6(平裝)

881.357　　109012201